驻站

晓重 / 著

作家出版社

作者简介

晓重，本名李晓重，天津出生。

中国作家协会会员

中国曲艺家协会会员

全国公安文学艺术联合会理事

全国公安文学艺术联合会首届全职签约作家

全国公安作家协会理事

全国公安曲艺家协会副主席

中国铁路文学艺术联合会全委

中国铁路作家协会全委

中国法学会法制文学研究会会员

天津作家协会会员

天津市和平区作家协会副主席

长篇小说《走火》发表 | 2008 年

《走火》出版 | 2009 年
获第十届金盾文学奖一等奖

2010 年 | 话剧《我本善良》在天津演出

长篇小说《危局》发表并出版 | 2011 年 | 话剧《幸福花儿开》在北京演出
获全国首届公安文学奖 | | 获第十二届"金盾文化工程奖"
第十一届金盾文学奖

长篇小说《发现》发表并出版 | 2014 年
获第三届全国法制文学奖
第十二届金盾文学奖

2015 年 | 儿童剧《三个和尚新传》在天津演出

长篇小说《驻站》发表并出版 | 2016 年
获第十四届金盾文学奖第一名

2017 年 | 电影《纵横千里之铁凤凰》
| 《纵横千里之一发千钧》上映

电视剧《走火》播出 | 2018 年 | 小品《相望》
《纵横千里之铁凤凰》 | | 获第四届全国公安系统相声小品大赛二等奖
获第十七届百合奖最佳故事片一等奖 | | 个人最佳编剧奖

2019 年 | 话剧《喜爷大院》在秦皇岛公演

2020 年 | 电影《纵横千里之角力》上映

长篇小说《警卫》发表并出版 | 2022 年

引 子

每逢周末，平海北站派出所所长大刘就固定值夜班。

大刘做事一贯很外场也很讲究，当初几位所领导分班的时候他主动挑的每周一、五值班，虽然每周一肯定最忙，每周五值班以后周六肯定还要饶上半天。但他是所长，所长就得先人后己，所长就得表现出带头作用来。这个带头作用不能光表现在拿的工资奖金比别人高，还得表现在能带头吃点小亏。要不然说的话就没人听，没人听你的话，这个所长干得还有嘛意思。

大刘不怕值夜班，也不怕熬夜解决问题，就怕半夜接电话。半夜接电话也不要紧，要紧的是这电话是从沿线驻站点狼窝铺打来的。

您听听这个倒霉名字，狼窝铺。此地有狼，一窝，还在铺上。狼都在铺上了，人怎么办呢？

一连好几个月，逢大刘值班，狼窝铺那边的驻站民警老孙准打电话求援，不是货物列车被盗就是整车的车门被撬，最不济还报告在巡线的时候发现钢轨扣件少了几套。连大刘自己都觉得自己挺矫情的，什么倒霉事都找自己。按照上级规定和领导的要求，有情况就要出警，出警就得紧锣密鼓地长途奔袭，山路崎岖坑坑洼洼，一次狼窝铺跑下来能把警车油箱里的油跑没一多半。关键是赶到现场的时候黄花菜早凉了，别说抓人缴赃搜集证据，连草坑里蹦的蛤蟆都找不着了。

所以每当值班民警听到要去狼窝铺出警，保准是个个撇嘴龇牙怨声载道。治安组的警长常胜，还给狼窝铺车站的驻站民警老孙起了个响亮的外号，"午夜凶铃中国版"。

不过话说回来，最近几次大刘值夜班倒是很消停，来往的旅客列车都很正点，站区里既没有旅客打架闹纠纷，也没有醉鬼摔酒瓶子撒酒疯，连往常来派出所如走平地的"文疯子"韩婶也不来了。韩婶以前不疯，自打小孙子在车站广场里走失以后，韩婶像被雷击了似的，从此变得疯疯癫癫，有事没事就到派出所来找孙子。总要弄得抽出一个专人来照顾她。

更让大刘感到意外的是，狼窝铺那边竟然也风平浪静。越没事大刘的心里边越不踏实，于是从吃完晚饭后就全副武装，悄悄地换上厚底皮鞋备好手电筒和几个电台，做好了紧急动动的准备。眼看着时间快近午夜，还是一点动静也没有。他打个哈欠觉得应该可以睡觉了，于是洗漱完毕铺好床单被子，刚躺上去直了直腰，电话铃声急促地响了起来……

大刘条件反射似的浑身颤抖了一下，连忙抓起床边的电话，没等听清楚对方说的是什么心里边已经开始盘算应急预案了。"是刘所吗，您睡觉了？"电话里的声音清晰透亮。

"没睡……你谁呀……"大刘的声音有点颤悠。

"您耳朵怎么了？是我，常胜呀。"来电话的是值班的治安警长常胜。

大刘悄悄地喘了口大气，对着电话不耐烦地说："你不好好休息给我打嘛电话呀。忙了一天还不累？不累出去巡线去。"

电话听筒里传来常胜的呵呵声："刘所，我这不是给你报平安吗。刚按您的要求又巡视了一遍站区外围，没发现嘛情况，平安无事。"

"没发现情况打什么电话呀，我这刚躺下想眯会儿，你这不是搅和吗……"

"咳，我不是觉着您不会睡这么早吗。要按往常这个点儿，狼窝铺那就该有事了，我是说呀……"

"闭嘴！我说怎么我一值班就有情况呢，敢情都是你这张黑嘴妨的。"大刘冲电话里骂道，"我可警告你，趁着我没骂街，你马上撂电话。"

电话里的常胜呵呵两声说"我撂电话"，跟着挂断了自己的声音。大刘反而有点郁闷了。他使劲把电话朝桌子上一扔，返回床上拉起被子围了个严实。挨上枕头大刘就睡着了，迷迷糊糊的他觉得自己在爬山，费了半天的劲儿爬到山顶回头看时，来的路却看不见了，急得他在原地转磨磨。就在这时，他觉得有人在腰间一个劲儿地捅他，回身看，没有人呀，正纳闷的工夫，腰上又让人捅了几下。这下大刘急了，猛回手一把抓住捅他的东西，奇怪的是这个东西还在手里不停地颤动。

这是手机振动的声音。

大刘猛然惊醒，伸手把手机贴在耳朵上。话筒里又传来常胜的声音："刘所，您怎么不接电话呢？我足足打了两分钟了。"大刘伸手抹了把脸："睡着了，什么事？"

"狼窝铺站停留的一列货物列车被盗了！老孙打你屋里电话一直占线就打到值班室来了。"

大刘连忙抬眼看看座机，电话像个灯笼一样垂着长线挂在桌子下面。他运了口气说："都是你这张嘴瞎咧咧的。马上，叫着值班的弟兄出警。你小子给我开车，快！出现场！"

警车打着爆闪一头扎进了夜幕中。

常胜这段时间虽然跟着所长大刘值班跑了几趟狼窝铺车站，但因为都是夜间对来往的路径不太熟悉。于是，大刘当导航仪指路，常胜驾驶警车，驶出市区以后挂着股烟尘直接奔向乡间小道。汽车在土路上左右摇摆，像大海里的小船飘飘摇摇但速度丝毫不减。车后面的几个弟兄哼哼唧唧地使劲拉住把手，身体随着车身的晃动不停地调整姿势，好几次撞着脑袋碰着屁股刚要张嘴抱怨，瞧一眼前面的大刘和常胜，又都把话咽了回去。眼看着车窗外面有模糊的亮光了，大刘抬起手腕看看表冲常胜说："先去驻站点接上老孙。让他带着去现场。"

常胜端着方向盘撇撇嘴说："您给老孙打个电话，让他到路口接咱这帮人多好呀……"

"少废话，让你干嘛就干嘛。"大刘没等常胜把话说完就截住了话头。

汽车在扭了个九十度角以后开上了狼窝铺站台。大刘下车后冲着站台西边的两间平房边走边喊："老孙，在屋里吗。出来吧，我们来了！"说话的声音跟早年间八路军进村喊地下党似的。常胜紧跟在大刘的后面，一不留神被脚底下的砖头绊了个趔趄，他凝神看看地下，怎么净是零散的砖头石块呢。还没等他琢磨出来是怎么回事，老孙已经披着衣服从屋里出来了。

所长大刘连忙紧走两步拉住老孙的手，那样子极像是火线慰问："老哥哥，你辛苦了。让你受累了……"

老孙边提拉着脚底下的鞋边摆手："没事，没事。咱们的人都来了吗？我带你们去现场。"常胜看着老孙猥琐的造型心里说，这不整个一敌占区的维持会会长吗？哪像个警察呀。还没等他转过神儿来，大刘用手推他一把，说道："别愣神儿，快开车去啊。"

警车在老孙的指引下围着车站兜了一个大圈，才从一条坑坑洼洼的斜坡上开进了货场。狼窝铺车站不大，货场可不小，蜿蜿蜒蜒向外辐射出好几里地，一般都是停放着待起运的保留车底。货车中的货物大到集装箱、粮食化肥、家用电器，小到香烟名酒、日用百货，几乎应有尽有。内行人往往瞅一眼货车上的编号，就能知道个八九不离十。经常偷铁路的贼们也掌握了这门技巧，辨识各种货物的本事不比铁路工人差多少，所以动起手来就三个字"稳、准、狠"。

得手以后也是三个字："跑得快！"

常胜他们几个人在现场按照程序拍照、画图、做完记录以后，大刘挥了挥手说："走吧，顺道把老孙送回去。"老孙点着头紧跟着大刘坐到车里，好像总是欲言又止。直到常胜把车停在小站的站台上，老孙钻出车门，向前走了几步，又转回身低着头探进车里，朝大刘讷讷地说："刘所……您看……您看我上次跟您说的那个事？"

"老孙，老哥哥，我记着呢。"大刘赶忙掏出口袋里的两盒烟卷塞进老孙的手里，"您再坚持几天，就几天，我保证回去后马上商量派人的事。"

第 一 章

平海北站派出所所长室里烟雾缭绕。虽然开着窗户半掩着门，但还是能感觉到里面几个烟枪在争相地喷云吐雾。明眼人一看就知道，这是派出所几个领导聚一块开所务会呢，而且保准有悬而未决的难题。要不然早就该干嘛干嘛去了，谁有心思在这里边污染环境制造雾霾，边装大尾巴狼玩深沉呢。

所长大刘把手里的烟狠劲朝烟灰缸里按去，边按边转着圈，眼睛扫着周围的教导员和三个副所长说："几位，都装得差不多了吧？说话呀！拿意见啊！"

教导员老李沉吟了下说："刘所刚讲的的确是个问题，狼窝铺驻站点的老孙已经超期服役了，咱不能不让人家退休吧。可让他退休，谁能顶这个空缺呢……"

"就是啊，别看驻站这个活谁都不愿意干，可是真够材料的人不多。"副所长王成说这话的时候瞥了眼大刘，见对方没有阻止他的意思，咳嗽了声继续道，"咱先别说这个倒霉狼窝铺站地处偏远，交通不便，治安环境复杂。就说派进去的这个人，必须得具备很强的单警作战能力，业务不好的不行，真遇到点事还不够自己着急的呢。脾气太绵的也不行，狼窝铺站周边经常出案子，反应不快还得咱们给他顶雷擦屁股。脾气太暴了容易出事也不行，我们还得考虑民警的自身安全。所以呀……"

"你这话佐料太多了，直接点儿！"大刘没好气地朝王成摆摆手。

"所以呀……这派进去的人选得慎重考虑。"

"你这车轱辘话都跟谁学的？整个一出了村过了河，过了河进了城，进了城找二婶，找了二婶转磨磨。"所长大刘冲王成瞪了一眼。因为大刘在所里的资历老，又是当了好多年的主管所长，平时做事也有股霸气。底下的副所长不是以前的小兄弟，就是比他岁数小很多，所以都怵他。

果然，王成把脖子一缩，不言声了。

副所长顾明坐的离大刘最远，听他挖苦王成不由得咧嘴想笑，笑模样还没完成，大刘用手一指他说："小顾，别总往后捎，你分管沿线治安，按理说你应该拿主意。你说说。"

顾明连忙把涌上来的笑容收回去，向前挺挺身子："我有个不成熟的想法，不成熟……"

"不成熟就蒸熟了再说。都跟谁学的这是，满嘴的废话。"大刘有点上火了。

教导员老李边端着水壶站起来给大刘续水，边给顾明解围说："刘所，烟抽多了上火，喝点水。咱们先听听小顾的意见，万一人家的主意行呢。是不是？"所长大刘没再说话，教导员的面子还是得给，他端起杯子抿着里面的茶水，眼睛却瞟着顾明。

顾明又朝前挺挺身子，像是下了很大决心似的："大家都知道，狼窝铺驻站点是咱们所管辖的最远的一个点。以前也不是没有派进去过人，可是都待不长。驻站点环境不好是客观原因，可咱们也得想想办法呀。"

王成扭过身子冲顾明说："想什么办法？把派出所搬过去，要不就按照五星级宾馆的模样装修一遍，你就是把迪拜的那个七星的宾馆搬过去……可也得搬得过去呀。"

顾明连忙举手比画："我不是这个意思，我是说咱们可以想个别的办法。比如，驻站的民警可以轮换呀。时间可以是半年，也可以是一年、两年。这样也许会好一点。"

半天没发言的副所长耿建军听完这话点点头："小顾的意见不错。咱不要派进去人跟进拘留所似的，就把人家固定在那，定个时间段轮换一下挺好的。一来可以锻炼队伍，二来也能考察民警。再说了，当地的自然风光也不错。别小看了狼窝铺，当地土特产丰富，据说以前宋辽打仗的时候穆桂英还在那驻过兵呢。"

"你说的那都是老黄历了，知道为嘛狼窝铺旅游项目一直开发不了吗？"王成接过话头，"就因为交通不便，要不是铁路运输线从那过，村里人几辈子都不见得认识火车。"

耿建军摇摇头："我倒觉得没开发挺好，山里的东西都是纯绿色没受过污染。去年王处长的闺女怀孕，王处指名要狼窝铺的核桃给闺女补钙。刘所一个电话，老孙就给买了一筐。回来一看个个儿饱满。"

大刘听到这话放下杯子点点头："要说起来真材实料，还是得狼窝铺的东西好。上次内保的张科长还让我给他买了筐红枣呢。那红枣真是肉厚味甜，掰开还带着细丝……"

王成掏出烟卷给大刘和耿建军递过去："话又说回来，这老孙一退休，连个给咱买东西的人都没有了。别人没他在当地混得熟啊。"

"也是啊，老孙心细，了解当地的行事，不会吃亏……"

会议的主题本来是商量如何往驻站点派人的，开着开着变成讨论开发各种旅游项目和购买土特产了。

教导员老李连忙咳嗽几声算是把这个话题压下去了。

他看看所长大刘，大刘知道老李有话要说，举手示意几个副所长别说话了，然后转过眼神盯着老李。老李吸了口烟："刚才你们商量的时候我也想了想，有这么个想法我说出来大伙合计一下看行不行。既然都认为狼窝铺驻站点辛苦，咱们为什么不把它当成一个考核骨干和后备干部的地方呢。"说完这话，老李喝了口水，看见大家的眼神都被自己吸引过来了才稳重地放下水杯，继续说道："我们可以从所里的党员、骨干、警长，甚至是准备参加竞聘的人员里面进行挑选，派驻进去定期轮换。都见见世面嘛。"

王成马上点头说好，这个办法不错。谁想进步就让谁去。不去就说明思想有问题。老李连忙摆手制止："话不能这么说。但是，作为一个所里的骨干应该具备这样的素质。再说了，咱们可以跟其他部门学习嘛，对进驻到狼窝铺的民警待遇上给予倾斜，像什么交通补助了、误餐费了、夜班费什么的都可以多给点嘛。"

王成又马上点点头说："对，咱就按援藏干部那待遇，待遇优厚，谁去谁光荣。"大刘狠狠地瞟了王成一眼，心里说这小子就他妈知道拍教导员马屁，这话说得多丧气呀，谁去谁光荣，合着谁去谁要死怎么的。他接过话头说："别瞎咧咧，谁不知道多给钱好，钱呢？我们也不能拿钱赶着民警去艰苦的地方呀。"

老李连连点头："刘所说的对。我们不能用钱用利益驱使让民警去，要形成一个长效的机制。所以我建议干脆这次去狼窝铺的人就从准备竞聘副所长的人选里出。刘所，你认为怎样？"

大刘抽了口烟没着急点头，他心里盘算着：这是教导员把球往自己怀里踢。我认为怎么样，我一点头认为行，他肯定转脸就得说是我拍的板。眼下在派出所里呼声最高，准备参加竞聘的就两个人。一个是常胜，执勤组的警长，自己一手带起来的兵。另一个是张彦斌，内保组的警长，据说跟市局宣传处的副处长有关系，这个副处长跟老李挺熟悉。叫谁去驻站点名义上是锻炼，可实际上等于发配，更重要的是远离市区，对以后的竞聘不利。这两块泥我怎么崴？想到这，他假装思考，用目光盯着耿建军。

耿建军跟大刘搭伙工作的时间最长，自认为能理解领导意图。平时大刘一个眼神他就知道该不该表态，该不该接个话茬。可这回他把大刘的意思误解了，他认为大刘默认老李的建议。所以他马上跳出来发表意见，赞同教导员老李的建议。他这么一表态，王成、顾明也连忙表示同意。这下倒好，所长大刘想拦也拦不住了，只好点头说："那咱们就定定人选吧，常胜和张彦斌，你们说说派他俩谁去？"

到了这个褃节上，会议又冷场了。这不明摆着的吗，让谁去是个敏感的问题，几个副所长都不约而同地选择了沉默。过了一会，还是老李咳嗽一声说："我看……综合起来考虑，常胜去比较合适。首先常胜是警长，所里的骨干。公安业务能力强，人也精明能干，处理事情头脑灵活点子也多……"

"常胜不行。他带着执勤组呢。"大刘迅速地在心里盘算了一下，老李这是明修栈道，暗度陈仓。竞聘的节骨眼上把常胜支出去，好保证张彦斌没有竞争对手，你这小算盘拨拉得够细致的。"所里的指标还要完成呢，执勤组担负着车站治安、巡逻、抓获各类网上犯罪嫌疑人的工作。这个时候让常胜去不合适。还是让张彦斌去吧，驻站本来就是内保工作，张彦斌更熟悉一些。"

老李刚要提反对的意见，口袋里的手机噼里啪啦地响了起来。大刘嘿嘿一笑："我说老李，这彩铃是谁给你设定的？每回一响都跟要拆房似的。"老李在大家的笑声中举起手机，刚答应了一句"我是老李"，脸上的笑容立刻凝固了，跟接了圣旨似的。几个人见他不住地点头配合着满脸的严肃，就知道是有要紧的事情了。果然，老李听完对方的话连忙跟上一句："我们正开会呢。你等着，我把电话给刘所。"说完举起手机塞到大刘的手里："督察队范队长，你接。"

大刘接过老李的手机冲话筒大声说："老范，有嘛事啊？我们正开会学习你们督察队下发的文件呢……什么？你慢点说……"瞄着大刘接电话的表情，王成偷偷地冲顾明挤了挤眼。顾明抬眼看了下大刘阴沉的神情，做个鬼脸吐了下舌头。大刘接完电话顺势把手机朝桌子上一扔，从鼻子里长长地呼出口大气。

耿建军试探性地小声问了一句："刘所，嘛事呀？"

大刘斜了他一眼说："嘛事？叫常胜上我这报到，等着督察队过堂。"

直到在派出所的会议室里，常胜面对督察队民警质询的时候，也没弄明白自己的光辉形象是怎么让人家拍照以后搁在网上的。最可气的是，这位做好事不留名的网民还给这张照片配个响亮的名字加解说——如此执法的警察，挥舞着闪亮的钢刀。

照片里的常胜用脚踩住一个学生模样的男青年，横眉立目地举着把东洋武士刀。龇牙咧嘴的不知道是正在喘气还是在骂街。再看躺在地上的男青年，四仰八叉瞪着双惊恐的眼睛，整个一魂飞魄散的模样。两下对比，连常胜自己都觉得自己面目可憎。

常胜绞尽脑汁也想不起自己什么时候挥舞着武士刀摆出一副恶警的造型，尤其还是在大庭广众之下。于是他使劲地向督察队的同志们解释，可是越解释越语无伦次，越语无伦次督察队的同志们就越用怀疑的眼神盯着他看，仿佛他动手打人这件事情已经确定了。把常胜急得是满头冒汗，他摘下帽子擦汗的时候瞥了眼窗外，眼前就是火车站的进站查危口。他猛地拍了下大腿说："我想起来了！"

随着常胜手舞足蹈的叙述，屋子里的人们弄清了事情的原委。那是个周末的上午，正赶上常胜这个警组在车站当班值勤，常胜简单地按人头把值勤岗位分配下去后就去站台上疏导旅客去了。刚过了一会儿，手持电台里就传出了值勤民警小于的呼叫声音。语气急促，显然是有急事。车站派出所里的警长这个工作其实是救火队长，一般情况下属于哪里有困难就冲向哪里的角色。手下的弟兄有麻烦了，常胜义不容辞地应该过去支援一下。

常胜赶到进站口的时候，看见民警小于正被一帮人围着。这帮人少说得有五六个，他们把小于夹在中间连比画带说，民警小于顾左顾不了右，一副狼狈的模样。突然，常胜看见个男青年扬手举起一把日本式的武士刀，刀锋在阳光下闪烁着刺眼的光芒。他当即大喝一声：住手！飞步跑到男青年身边，扬手托住他持刀的手腕朝外一别，卷腕夺下了武士刀，紧跟着个斜步背挎，把这个持刀男青年结结实实地扔在地上。躺在地上的男青年刚要挣扎着爬起来，常胜上去一脚踩在他身上，举着武士刀朝他喊道："你还敢拔刀袭警？"

这突如其来的情况把围着小于的几个年轻人吓坏了，连忙转身朝常胜连敬礼带鞠躬地解释。常胜记得自己当时大手一挥说，都别动，还敢动刀围攻警察，你们几个胆子也太大了吧。这一句话说完，几个年轻人连忙摇着手，解释着事情的由来。

原来这是几个来平海旅游的大学生，因为看着这种极像武士刀的工艺品好玩，所以一人买了一把准备带回去。可是到进站检查危险品的时候被检查了出来。武士刀的长度超过了管制刀具的尺度，所以小于告诉他们不能随身携带，建议他们托运或是由送他们的同学带回邮寄。几个大学生围着民警小于不停地解释。其中一个学生为了证明刀子没有杀伤力，连只鸡也宰不了，拔出刀要在自己的胳膊上进行试验。正巧常胜赶过来，才发生了刚才的一幕。

事后处理得很顺利。常胜赶忙向被自己摔了个马趴的学生道歉，非要领着他去车站旁边的医院进行检查。这位同学伸胳膊踢腿地表示自己没受伤，他们这群大学生业余时间喜欢练习跆拳道，可没想到这洋功夫让常胜一个背挎给打收摊儿了。他反而拉着常胜想学两手。常胜说中国武术博大精深，现给你们做普及，时间来不及。不如这样，欢迎你们有时间再来平海旅游，到时候咱们一起切磋。但是按照规定，管制刀具不能携带上车，只好请你们托运回去了。几个大学生表示理解，在常胜的带领下高高兴兴地办理了托运手续。常胜把他们送上火车后，带领着警组里的弟兄继续上班，一切似乎都顺理成章地进行着。

可这网络上爆出的一张照片，怎么看都像是常胜在行凶。最要命的是，这件事虽然有民警小于和车站的职工做证明，但准备联系这几个大学生的时候，发现当班记录上根本没有登记。常胜翻遍了执勤用的记录本唯独缺少周末那天的两页，于是常胜说的话成了一面之词，民警小于和车站职工的证明在督察队员的眼里均值得商榷。

督察队只能宣布无法核实。但常胜得停职反省，等候上级的处理。再说明白点，就是解除一切职务，发给他把墩布在所里负责卫生保洁。

停职反省到第三天头上，常胜被所长大刘叫进办公室。

没有任何寒暄，大刘指了指眼前的座位，常胜把手里的墩布往墙上一靠，一屁股坐领导对立面上了。大刘好像习惯了常胜的这种举动，顺手扔过去支烟，点燃以后问了一句："怎么样，这两天想明白了吗？"

"想明白了，我处理事情太急躁，愿意接受处分。可当时那种情况……"常胜仍然梗着脖子。

"你这倔驴脾气，怪不得你媳妇不待见你呢。"大刘指着常胜说，"你也不和人家周颖好好学学，看看人家年纪轻轻的就当领导了，再看看你。"

"我怎么了？我不也当领导吗，好歹还带着几个人给车站看家护院呢。"

"快打住吧。整个一屎壳郎上马路——你装美军的大悍马。"大刘连气带骂地数落着常胜，"一个小警长算个屁，你媳妇周颖当科长都不像你这样。德行。"

常胜晃了晃脑袋说："那你怎么不想着提拔提拔我呢？也让我在家里扬眉吐气一回。"

大刘扭脸看了看门外，走道里很静，没有来往穿梭的人们，他把脸转回来冲着常胜："你让我怎么说你呢，宝贝儿。你要是把你这狗食脾气改改不早就进步了吗。"常胜刚要接话茬儿被大刘用手势制止住："不许抢我话，给我好好听着。我还能干几年呀，眼看着就快到点儿了。几次向上级领导和组织部门推荐你，也嘱咐你让你夹着点尾巴。你倒好，聋子宰猪——满不听哼哼。前年你学雷锋做好事送个小脑萎缩行动不便的老大娘回家，送完就回来吧。你来个新鲜的，把人家的儿子连挖苦带损地一通数落，人家能不投诉你吗？"

"那是她儿子不孝顺，典型的混账，想省个打车的钱自己报的警。我就是对他进行下德育教育。"

"用你。你把自己当教授了？去年，旅客和车站服务员争执起来，你来个胳膊肘朝外拐，数落一通服务员的不是，三下五除二处理完了。结果呢，弄得车站领导对你都有意见。"

"那就是服务员的错，把车次弄混了，人家旅客坐了一站地觉得不对，又费劲倒车回来。耽误事不说还搭工夫搭钱，能不找她讲理吗？不大巴掌抽她就不错了。我帮旅客调解也是为铁路部门挽回影响。"

大刘运了口气："那这回呢。这回你不矫情了吧。好嘛，窝窝头翻跟头——显你大眼儿，你倒是看清楚了呀。不管不顾上去就给人家撂趴下了。本来今年还想让你竞聘副所长的，你看看你，一到关键时刻就出事，比他妈写的还准呢。"

常胜吐出口烟雾："刘所，你打算改职称当教导员吧，这算是给我做思想工作吗？怎么卖大力丸还带骂街的。"

大刘摆摆手："别跟我贫。谈思想讲形势，搞联谊串门子，假模假式去家访的事儿归李教导员管，咱们说正题。经所务会集体研究决定，准备让你去咱派出所管内的狼窝铺驻站点驻站，换个环境，也算是对上级领导有个交代。"说到这，大刘缓了口气："当然了，把你调离车站这样的窗口单位，你可以理解成为是对你的处分，不过我们定了，你还享受警长的职务津贴，同时享受沿线驻站的补助，就不再上报上级给你任何形式上的处分了……"

常胜当时斩钉截铁地表示，不去。愿意接受上级做出的任何处理决定。不为别的，就是丢不起这个人！结果换来了大刘一通推心置腹的埋怨，什么所领导这么做是为了保护你，什么你去驻站狼窝铺是加强了那里的治安力量，什么我们费了好大的劲才使你免予处分，你不仅不领情还狗咬吕洞宾，等等。最后大刘很深情地拍了拍他的肩膀说："一年，就一年，一年不出事，我准把你调回来。"

所长大刘声情并茂地说到这个份上，顺手再饶上点哥们儿义气，把常胜弄得彻底没话了。他本来还想问问竞聘的事情，可话到嘴边却又不知如何张口了。

常胜垂头丧气地给家里买了些必需的生活用品，平时这个差使周颖从来不管。进屋后掏出手机拨出个熟悉的号码。电话接通后，对方立即按掉了，听筒里传来"您拨打的电话正在通话中"的提示音。这又让常胜很别扭，心里埋怨着自己的老婆周颖，怎么连个电话都不愿意接呢？他边烦躁地扔下手机边走到旁边房间门口，扒头看看，患病的老娘躺在床上正睡觉呢。常胜又回到厅里拿起手机，刚要给上学的孩子发个信息嘱咐几句，一条信息顶了进来，是周颖的："开会呢，不方便接电话，有事吗？"

常胜撇撇嘴，按下几行字发了回去："我被发配沧州了，今天就得去狼窝铺驻站。打电话是想告诉你一声，去学校接孩子。"

少顷，周颖回了条短信，内容特简单："知道了，多注意身体。"

常胜憋了一口气，心里话说真是官大脾气长，跟自己爷们儿还要官腔，也不问问我什么时候能回来……

第二章

初夏的天气虽不是很热,但阴晴不定,变幻莫测,说不上什么时候头顶烈日艳阳高照,什么时候就风起云涌狂风暴雨。

汽车在坑坑洼洼的山道上费劲地向前行驶,坐在车里的常胜同样费劲地把目光透过车窗向外望去。完了,一脑袋扎进山里来了。想到这,他把目光收回到车里,透过反光镜使劲地盯着所长大刘。

大刘的眼睛从车开进山路的时候就闭上了,一闭就是一个多钟头,根本没有要搭理他的意思。

常胜心里彻底郁闷了,他甚至有点后悔接受所长大刘的建议来到这个叫狼窝铺的地方驻站,你瞧瞧这倒霉名字。"看这环境用不了一个月,我不成烈士贴在光荣榜上,也得成一级英模让同志们怀着无比崇敬的心情来瞻仰。"想到这些,常胜不由得摸了摸警服口袋。还好,自己喜欢的物件静静地躺在里面,只是摸着有点儿凉。那是只名牌复音口琴,常胜的业余爱好。想当初他就是吹着这个口琴让周颖心旷神怡义无反顾地嫁给他的。

铁路公安许多年来始终有一个区别于其他警种的职业,那就是驻站民警。因为铁路特殊的线路环境和地理位置,要在许多地方设立些货物列车的停靠站,一般都是三、四等的小站。有车站就得有民警去驻守巡视,就得代表公安机关行使法律权利,维护车站和货物列车的安全。可是一个偏远的小站，无论从什么角度上讲都不适合配置一个满员的派出所，也没有这么多的警力可派。再说地方上还有乡、镇一级的公安派出所呢。所以就由分管这条线路的车站派出所指派民警去进驻车站开展工作。有的驻站点自然环境和治安环境相对好些，停靠的货物列车、通过的旅客列车也不是很频繁，有的地方则是地处偏僻，货盗案件频发，谁去驻站谁都头疼的地方。

狼窝铺站驻站点就是后者。

它是平海北站派出所管界内最远的一个驻站点，把常胜派到这里来驻站，真有点充军发配的意思。

汽车在扭了个九十度角以后开上了简陋的站台。站台上，民警老孙正带着车站站长迎接他们呢。

所长大刘的眼睛终于睁开了，他走下车热情地和站长与老孙握着手，同时把常胜叫过来进行介绍。站长是个四十出头，有些谢顶的中年人，脸上表情很丰富，与常胜握手时也很有力量，一看就是个在基层混了多年的小干部。老孙跟常胜以前就认识，两人掏出烟来互相礼让着。大刘拍着站长的肩膀走到边上寒暄去了，趁这个工夫。常胜拽了拽老孙的衣襟："老孙，跟兄弟交个实底儿，这倒霉地方到底怎么样？"

老孙看一眼正和站长老贾说话的大刘："大刘没跟你介绍这里的情况呀。"

"他只是简单地说了说，反正是强调了治安环境复杂，周边的村庄都有重点人，尤其是这个狼窝铺村，据说货盗还很厉害。"常胜说的货盗就是盗窃铁路运输的货物，铁路公安对此都简称"货盗"。

老孙为难地点点头，脸上的表情很复杂："他是把事情说简单了呀，兄弟。咱这个驻站点属于麻将牌里的十三不靠，地方的乡、镇政府，乡派出所八竿子打不着，是离哪都远。这先不说，就说周围的这三个村吧，村民不多可分布得散。有个小学校，在学的孩子也不少，可是搞路外宣传就看不见人了。沿线的哪个村都有几个铁道游击队。尤其这个狼窝铺，现在还在外飘着几个咱们要抓的货盗嫌疑人呢。村里的村民看着和善，跟你点头客气，可真有了事，你就知道是陷入了人民战争的汪洋大海，没人能帮你啊。"

常胜问道："车站这方面怎么样，不能咱自己跟这帮人斗，他们也不说帮忙搭把手？"

老孙摇摇头："这么小的车站，值班的人员加起来也就十来人还得兼顾各个工种，谁有工夫管你啊。再说了，多一事不如少一事，人家下班回城里了，哪像咱们一住十天半个月才换次班，真有事情还得靠自己。"

老孙这一番话倒让常胜起了好奇心，他又递过去一支烟："你说说，要真有了事，我怎么办呀？"

"千万得保证安全，抓紧向所里汇报呀，出警的时候最好别一个人去，太危险。还有就是别让人家半夜砸你玻璃，给你来一通砖头子，自己的安全比嘛都重要。"

"还真有这事，你让人砸过？"常胜有些怀疑，禁不住追问道，"怎么以前没听你跟所里反映过呢。这里的人还敢打警察啊？"

老孙叹了口气："不提这事了。你刚来先熟悉熟悉周边环境，我就不陪你了，正好所里有车，我跟他们回市里。"说完，老孙回头望望房子旁边一片绿油油的菜地："我算是熬出来了……这些菜留着你吃吧，能省不少钱呢。"

"你话还没说完呢。"常胜拉住老孙的手，"咱这驻站点就一个人，出警的时候不自己去能怎么办呢？"

老孙偷偷瞧一眼跟所长大刘说话的站长，摆出副推心置腹的架势小声道："兄弟，实在不行就叫上几个值夜班的职工跟你一块去，这不丢人。千万别逞能，黑灯瞎火的伤着自己不值……"

刚到地方没有十分钟老孙就给常胜上了生动的一课。常胜也的确从老孙疲惫的眼神里读出了许多辛苦和无奈，他不想再去刺激老孙了，因为自己可能马上就要面临这样的窘迫，面临着孤立无援的困境。现在转身回市里去？想到这，他立即推翻了这个念头。这样不是自己的风格，可目前的环境自己又该如何面对呢？

汽车载着大刘和老孙在站台上拐了个九十度角消失在常胜的视线里。此刻他脑子里还在回荡着所长大刘临上车时说的话："我可不指望你能出什么成绩，看好这个家，只要不出大案子，我保准兑现答应你的事。"

驻站点的小屋里。常胜收拾好带来的东西，随手翻阅着老孙留给自己的内保台账。这是驻站民警必须要做的工作，每个驻站点的内保台账上都会详细地记载着车站的管辖线路长度、沿线状况、车站面积、铁路道岔和各项设施设备。同时还有车站周边村庄的坐落位置、人口数量和村里的各级组织情况。可别小看了这些东西，往往能给初学者提供第一手资料。

常胜将台账翻到狼窝铺村。账面上记载着村里的人员数量，紧跟着就是大骡子大马的牲口数量。常胜咧嘴笑了，这个老孙呀，做台账怎么把人和牲口排一块了。他继续翻看着村委会的介绍。村支书叫王喜柱，名字倒是挺顺溜的，五十多岁，倒也属于年富力强的序列。村里几乎没什么外来人口，本来嘛，这地方的外来人口除了车站职工，就是自己这个警察了。村庄不小，有百十户人家，还有一个在乡里注了册的小学。

当把内保台账翻到停留列车的货场时，上面的记录密密麻麻，制作的图表也很粗糙。他决定去现场看看，既然早晚要去，那就趁着天还没黑遛遛食儿。想到这，常胜拿起帽子扣在脑袋上，出门顺着铁路溜达过去。

快走到货场上停留列车的时候，常胜看见五六个人穿着乌涂涂有些发旧的铁路路服，肩上扛着印着化肥字样的尼龙袋子朝他迎面走来。

这几个人显然也看见了走过来的警察，稍微停顿了一下，仍旧扛着东西向前走，快到对面了都没有理睬他。"自己刚来驻站，人家还不认识我。"想到这，常胜冲前面打头的挥了挥手说："几位，忙着呢。"打头的人没有这个思想准备，听见他打招呼，嘴里嚅动了一下，没出声，只是朝他点了下头匆匆地擦肩而过。

"这的人都什么毛病，朝面连个客气话也不会说。"常胜边想着边走到货车前面转悠着。走到列车中部的时候，一节虚掩的车厢门引起他的注意。凑过去一看，铅封被铰断了，车厢门口有明显蹬踏的痕迹，再往车厢里面看，货物被翻散落一地。这是有人偷东西呀！他脑子够使唤，马上反应过来是刚才与自己擦肩而过的那几个人。几个蟊贼胆真不小啊！大白天的就敢来偷，最可气的是见了警察还不落荒而逃，竟然非常镇静地扛着偷来的东西和我点头，尤其是自己刚来的第一天，这简直就是蔑视。

常胜的脾气上来了，老孙刚嘱咐的话立刻变成了耳旁风。他转身顺着来路追了下去。刚跑到站台上，迎面正碰上谢顶站长老贾骑着自行车朝他过来。他伸手抓住站长的自行车把，嘴里说着："站长，把你车借我用用。"手里已经开始往下推站长了。

"你干嘛去呀？我正满处找你呢，你今天刚来，我准备给你接风洗尘，欢迎你来到咱狼窝铺车站……"

"先别欢迎了，咱家东西让人偷了。"说完话，常胜拽过自行车骗腿上去就往前蹬。身后留下老贾的喊声："我说兄弟，你可小心着点呀！"

此时的常胜与其说是职责所在，还不如说是被几个小偷欺骗后的愤怒。自行车在他脚底下蹬得稀里哗啦山响，奔着小偷出去的路线追了下去。刚追过一个山坡就看见几个小子扛着袋子正一溜小跑呢，他运足了气朝前面大喊一声："都给我站住，我是警察！"

没想到几个人丝毫没有惧怕的意思，依旧迈着小碎步朝前跑着，倒是有一个人回头看了看他，然后跟没事人一样继续赶路。常胜真是憋不住了，刚来时在汽车上对自己所犯错误的懊悔立即推翻，只剩下动手抓人这个念头了。

平心说，常胜不是个粗鲁的汉子，他也懂得逢强智取遇弱活擒的道理，没傻到自己一个人去追捕一帮人的地步，但是他这么做也有自己的道理。您想想看，来狼窝铺第一天就遭遇上这样的事，如果不先把威风树立起来以后还怎么开展工作，真要是第一炮打闷了，那他常胜还不就真成一块棉花地了，谁都能捏，谁都能随便往这块地里摘取果实。所以他得借这个机会打出名来，顺便着给自己做做广告。常胜从小练武手脚利索，根本就没把这几个小贼放在眼里。

再说了，从他们扛包小跑儿的身量上看，充其量也就是一股贼劲。

警告无效，咱就来真的。

常胜猛力蹬着自行车朝离自己最近的人撞了过去，在即将撞到那人的后背时，他双手双脚共同朝下使力，身子"腾"地飞离车身，这个只有在杂技团演出时才能见着的动作让几个小贼睁圆了眼睛。没容他们眨眼，自行车已经撞上自己同伴的后背，这小子"哎哟"一声，摆出一个前仰的造型，跟肩上的袋子一起摔到路边的沟里。

落地的常胜趔趄两步没等站稳奔前就追，离他最近的一个小子慌得扔下肩上的袋子撒腿就跑，刚跑两步让常胜一把抓住衣服后襟，顺势朝前猛推，这小子叽里咕噜地也掉沟里去了。几秒钟的工夫撞趴下一个，推沟里一个，可把前面几个吓坏了，忙扔下肩上的袋子四散奔逃，转眼就跑了个精光。

常胜从沟里把那小子提拎出来，回头再看后面，只剩下四仰八叉的自行车和化肥袋子，人早跑没影了。他看着穿铁路制服的小偷运了口气："你，你小子先告诉我，这路服是从哪弄来的？"

穿路服的小子显然还没从刚才摔的跟头里清醒过来，边晃荡着胳膊边说："至于的吗？我不就搬了袋化肥吗，你怎么往沟里踹我……"

这话差点没把常胜气乐了，他用力往上提了下这小子的后襟："你这是搬吗？你他妈这是偷！说，铁路制服怎么来的？"

"我在车站上捡的。"

"嚯，有这样的好事，满地扔衣服让你捡，谁这么富裕呀？"说完，常胜手里入扣加了把劲，勒得这小子直咳嗽，"说，你叫嘛名字？你们是哪的人？刚跑走的那几个人是谁？"

这小子边咳嗽边用手指着自己的嗓子，意思是说你勒得太狠了，我说不出话来。常胜松松手说："别跟我装可怜，回答我问题。"

"我，我叫赵广田，就是狼窝铺村的……你勒得我……"

常胜索性把手松开，指着散落在地上的化肥说："赵广田，你也别闲着，先给我把你们偷的东西聚成堆。边干活边说。快点！"

赵广田从地上爬起来，在常胜的监视下收拢着化肥，嘴里不停地叨咕着："政府，我这是头一次来拿东西，跟他们几个人都不认识，您就当个屁把我放了得了，我对天发誓说的都是真话……"

常胜哼了一声："就冲你说的这个话，你小子也不是什么好油。你以前受过公安机关打击处理吧，你瞧你一口一个'政府'喊得这个脆生劲，肯定进去过呀。"说完整了整腰带："头一次拿东西。你管到铁路上偷东西叫'拿'，可见你是常来常往都偷成习惯了。我还放了你？我不收拾你就不错了。"

赵广田的嘴差点没咧后脑勺上去，满脸的痛苦："政府，您冤枉我呀……"

"别废话，抓紧干，把那自行车给我弄出来，那是找人借的。"常胜知道小偷的行规，那就是如果被逮着了，保准红口白牙说自己是第一次偷，顺便着赌咒发誓不认识任何同伙，坚持独立行窃保护组织的信念。因为这样，外面的同伙才有可能照顾他的家小，同时采取各种方式积极组织营救。所以，常胜根本没打算再细问，他还沉浸在刚才恶虎扑群羊的潇洒里不能自拔呢。

化肥都归置成一垛，规规矩矩地码放在道边。常胜正琢磨着如何把这些东西搬回车站，远处传来汽车喇叭的声音。他抬眼望去，山路上开来一辆八成新的丰田小卡车。

想吃冰下雹子，运输工具来了。

常胜警告赵广田不许动，双手叉腰站在路中央，这绝不是摆造型显威风，而是为了让开车的司机看见他。小卡车越来越近了，司机的轮廓也清晰了，原来是个女司机。常胜再仔细看看车上，两边车帮上探出一溜小脑袋，冲着他指指点点。这辆车是干什么的，怎么装的都是小孩子？

女司机显然看见了站在路中央的常胜，很耐心地又按了两下喇叭，这反倒给常胜提了醒，他索性叉开两腿挺挺腰板，伸手向前，冲汽车摆了个停车的手势。

汽车停了。女司机拉开车门的瞬间让常胜感到很是养眼，宽大的白色T恤衫配了条浅色的牛仔裤，脚上是一双白色旅游鞋，T恤衫下摆处松松地打了个结之后浑身上下就显得那么与众不同。他使劲眨眨眼，心想，怪了，这倒霉地方还能出现造型如此时尚的女人。还没容他回过神来，女司机先说话了："警察先生，想让我认识你也没必要用这种方式吧？"

常胜乐了："我没想到司机是个女同志，我叫常胜，狼窝铺车站的驻站民警，您怎么称呼？"

女司机甩了甩齐肩的头发："王冬雨，狼窝铺小学教导主任。"

"没想到您还是个领导，这更好办了。"常胜回身指了指赵广田和化肥袋子，"这么多东西我弄不回去，想借你的车拉个脚帮我送到前面的车站。"

王冬雨看一眼堆着的化肥袋，又瞥瞥蹲在地上的赵广田，点点头说："没问题，警民互助嘛。你给多少钱？"

常胜一时没反应过来，愣了一下说："你怎么，怎么还要钱呢……没看见警察办案吗？"

王冬雨甩了下头发："一看你就是新来的。以前你们这里的警察老孙雇我的车拉东西，都给报酬。"

常胜暗地里运了口气，心里说今天出门也没看看黄历，遇上的不是小偷就是劫道的。他摸摸口袋，新换的警服上下四个口袋竟然一分钱没有。看了眼蹲在地上的赵广田，用腿踢了一下说："哎，你有钱吗？"

赵广田听见这话差点没哭出来，他仰头看着常胜说："政府，我们出门谁身上还带着钱呀……"可也是呀，贼出来偷东西是挣钱，谁还能带着钱呢。

常胜朝王冬雨摊开两手说："你看见了吧，我和这小子都没钱。不如这样，你先帮我把东西送回前面的车站。到了车站我再给你钱。"

王冬雨紧跟着接上一句："你给多少？"把常胜气得咧嘴直吸凉气，但还不能发作，只好朝对方说："二十块，行了吧。"

王冬雨摇了摇头:"凑合吧,二十就二十。可你也得帮我一个忙。能行,我就帮你送东西。不行,各走各的路。"看见常胜无奈地点头,她继续说:"帮你送完东西,你得和我一块把这些学生挨个送回家。"

常胜冲赵广田比画着让他先上车。王冬雨对车上的孩子说道:"同学们,我们要有礼貌,看见警察叔叔该说什么呀?"孩子们齐声冲着常胜和赵广田喊道:"警察叔叔们好……"常胜连忙摇着手:"错了!别警察叔叔们,没他什么事。你们问我一个叔叔好就行。"

汽车顺着常胜追出来的小道晃晃悠悠地开进了狼窝铺车站。站长老贾正在站台上等着常胜回来呢。常胜先跳下车冲老贾喊道:"站长,你找个手推车让这小子把化肥推回去。你的自行车在汽车上呢。"说完捅了下赵广田:"该你干活了,给我挨个把化肥袋子搬下来运回去。"

说完这些话,常胜扭过头,看见王冬雨正盯着自己,他连忙又喊住老贾说道:"站长,你等会……"然后把老贾拽到一边悄声地嘀咕。

看着赵广田把化肥原封不动地放回到车厢里,常胜用手点着他说:"你这是盗窃少量公私财物,违反了《治安管理处罚法》,得对你进行处罚……但是,我本着惩罚与教育相结合以教育为主的目的,对你进行法制教育。"赵广田的脑袋像小鸡啄米似的不停地点着,可眼睛却不住地瞟着站台上的王冬雨。"你那双小眼儿瞎踅摸嘛。"常胜大声地呵斥着。赵广田连忙把眼神收回来盯着面前的常胜。

常胜挺了挺胸清清嗓子说:"你回去告诉跟你一起儿的那几块料。我姓常,叫常胜,狼窝铺站驻站民警。车站这一片所有的货场、线路、仓库从今天起都归我管。让他们以后离车站远点。听见了吗?"

"听见了,政府。"赵广田连忙点头答应着,可眼睛还在瞟着王冬雨。

这个举动让常胜很恼火,他伸手捅了赵广田一下:"你总看她干嘛?

她是你干妈呀？你出来偷东西还带家长是吗？"

"不是，不是。"赵广田摇着手解释着，"她是，她是三叔的闺女……"

"三叔是谁？"

"三叔是村、村委会主任，书记……王喜柱。"

常胜听明白了，原来这个时尚的教导主任是村委会主任王喜柱的女儿。怪不得这小子总拿眼睛瞟她呢。想到这，常胜朝赵广田挥挥手："行了。对你的法制教育就进行到这。你现在就回家去吧，跑着走，把我跟你讲的话告诉你那些狐朋狗友们。知道吗？"

赵广田点着头一溜儿小跑地奔出了站台。站台上的王冬雨正有一句没一句地和站长老贾搭讪着，看见常胜转身过来，她指着汽车说："帮你送完东西了，你也该帮我送送孩子们了。走吧。"常胜只好朝老贾摆摆手："站长，你瞧我第一天来就这么热闹。你的接风饭等我回来再吃吧。"

站长一个劲儿地点头，意思好像是表示理解，又好像是很高兴常胜去送王冬雨似的。

山里的天气变化快，太阳落下去的时候在车里的常胜竟然觉得有点凉意。他转头看看把着方向盘目视前方的王冬雨咳嗽了一声，王冬雨转头看看他说："山路不好走，你别一惊一乍的。"

常胜挪动了下身子说："开了半天一个劫道的都没遇上呀，要说这地方治安环境不错。你拉着我跑这一趟干嘛呢？"

王冬雨嘿嘿一笑："看过《三国演义》吗？草船借箭这一章读过吧？"

"哦，你拿自己当诸葛亮了，合着我是鲁肃。"

"美的你。你是船上的稻草人！"

这句话把常胜说愣了。还没等他明白过来怎么回事，王冬雨已经靠边停车了。她打开车门撂下句话"在这等着"，跑到车后从上面伸手抱下来个孩子，然后朝着路边亮灯的房子走过去。说来也怪，王冬雨到了房门前，里面立即钻出来两个男女，老远看上去，他们像是两口子，这俩人像看见圣贤似的冲王冬雨点头哈腰。王冬雨不知和对方说了几句什么，猛地回头朝车里的常胜喊道："常警官，你是跟着我来的吧？"

常胜心里话说，我可不是跟着你来的吗，你还讹我二十块钱呢。"是。我是跟着你来的！"他没好气地探出脑袋冲王冬雨喊着。

王冬雨朝他挑起大拇指，回过头去又和这对男女说了几句话，这两口子不停地点着头似乎是听明白了。然后王冬雨才跑回到车里，打着火开动汽车，继续沿着山路跑下去。一路上每将孩子送到家门口，她就照方抓药般地问常胜。好几遍下来把常胜问得怒火直往脑门上撞，几次想发作，都被王冬雨指着后面的孩子说："警察叔叔，注意点形象啊。"常胜只好把气咽回到肚子里。

最后一个孩子送完了。没等常胜开口，王冬雨先从口袋里掏出盒烟卷递过去："抽吧，我请客，这是我拿我爸的。"

"我不抽。抽完怕给不起你钱！"常胜气哼哼地看着王冬雨，"我说王主任，你拉着我送孩子我没意见。可是你到人家门口就弄这么一出，还'业余木匠——就这一锯（句）'，你是不是拿我当枪使啊？"

王冬雨笑嘻嘻地点点头说："就是拿你当枪使呀，可你先别发火，听我说完你再着急。如果我说清楚原委你气儿还没消，再龇牙咧嘴地喊。行吗？"

常胜从鼻孔里"哼"出一声，斜着眼珠盯着眼前的王冬雨。"狼窝铺这个地方外出打工的人多，再加上地处山区经济收入不高，很多家长都不愿意让自己的孩子上学。"王冬雨指着黑乎乎的远山继续说，"孩子不上学就学不到知识，我们当老师的能不管吗？以前我总是吓唬他们这些家长，让他们保证孩子的出勤率。可是他们常常有借口，不是学校太远了山路不好走，就是家里没钱交不起学费。有的干脆就直说，不想让孩子上学了。"

"那你也不能用警察吓唬人呀。"

王冬雨打开烟盒抽出支烟递给常胜："我也想了不少办法。比如和县教育局联合开展了个爱心捐助活动，又让我老爸召集村里的劳力修缮了学校。包括我开的这辆车还是自己家的呢，用车接送远道的孩子们上下学，既安全还能保证学生们准时到校。"

"你说了半天，没听出来和我有什么关系呀？"常胜疑惑地问道。

"最近这段时间，有几家偷着想把孩子送到城里去帮工，要么就是不许孩子来上学。我得找个人吓唬他们呀。赶巧你撞我枪口上了，我就跟他们说你是上面派来专管失学儿童的警察，专门检查这个事。他们一听害怕了，都表示要继续送孩子上学，不让孩子干农活或者往城里跑了。"

常胜听完撇撇嘴，把涌上来的话咽了回去。这一刻他想到了自己的儿子小勇，他和这些孩子几乎同龄，但学习和生活的环境却有着如此大的差别。十几岁的孩子了每天不叫不起床，不给零花钱不给买手机不给带好转天的课本就"罢课"，经常和几个小狐朋狗友逃课去网吧上网。更气人的是学着青春剧里边的情节给女生写情书，被人家举报到老师那里后，还振振有词地说写情书是因为崇拜莎士比亚，为了以后当作家做准备，自己先体验一下生活。气得老师在电话里把自己好一通数落。想到这些，常胜摆摆手示意王冬雨开车，此时他已经把满腔的怨气消于无形了，甚至在心里有点佩服这个二十多岁的女教导主任。

汽车歪歪扭扭地开回到站台上。常胜转身下车关上车门刚要离开时，王冬雨在车里叫住了他："常警官，今天的事真得谢谢你帮忙。

欢迎你有时间来学校参观，给孩子们上铁路安全课。"说完从车窗内伸出手，手里捏着二十块钱："常警官，这是你的钱，拿走吧，今天算我免费帮助你执行公务。"

常胜听罢连忙摆着手，本想说两句仗义的话语，可话到嘴边却变成了："你也怪不容易的，这二十块钱就算我扶贫了。"说完这话常胜就直后悔，拿眼瞟着王冬雨，生怕这个村里的高干子弟、学校的教导主任给自己来个窝脖儿。没想到王冬雨反而开心地笑了笑："谢谢常警官的慷慨捐赠，就算是你初次给学校的孩子们买学习用品了……"

没等常胜再答话，王冬雨猛踩下油门，汽车拖着股黑烟拐过站台，钻进了黑乎乎的夜幕中。

这回轮到常胜郁闷了，本想再去车站办公室找贾站长赴宴的，但是抬头看看满天的星星索性打消了这个念头。他像个塌了架的老鹰一样，费劲地晃晃翅膀，一步一步地走回了民警老孙给他留下的那个小屋。屋里面清锅冷灶的没有半点生气，屋外面冷风飕飕地唱着晚歌。常胜揉揉饿扁了的肚子，用电炉子烧开壶水泡上自带的方便面，趁着泡面的工夫操起手机给媳妇周颖发了条信息："我到狼窝铺了，孩子怎么样？咱妈怎么样？"

过了好一会儿，手机屏幕上显示飞进来个信封。常胜按动按键看到："一切均好，你注意安全"。这就完了？一句话就把我打发了，也不问问我吃没吃饭。周颖官样文章的回复弄得常胜索然无味。他烦躁地把手机扔在床上，捧起那碗方便面刚要张嘴，忽然，窗外传来了一声凄厉的惨叫。

第三章

叫声在夜晚的山里显得格外刺耳，惊得常胜差点把手里的碗面扔到地上。

他急忙提起口气，顺手操起门边的一把铁锹，摆出副要战斗的姿势，竖起耳朵探听着外面的动静。果然，外面连续地又叫了几声。这次常胜听出来了，这是有人掐着嗓子在学鬼哭狼嚎呢。这样的夜晚，谁会到靠近山脚边上的车站来学鬼叫呢。肯定是傍晚那几个丢下化肥袋子逃跑的小子，他们趁晚上黑灯瞎火找我的后账来了。

拿我当小孩子吓唬呢？这个念头一产生，常胜的无名火直接顶到脑门上，他拎起铁锹抬脚踹开房门两步冲了出去。迎着夜晚的山风，拉开个准备开打的架子，像个武士似的朝着黑不见底的山峦喊道："谁在野地里学鬼哭呢？有种的都他妈的给我站出来，咱们当面比画比画！"像是响应他的号召一样，几块砖头从黑夜里"嗖，嗖，嗖"地飞了出来。常胜连忙左躲右闪抢起铁锹猛一阵抵挡，但身上还是挨上了两下。气得他弯腰顺手捡起地上的砖头，朝着黑暗里扔了回去。像是挑衅，黑暗中又把砖头扔了回来。

就这样，常胜在明处，人家在暗处，常胜无法冲过去，那边也不敢冲出来，两边砖头石块乱飞折腾了足有十几分钟，站台上满地都是砖头，一片狼藉。常胜连扔带骂忙活半天，最后累得一屁股坐在了地上。对方像是欣赏完表演，戏要完他以后悄悄地退场了。留下常胜独自握着铁锹，像只受伤的狼不停地喘着粗气。

常胜压抑住胸口狂躁的心跳，拖着铁锹往屋里走，边走边想起来白天老孙嘱咐自己的话。"看来真是到了敌占区了。我在站台上连喊带叫地折腾半天，周围是群山连绵漆黑一片，可车站里竟然没有个人出来帮帮忙，整个一找不着组织的孩子。"刚走到门边，他借着窗户里透出来的光看过去，忽然发现房子背后的菜地有些异样，白天还是挺平整的，怎么现在看着凹凸不平的？绕过来仔细一看，差点没把他鼻子气歪了。

原来，面积不大的菜地像被猪拱了似的，这一堆那一块，挺新鲜的白菜、辣椒和茄子都给刨出来了，胡乱地散落满地，有点像老电影里的鬼子兵进村，典型的连根拔起寸草不留。

常胜这个时候才恍然大悟。敢情人家是跟自己耍了个调虎离山。前门砍砖头，后门有人抄后路，这是摆明了与自己叫板，顺便着来了个下马威。谁让你白天单人独骑地耍了半天的威风，显然是找后账来了。这小小的狼窝铺真是风紧水深呀。想要给派出所打个电话求援，但自己前两天还人前人后数落着狼窝铺的老孙是"午夜凶铃"呢，这个时候报应就轮到自己身上了。今天晚上请求增援的电话要是打出去，说来驻站点的第一天就让人家劈头盖脸地砸了一通砖头，刨了一片菜地，最后连是谁都找不着。明天肯定会传遍全所上下尽人皆知，让同事们背地里品头论足不说，自己面子上也过不去呀。常胜在电话机跟前转了好几回磨，拿起话机又放下，举起手机又扔到床上。这回真应了李教导员平时开会搞教育说的话了，脑海中产生激烈的思想斗争，在组织纪律和个人私利面前，掂量掂量哪头轻哪头重。常胜是反复地掂量了，只不过这个思想斗争不是触犯警戒违反纪律，而是向不向所里求援。他像个戏剧学院里的新生练台步一样，在屋子里来回地走绺儿。最后咬牙跺脚地决定，忍了！不是他愿意吃这个哑巴亏，而是实在丢不起这个人。

山里的气候说变就变，昨天晚上还是阴风阵阵愁云惨淡，转天就晴空万里艳阳高照了。要不是爬上山坡的太阳透过破碎的窗户，把刺眼的光线洒在常胜的脸上，他还不知道天已经大亮了呢。这个夜晚可能是常胜从警以来最憋屈的时候了，更让常胜别扭的是，自己竟然窝窝囊囊地睡着了，而且睡得那么死，连身上的警服都没有脱。

屋外传进来站长老贾的声音，像是正在指挥着职工搞卫生。常胜伸手在脸上胡噜一把，推开门走了出去。果然，老贾正带着三个职工推着小车收拾着满地的砖头呢。老贾看见常胜，把手里的铁锨往墙边上一靠，从口袋里掏出烟卷奔他递了过来："来，常警官，先抽支烟。过会儿这哥儿几个就帮你收拾利索了。"

常胜接过烟放在嘴边半天没有点燃。有心说你贾站长带着人昨天晚上干嘛去了？我这边一个人连蹿带蹦连喊带叫地折腾了半夜，两边的砖头飞得跟流星赶月似的，这么大的动静，你在车站不可能充耳不闻吧？可就是没有一个人出来望望风，搭把手。现在天亮了，你倒带着人来打扫战场了，简直是看我的笑话嘛。但是还不能埋怨，毕竟人家是来给你帮忙的。俗话说"举手不打笑脸人"，更何况人家还满脸堆笑地给你烟呢。

站长老贾可能也瞧出来常胜的想法了，连忙打着火凑上去给他点燃香烟，借机朝常胜跟前上了一步说："常警官，昨天晚上你这边闹腾我们知道，可值夜班的职工都在岗位上呢。一个萝卜一个坑，实在抽不出人手来呀。你也清楚，咱们狼窝铺站夜间有好几趟列车通过。夜间行车运转、信号都很重要，职工们都瞪着眼睛保安全呢。再说了，狼窝铺的治安环境不好，夜里大家伙都不敢出来，你可别埋怨我们不帮忙呀，呵呵……"

几句话说得有礼有面，把犄角旮旯儿都给腻瓷实了，给常胜剩下的只有表示感谢的话了。常胜在心里运足了一口气，使劲把脸上的肉挤挤，笑容灿烂得如同菜地里满处散放的茄子白菜。"贾站，你多想了，我可没有埋怨你的意思，谁让咱一脑袋扎到狼窝铺这个地方来呢，压根没想到他们村的欢迎仪式会这么搞。"

贾站长无奈地撇撇嘴说："常警官，你是不知道呀，狼窝铺这个地方自古就是兵家必争之地，在历史上作为战场、屯兵的典故早就有记载。远的别说了，就说抗日战争时期吧，国共两党的游击队、先遣队都在这片山区里活动过。"

"你这算是给我普及知识，我得好好听听。"常胜不由自主地环视了下周边起伏的群山。

贾站长客气地朝常胜摆摆手："当年小日本够猖狂吧，弄两个小队就敢把县城占领了。可是整整一个大队，扛着迫击炮带着机关枪掷弹筒钻进山里来剿游击队，结果怎么样？还不是让游击队打得鼻青脸肿满地找牙，最后抬着好几十具尸首回去了。知道为什么吗？此地太险恶，游击队更'狡猾'。再加上当地的居民不认'大日本皇军'只认共产党游击队，家家户户联起手来帮助游击队，所以该他们小日本倒霉。"

常胜疑惑地回视一眼贾站长说："照你这么说日本人吃了亏就不来报复吗？这不像他们的狗食性格呀。"

"来了啊，在山里修炮楼安铁丝网的好一通折腾，没到半年生生地让村民和游击队给挤对走了。"这句话把常胜的兴趣勾起来了，不错眼珠地盯着对方。贾站长见自己的话有市场，更加手舞足蹈地继续演讲着："说起这个事可热闹，当年日本鬼子修的炮楼离咱车站现在的位置不远，选的地点不错，可是架不住游击队白天晚上地打黑枪呀，没完没了地骚扰。老百姓还把水源给断了，鬼子吃水就得出来挑，可出来容易回去就难了，基本上都'玉碎'在山泉那边了。"

"老百姓给水里下毒了？"

"没有，咱自己不是还得喝水吗。'皇军们'不是踩上地雷就是让神枪手给点了炮儿，炮楼里也没有通信设备，鬼子养的军用信鸽本来想传递信息，可放出去几只死几只，全下汤锅了。"

"神枪手用枪打的呀？"

"子弹多贵呀。是村民们放的鹰给叼走了。日本鬼子原本打算依着山道修条公路好支援山里，结果山下放炮修路，山上也放炮往下炸石头，白天抽冷子就是一枪，再不济就是颗自制的手榴弹扔完就跑，晚上不是埋地雷就是学鬼叫，要多瘆人有多瘆人。把小日本折腾得胡说八道，只好放弃修路。临了一句评语，这地方统统地良民地不是。"

最后这句话把常胜逗乐了，可是转过来一想，自己目前的处境不比当年的日本兵好多少，虽然人家没对自己打黑枪，可是这满地的砖头和连根拔起的蔬菜，和当年挤对日本鬼子的招式如出一辙。再多想想，贾站长怎么有心情跟自己聊这些呢？他是不是隐含着有什么话要说？常胜的脑子快速地旋转了几圈，冲着贾站长笑了笑说："贾站，我是初来乍到，不了解此地还有这么悠久的革命传统。你是狼窝铺的老人了，给我介绍点经验。"

贾站长面露诧异："老孙没跟你说过吗？"

常胜摇摇头："你刚才说的这些我是头一回听，老孙根本就没念叨过。我还纳闷呢，这么恶劣的环境，老孙是怎么挺过来的啊？"

贾站长瞧瞧周围，摆出副知心贴近的架势朝常胜耳边凑过来："老孙平时也是睁一只眼闭一只眼，只要这帮孙子别惹大祸，别折腾出安全事故来就行。真要管，老孙都六十岁的人了怎么去抓贼啊。"

"我昨天可看见他们破封盗窃了，这样的事还算小吗？"常胜说的是行话，铁路运输时整节车皮装满货物后，要在车厢外面车锁的连接处加盖铅封，铅封上显示着发出站的标识，这个铅封只有到达终点站时才能打开。列车在运行中沿途停靠各个车站，列检人员都要检查铅封是否完整。如果有破损，那就是运输物资被盗窃过。

"唉……"贾站长长地叹了口气，"小偷小摸的事情常有，只要丢的东西不多，我让列检员补上铅封也就算了。再说运输货物都有保险理赔，大不了铁路倒霉赔点钱呗。"

常胜似乎有点醒悟，但仍感觉有些疑惑未解开，于是他伸手拍了拍贾站长的肩头，也摆出副知己的造型小声说："要像你说的这样，老孙不就成了地下工作者了吗？他就没发展点自己的人马，没几个知心的朋友呀？"

贾站长斜眼看了看常胜，又立刻把不屑换作了笑逐颜开："常警官，我明白了，你这是套我的话儿呀。不过也没关系，你刚来咱这个车站，有些事情我应该多和你念叨念叨。"说完他又递过去一支烟，拦住了想解释的常胜："我们长年累月地在外面待着不容易，咱们在村民眼里是外人，就跟城市里的人拿斜眼看农民工一样没什么区别。老孙这么多年驻站能待下来，不光是靠勤勤恳恳任劳任怨，也得脑筋急转弯，也得靠做重点人的重点工作呀。"

这个论点让常胜更疑惑了，他不由自主地竖起耳朵贴近了贾站长。

"其实也不神秘，就是层窗户纸一捅就破。"贾站长得意地呼出口烟，"我们工作有困难时怎么办？得找上级找组织吧。当然了，你这个组织远点儿，派出所离狼窝铺开车就得两个多钟头。但你可以在当地找啊。"

"你的意思是说，我找当地村委会？"

"对呀！要不说当警察的没傻子呢，脑子转得就是快！"

这句话噎得常胜半口烟差点没喷出来，朝贾站长直瞪眼。心里琢磨着，贾站长这句好话我怎么没听出来好呢？心里边想嘴上边说道："你说的重点人，该不会是这里的村委会主任王喜柱吧。"

"就是他呀。"贾站长指着站台说，"昨天晚上，你不是还帮助他闺女送学生回家吗？这个女孩子不错，就是脑子有点轴，大学毕业后放着市里的大公司不去，非要回这个穷乡僻壤的乡办小学当志愿者，天天带着孩子们上课读书。"

这句话让常胜回想起昨天晚上的情景，原来王冬雨还是个不拿任何薪水的志愿者，先不说这么做出于何种想法，冲她对孩子们认真呵护的这股劲，在心里对她的好感又添上了几分。"怪不得昨天你跟她聊得这么热闹呢，原来有她爸爸这层关系啊。"

"话不能这么说，抛开她爸爸是村委会主任不谈，人家女孩子能跑进山沟里来义务支教教育下一代，这思想境界就够高的。"

常胜听完这句话不由得咧嘴笑了："贾站长，我怎么听着你这话音有点像支部书记的味呢，一套一套的。你是不是一马双跨身兼数职呀？"

贾站长摇摇手说："常警官，你可别给我乱封官，咱车站有书记。这几天轮到他倒休，书记姓郑，叫郑义。等他回车站时我给你们介绍认识下。说了半天，你到底是怎么想的呀？"

"怎么想的，你都给我指出道来了，我不得去蹚蹚呀。"谈话进行到这个程度，常胜已经有主意了，他想去拜会一下这位村委会主任。

还是贾站长的那辆自行车，常胜骑着它行进在乡村的小道上。坑坑洼洼的路面把他屁股颠得像坐在气球上一样，不敢使劲还不能离开，不得不来回地扭着身体。原本想借此机会好好观察下沿途的情况，欣赏欣赏社会主义新农村的景象，结果让这凹凸不平的道路颠簸得全然没有了兴致。

车站离狼窝铺村不算远，但一路上的曲折蜿蜒却让常胜感觉到像是在长征。此时他还不知道，就是因为这一次看似例行的走访，在以后的日子里将自己与这个不起眼的小站，还有这个小村庄紧紧地联系到了一起，以至于每每想起都会痛彻心扉无法自拔。

常胜按照贾站长的指点，拐弯抹角地骑车进了村，发现村里只有一条翻边冒泥像搓板样的柏油路能通向远方，其余的充其量只能叫作"小道"，根本无法通过大型的载重车辆。再抬眼朝村里望去，错落有致的民居墙上挂着的各种山货，院子里种植的核桃、红果树，无一例外地向人们展现着浓烈的山乡气息。

他边在小道上骑行，边迎接着蹲在墙根的几个老农疑惑的目光。他想张嘴问问村支书王喜柱的具体住址，但话到嘴边又咽了回去。因为刚要凑过去，对方就采取了明显的躲避动作，这个肢体语言常胜很明白，人家是不愿意跟你交流。无奈之中他只好骑着车在村里转悠开了，绕过排青砖砌墙的农家院，一眼看见墙边有两个人：年长的那个穿着身老式的绿色警服，虽然有些旧但很平整，叼着根烟卷面冲着墙相面；年轻的那个正用板刷起劲地在平整的墙壁上涂抹着什么。

"看这阵势肯定是写标语呢。"常胜心里想着，手里将车把一扭，滑行了两步凑过去观看。不看不要紧，仔细看完差点没把自己笑喷了，急忙咳嗽几声掩饰过去。墙上的标语虽说字体差点，但措辞却很有震撼力，足以表明狼窝铺村对计划生育这项国策的决心。墙上的字是"该扎不扎，堵门封家，上吊给绳，喝药给饼！"仔细一瞧写字的这个人，常胜更认识了，就是昨天让自己抓住后一通训斥落荒而走的赵广田。

"赵广田，你们村喝药还管饭是吗？"

随着常胜的问话，赵广田紧跟着打了个冷战，连忙回头找声音源。看见两脚踩地跨在自行车横梁上穿着警服的常胜，脸上掠过一丝惊恐："政府，不……不管饭。"

"不管饭你写'喝药给饼'。农药就着大饼吃？知道的是你们村福利不错，不知道的还认为村里鼓励自杀呢！"

这句话引起了旁边年长者的注意。他急忙凑前两步，仔细看完墙上的"饼"字回身抬腿给了赵广田一脚。"赵家老二，你小子怎么写的？净他妈篡改我的话。我是这么说的吗？我的原话是喝药给瓶儿。难怪有些政策布置不下去呢，到你们手里就变了味。"

赵广田被踹了一脚连动都没敢动，嘴里不停地叨咕着："三叔，三叔，您别生气，我写错了，我马上改过来。"

"还改个屁啊！斗大的字都写墙上了，你说怎么改？"被称作三叔的人高声地训斥着赵广田，同时不停地从鼻孔中喘着粗气。

眼前的情景把常胜调皮的心态勾起来了，他冲着墙上的字端详了一下说："好办。把饼字左边涂了，右边再加上个瓦字不就得了。"

三叔听完这句话，先看看常胜，又回头朝着墙上的字用手比画了一下，不停地点着头。"还是公安同志水平高。赵家老二，你小子马上给我改过来。"看着赵广田用板刷在墙上又蹭又抹地忙活，三叔从口袋里掏出盒揉搓得变了形、已经分辨不出品牌的烟卷，边往外掭边对常胜笑着："公安同志，你是乡上派出所的吧？我怎么没见过你呢？"

常胜骗腿下车朝着对方说道："我不是乡派出所的，是狼窝铺车站的驻站民警。请问您是哪位？"其实从赵广田称呼对方"三叔"的口气中，他已经猜出眼前这位穿着旧式警服的年长者是何许人了。

"站上的公安不是老孙吗？"说话间，烟卷递了过来，"我叫王喜柱，我跟老孙特别熟。他怎么没来呀？"

"您就是村支书吧。老孙快到退休年龄了，不能总常年在外面驻站，所里安排我接替他的工作。我姓常，叫常胜。您以后就叫我小常吧。"常胜字斟句酌地说着官话，虽然有点拗口但还算冠冕堂皇。王喜柱连忙摇摇手说："我可不敢跟你们公安套近乎，还是叫你常警官吧。常警官来村里什么事啊？"

常胜斜了一眼正对着墙奋笔疾书的赵广田说："村长，车站昨天发生一起运输物资被窃的案件，几个人明目张胆地就敢破封偷窃化肥。我是来村里走访一下，主要是想和村委会、治保会接上头，因为这个地方治安环境不好，所以得商量下群防群治的办法。"

"常警官，你也许是不了解情况吧，我们村可是乡上、镇里的治安模范村。你们所老孙待了这么多年都没说过啥，你刚来两天就说这里不治安了。"王喜柱的脸色有些不好看，仿佛是挂了层霜一样。

常胜没想到对方的话这么倔，噎得自己往下咽了口唾沫指着赵广田说："昨天偷东西的人里面就有他，村长如果不信可以问问呀。"

王喜柱回头瞥了一眼赵广田，回过头朝常胜道："常警官，这事我知道。赵家老二让你教育后就跑我这坦白来了。我对他又进行了一次更加严厉的再教育，棍子都打折了。昨天罚他给村里的几位五保户干活收拾场院，然后才跟着我宣传国策。"

"可是偷东西的不止他一个呀，半夜里他们还来报复我，又扔砖头又学鬼叫的，还把老孙辛辛苦苦种的菜地给拔了……"

"常警官，我说你初来乍到的不了解情况吧。"王喜柱抽了口烟使劲地吐出一串烟雾，挥手指着周围起伏的山峦说，"你顺着我的手看，东面是龙家营，西面是后封台，南面是挂甲屯，北面是下马庄，中间才是狼窝铺村。火车道从咱们这个村通过，火车站还建设在咱这里。四邻八乡的这么多人都往村里来，你不能说偷东西的全是我狼窝铺的人吧？"

常胜被这话问住了，自己刚来狼窝铺车站一天，别说眼前的这个狼窝铺村了，就连车站周围的环境还没弄清楚呢。听着王喜柱如数家珍地念叨着各个村庄的名字，他真的感到有点转向。看着对方疑惑的眼神，王喜柱的嘴角微微向上翘了翘："常警官，按说你来咱村里视察，我应该带你四处看看。可是乡里过两天就来检查计划生育工作，我得赶紧布置一下，你就得自己溜达溜达了。"没等常胜接茬说话，王喜柱摆出个歉疚的姿势说了句，"你待着，有事再找我，我得继续写标语去"，然后叫上赵广田拐个弯消失得无影无踪。

连口水也没给喝，就这么把常胜一个人撂旱地上了。

常胜心里别扭得像吃了个死耗子，走，不知道怎么下这个台阶；不走，又觉得站在这里特别尴尬，只好反复地转动着身子慢慢挪到自行车前。两只手好不容易摸到自行车的车把，一咬牙侧身上车，顺着原路像败兵似的往车站骑。

刚骑到大路口，汽车喇叭鼓点般连续不断的叫声将他从郁闷中唤了回来。"这是谁跟我示威呢？"他抬眼一看，还是昨天那辆运送孩子的汽车，里面坐的正是乡村学校的教导主任——王冬雨。

这个时候碰到王冬雨，常胜心里有股说不出的滋味。自从来到狼窝铺不到两天的时间里，跟自己相处时间最长、说话最多的就是这个乡村小学的教务主任了。可是偏偏在自己被她爸爸王喜柱"冷处理"的当口，她笑容可掬地出现在眼前。是碰巧路过，还是等着看我的笑话呢？"你怎么在这？等着看我被你爹礼送出境呢。"常胜没好气地冲着王冬雨说道，"好歹我还帮你护送孩子们放学回家，给你当了一把打鬼的钟馗呢，你就这么跟我搞警民互助呀。"

王冬雨笑呵呵地朝车后一挥手，示意常胜将自行车放在车厢里，等常胜拉开车门猛地坐到驾驶室里才说道："我在学校里看见你骑车过去，就知道你要去村里搞调查。赶紧发动车想追上你，可这个破车怎么也打不着火，等修好了再开出来，你这不是已经打道回府了吗，呵呵……"

常胜哼了一声："我这回算是领教贵村村干部的狡猾了，云山雾罩地跟我白话一通，这个屯那个庄的炫了半天，最后让我没事自己遛遛。还让我有事找他，真有事我往哪找去呀！"

"你跟我爸都说什么了，看你这气呼呼的样子。"

王冬雨凝神静气地听着常胜的叙述，其间几次把脸扭向车窗外，而后立即转回头又摆出副认真听讲的架势。这个举动常胜再笨也看明白了，收住话头把眼睛一瞪朝着她说道："要笑你就笑出声来，别吭哧吭哧地憋着，小心憋出毛病来还得去医院看病。"

"你挺聪明的呀，怎么还没有老孙心眼儿多呢。"

"这话什么意思，挤对我还是拿我开心？"

"一看你就是在城市里待惯了，不了解乡下农村的具体情况。"王冬雨摆摆手说道，"和我们这里的人打交道有几种办法。一是大脑袋二是小爷们，三是打围子四是拜兄弟，你哪样都不占还正儿八经地跟我爸爸打官腔，他可不就给你来个官对官。不瞒你说，他转身一走心里准得骂你奥特，说你装大个儿不懂事。这点上你还真不如老孙呢。"

"哦，老孙跟你爸爸拜把兄弟了？"常胜没好气地嘟囔着。

"瞎说什么呀！"王冬雨冲常胜翻了个白眼，"我是说人家老孙会套近乎，能拉近相互之间的感情。远的别说，老孙每次从市里回来都给我老爸带条烟，没事的时候两人还能喝两口，连他身上穿的警服还是老孙送的呢。你说说看，老孙有事我爸爸能不帮他吗？"

这几句话引起了常胜的兴趣，往里蹭蹭身子对着王冬雨说："王主任，你给我仔细讲讲这里面的事，就是你刚才说的什么一、二、三、四的。"

王冬雨朝常胜莞尔一笑："想知道呀，行。我的讲课费是一节课时四百块人民币，看你昨天帮助过我的分上给你打一对折，二百块。"

"你劫道儿去吧！我一个月才挣多少钱啊！"常胜差点没蹦起来，"王主任，你好歹也是个人民教师，怎么张嘴闭嘴的离不开钱字呢，你钻钱眼儿里去了？"

王冬雨一点也没有不好意思的样子，依旧朝着常胜嘿嘿地笑着："听不听在你自己，不愿意就拉倒。我还告诉你，就是给我爸爸干活也得要钱！"

常胜愤愤地推开车门想出去，可是转念一想又坐了下来。在目前的环境下，离开王冬雨，谁还会跟自己说这些呢。从今天村里人们投过来的目光上看，和自己以往看小偷、嫌疑人的眼神没多大区别，都是疑惑加上不信任。这种距离感和陌生感真不是能在短时间内消除的。常胜悄悄地叹出口气，摸摸口袋，转脸对王冬雨摆出副笑容可掬的姿态说："我出门没带这么多钱，划划价，五十块钱成吗？"

"一百！不许再划价了。"

常胜咬咬牙心里骂道，认钱不认人的丫头片子，嘴上却说："行！答应你，开课吧。听不明白不给钱啊。"

"我不怕你赖账。"王冬雨笑笑说，"狼窝铺的环境想必你也了解一点，这里的人们虽说民风彪悍但不刁蛮，热情好客厚道实在却不虚伪……"

"你还别说，这点我真没看出来。"常胜耸耸肩。

"别打岔，老师说话不许随便插嘴接茬。"王冬雨瞪了常胜一眼继续说道，"山里人说的大脑袋不是你想的大壳帽，是上面来的大官。乡里的镇上的区里的，还有市里的领导来检查工作，我爸爸都得跟在人家屁股后面，上面的领导嘴大手大脑袋大，一说一串一划拉一片，一摇脑袋不同意，我爸不得跟人家说好听的呀。他这样子老百姓看在眼里，自然都会买账。"

看着常胜凝神静气地听自己演讲的神态，王冬雨调整了身子继续说："小爷们就好解释了，谁都不惹谁都不得罪，谁骂你打你都接着，老老实实地在狼窝铺当个窝囊废。这样人家也不会欺负你。"

常胜哼了一声，眼神里露出几许不屑。王冬雨装作没看见："打围子是句老话，就是说要和山里人套交情，感情远近不说至少要混个脸熟。拜兄弟看字面上你也能理解，能和山里人当真朋友做兄弟，能把心掏给他们，他们也肯定对你交心对你坦诚相见。"

"能吗？别回来我把心掏给他们，还落个特二的下场。"

王冬雨白了常胜一眼答道："你觉得今天让人家把你撂旱地上，没人搭理你，看你都跟看日本鬼子进村似的不二吗？"

这句话深深地刺痛了常胜，他不由自主地叹了口气。王冬雨说得有道理，自己来到狼窝铺驻站，就好比农民工进城打工，新的空气新的环境，新的人群新的待遇。人家农民工进城好歹还有个老乡照应呢，可是自己却被一辆汽车连人带铺盖卷拉到地方，转瞬之间就落得个无依无靠冷冷清清。摆在自己面前的有两条路，要么卷起铺盖回去，要么咬牙跺脚地坚守⋯⋯

汽车在凹凸不平的山间小路上行驶着。临近狼窝铺车站的岔路口时，汽车似乎犹豫了一下，经过短暂的停顿后掉头奔着另一条路开下去。这条路是通往县城的，县城里每天有长途汽车开往平海市。

县城的长途汽车站建设得很简单，用铁栏杆围起来的空地上停放着十几辆五颜六色、长短不一的汽车，每辆车窗前都贴着白板红字的站名，有几辆车正在浑身颤抖地发动着。老远望去活脱一个二手汽车交易市场。一出一进两个大门像伸出的爪子指向街道。在大门口附近盘踞的小摊贩，向来往的人们兜售着诸如玉米、茶鸡蛋、煎饼果子、饮料等各种中式快餐，再加上贩卖核桃、红果、蘑菇、黄花菜等山货的叫卖声，仿佛给这两只爪子增添了很多枝杈。

"你就送到这吧，麻烦把自行车带回去还给贾站长。"常胜透过车窗望着蠢蠢欲动的汽车甩给王冬雨一句话。

王冬雨的眼神里飘过一丝鄙夷的目光："逃跑回平海也得带上铺盖卷吧，就这样自己一个人回去？"

"你懂什么，我这叫转进。回去搬救兵！"

"行，你搬救兵以前先给我结账吧。"

常胜哼了一声，从口袋里掏出张一百元的纸币递给王冬雨。"是真的吗，假币我可不要。"

"睁大眼睛仔细看看，上面写着呢，中国人民很行。"

"你认字吗？这上写的是中国人民银行！"

"哦，我一直认为是人民币上弘扬民族气节呢。不过话说回来，我这个平海的铁路警察也很行！"

"是吗，我拭目以待。"

第四章

所长室里的大刘正眯缝着眼看上级发来的文件，被猛然间像飘移过来的木桩般的常胜吓了一跳，惊得他睁大眼睛扔下手里的文件，把吸了半口的烟连唾沫带烟雾完全从嘴里喷了出来。"狼，狼窝铺出事了？"

"没出事我就不能回来了？"常胜看着大刘紧张的神态强忍住笑说，"至于的吗，瞧把你这个所长吓得。也不问问你属下的民警怎么样，上来就盼着出事。"

大刘上上下下仔细打量了一遍常胜，感觉他没有带来什么"凶信"后，才把身子放缓了一下说："常胜，抛开我是所长有命令你的权力不说，咱们可是有君子协定的呀。去狼窝铺驻站是待一年，不是待一天。我昨天刚把你送过去，你拉了泡屎被窝还没焐热转天就回来了，你这是干嘛？跑狼窝铺插根草标宣示主权去了？"

"我不是跑回来的，是想跟你说说狼窝铺的情况……"常胜的话没说完就被大刘伸手制止住。"说什么呀，狼窝铺地处偏远驻站环境艰苦，当地人员复杂，治安状况恶劣。这些我比你清楚，但是也不能成为你回来的理由吧？情况复杂你要想办法克服困难，不能遇到一点事就撒手闭眼吧，你跑回来算怎么回事。"

"你让不让我说话了？"常胜憋足劲冲大刘喊了一声，"我昨天晚上让人家劈头盖脸砸了一通砖头，今天早晨又让村干部晾在一边，我都没跟你诉苦。明说吧，我是来找你要支持，要政策，要装备的。你别给我做思想工作，狼窝铺这个地方，常爷是待定了！"

这番话说得语气铿锵，掷地有声得让大刘愣住了。他不由得又上下打量了眼常胜，确定他不是跟自己较劲后悄悄地呼出口气，顺手把桌子上的香烟往前推了一下说："这才是你小子的性格，知难而上。说说吧，你要什么？"

常胜也没客气，从烟盒里抽出支烟卷点上火说："驻站点的生活用品都齐全，这个不用所里操心。可是警用装备狗屁都没有，你得给我配枪配子弹，配警棍配警绳配警笛，配警犬配铐子配汽车……"

"你，你等会儿吧。"大刘伸手拦住常胜的话头，"我给你配一箱手榴弹得了。飞机大炮要吗？你是去驻站不是去打仗，真拿自己当中国人民解放军了。再说了，枪支警械管理规定你不是不知道，我没权给你发枪械。不过……你说的警用装备倒是可以考虑。"

常胜其实早就盘算好了，他知道所长大刘的脾气，你越尿他越看不起你。拿今天这个事情来说吧，如果自己进门就愁眉苦脸唉声叹气地痛说受了委屈，大刘不仅不会好言安慰，反而会更加地腻味，甚至连挖苦带损地数落你一通都有可能。与其这样不如理直气壮地拍案而起，将自己来时想好的计划大方地说出来。为了能达到目的，他特意留出了谈判的余地。

"枪不给配，警用装备你得给我配齐了。"

"应该的。驻站点就应该装备齐全，你去找内勤领。"

"还得给我条警犬，出去巡逻我得有个伴。"

"行。我马上给警犬队的老王打电话，让他们帮你解决。"

"还得给我配辆汽车，汽油我自己想办法。"

"我给你配辆自行车吧，所里没多余的汽车。"

常胜听罢摇摇脑袋说:"狼窝铺地处偏远还在山里,管辖线路三十多公里,没有汽车我怎么去巡线,怎么去货场巡视啊?还有,处理治安案件送报审批,往来所里领取东西,你总不能让我每次都等长途汽车呀。"

大刘使劲嘬了下牙花子,他心里明白常胜说的是实情,狼窝铺车站所辖的线路的确很长。虽说以前老孙也是巡逻巡线,一般都是转悠转悠就回来,所里从来没有刻板地要求过全程巡视。可眼下常胜提出来了,自己还不能说不对。想到这里,他朝常胜说道:"所里倒是有一辆闲下来的车,可就是总有毛病,本来想交还给公安处的。既然你要那就开走吧。"

"就那辆破'大发',比我岁数还大呢,你给我换一辆行吗?"

"不要拉倒。这个车我还破例给你呢。你去满处打听打听去,有哪个驻站点能配汽车?别蹬鼻子上脸拽眉毛。"

常胜不言声了。自己的目的虽说没有百分之百地实现,可毕竟大刘还是给了他很多的倾斜,见好就收吧。他向大刘请了个假,理由是需要整修车辆和去警犬队挑警犬。大刘痛快地答应还说索性多歇两天回家看看,并叫来副所长顾明跟着他去车库取车。望着常胜走出门口的背影,大刘不由得将目光又投向桌子上的文件。常胜进来时,他有意拿报纸盖上了文件,他不是害怕别的,而是担心这个文件让常胜看见。标着文号的红头文件上赫然注明,公安处马上就要进行新一轮的竞聘了,如果告诉常胜他还能安心地去狼窝铺驻站吗?可是不告诉,就意味着常胜将又一次失去竞聘的机会。

大刘使劲地揉了一把脸,此时他觉得自己真的有点不太磊落。

那辆满是尘土,通身都看不出是黄还是黑色的大发箱式汽车,窝窝囊囊地趴在车库的角落里。怎么看怎么像是一堆废铁。常胜从顾明手里接过钥匙，刚要打开门上车发动，被顾明伸手拉住说："老常，我劝你别费劲了。压根打不着火，都报废的车你要它干嘛呀？"

常胜对着汽车叹了口气："唉，刘所好不容易答应给我辆汽车，是好是坏我都得先接着，找熟人修修看能不能开吧。顾所长，按理说我现在是归你管，你也应该给我点支持吧？"

顾明赶紧举起双手摇晃着："老常，常师傅，您知道我这个副所长管不了多大的事，修理汽车这个费用您还是找刘所。他是一支笔，咱派出所的行政主管。兄弟我就是个跟班的，论资排辈我还得喊您师傅呢。常师傅，您就别给我这个小兄弟出难题了。"

"行，我不给你添堵，你想办法先给我解决点汽油吧。总不能让我把车推走吧？使唤驴拉磨还得给把草呢。"常胜把顾明的手拉下来笑呵呵地看着对方。

"您放心，这事交给我，保准给您办妥了。"

常胜根本没打算让顾明报销修车的费用，他想要的就是汽油。修车这个事还是得找自己的同学，现在开着三家修理厂、两家4S店的老板李东。

常胜边给李东打电话让他来拖车，边溜达出派出所。刚走到广场就被人从后面叫住了，叫他的人是民警小于。小于见了常胜仍是警长、警长地叫着，脸上挂着尊敬和歉意的表情，因为在他心里总觉得常胜被发配到狼窝铺驻站跟自己有关。如果不是自己那天冒冒失失地和几个大学生发生争执，也许现在还跟着常胜值勤呢。常胜则摆出副老师傅的架子，拍拍小于的肩膀嘱咐了几句，转回身刚要走，目光却被广场里的一个飘着白发，疯疯癫癫，有些驼背，手里举着照片的老妇人吸引住了。这个人就是两年前在车站广场丢了孙子的韩婶。

本来韩婶和老伴都退休在家颐养天年，为了发挥余热主动地承担起看护小孙子的工作。小孙子叫"悦悦",长得白白胖胖特别招人喜欢,有事没事就拉着韩婶往车站来看火车,一来二去地,韩婶和派出所的值勤民警们都熟悉了。事情说来也蹊跷,在两年前夏天的一个晚上,韩婶照例带着悦悦来车站广场乘凉。小悦悦指着灯火通明的冷饮店要吃冰激凌,韩婶一个大意将悦悦留在了外面,等她举着堆满奶油的冰激凌出来时,孩子已经无影无踪了。

韩婶像疯了一样跌跌撞撞跑进派出所报案,当值的警长正是张彦斌。他习惯性地通知广场、候车室、售票大厅、站台等各个岗点的民警加紧寻找,折腾了将近一个小时也没有任何音讯。直到常胜带着自己警组的人来接班,张彦斌才无奈地向韩婶宣布,小悦悦很有可能是走失了,还煞有介事地诱导韩婶孩子是不是在广场以外丢失的。他这么做的目的很明确,就是不想自己背上一个案件,影响到年终的各项考核。可是韩婶一口咬定,孩子就是在广场里面的冷饮店旁边丢失的,任凭张彦斌怎么引导死活不松口。看着满脸冒汗手足无措的张彦斌和神志恍惚语无伦次的韩婶,常胜按捺不住冲动对警组的民警们说,找个清净点的房间先让韩婶冷静下来,然后赶紧制作笔录,剩下的人协助张彦斌他们去火车站以外的旅馆、地铁、长途汽车站走访询问。重点是一个女人带小孩,或者是一男一女带小孩的人员。他的第一感觉是,孩子被人贩子拐走了。

当时覆盖火车站的监控设施还不齐全,没有办法调集视频资料。两个警组的人马折腾了一个晚上,才从附近的长途汽车站调度室里找到了证据。视频里,一个三十岁左右穿着略显土气的女人,怀里抱着手举冰激凌的悦悦,在开往邻县的长途汽车周围转了一圈,然后转身朝车站外面走去。从这个女人抱着孩子遮挡住自己的半个脸部,穿着打扮很普通没有特点,行动举止丝毫不紧张上来推断,常胜感觉到这是个老手，而且车站外面肯定还有人接应。当常胜拿着案件的材料来到所里汇报时，没想到张彦斌已经先期向值班的李教导员汇报了，并且把案子一股脑地扣在了常胜的名下。张彦斌的理由简单明确，我接报警时是孩子走失，你接班之后就定性为拐骗了，所以这个刑事案件得你来背。

常胜当时火冒三丈，指着张彦斌的鼻子就是一通数落。张彦斌则摆出副死猪不怕开水烫的架势，反正是你怎么骂我都可以，让我背这个黑锅就是不行。这个节骨眼上，李教导员就是再笨也看出个门道来了。他劝解了一番后，还是把这个案件划归到常胜的名下。理由也很简单，常胜业务素质强，办案水平高，与群众沟通的能力好，这样的案子交给张彦斌领导不放心。常胜就这样戴着几顶高帽，背着一口黑锅回来了。

从这以后，常胜每逢看见在车站里疯疯癫癫的韩婶，心里都不由自主地颤抖，因为他曾经向韩婶承诺过，要把孩子找回来，把拐骗孩子的犯罪嫌疑人绳之以法。

这次他无奈地把头扭了过去，轻声地跟小于嘱咐了几句，让他照看点韩婶别乱跑，如果她饿了就在食堂给她打份饭，晚上下班把她送回家。

公共汽车在一个小公园门前停下了，公园旁边就是公安处的训犬基地。常胜向门口的保安出示了证件后，直奔后院的训犬场地走去，训犬队的副队长赵军是他同期入警的同学。

赵军早就接到王队长的电话，知道有人来犬队领警犬。王队长电话里特意告诉他说，平海北站派出所的刘所长好话说了一车，想从咱这里弄条狗去沿线协助民警巡逻。可是咱这里的警犬都是有数在谱的，你琢磨着给来人弄条像警犬的菜狗牵走，或者淘汰的也行，好歹不能让人家空手回去嘛。

原本打算敷衍了事的赵军，看见对面走过来笑嘻嘻的常胜，急忙打起了十二分的精神。他知道常胜是个行家不好惹，两个人不仅是入警时的同期学员，而且常胜还懂狗，在他这有绝对的话语权。赵军至今仍欠着常胜好大的人情没有还，所以看见来要狗的是常胜，赵军就知道自己今天"凶多吉少"。

"什么风把你给刮狗窝来了。"赵军老远举着根烟递过去，"想吃肉你可找错地方了，我这没肉狗，一水儿的专业犬。"

常胜接过赵军递过来的烟，掏出打火机给两人点上，望着赵军身后的大门说："兄弟，我不是韩国人过年——要你狗命来的。我是想从你这挑一条能顶事的好狗，我现在在狼窝铺驻站，它能跟着我巡逻巡线做帮手。"

赵军摆出副吃惊的神情说："你不是在客运站值勤吗，怎么几天没见跑到边远山区去了？是不是犯什么错误了。"

常胜斜了赵军一眼，长长地吐出口烟雾："成心恶心我是吧？嫌我现在混得还不够惨？你不就是个狗队长吗，成天价和畜生抢食吃。我敢保证翻翻狗食盆子看伙食，那里面有什么，你们家现在就吃什么。"

这几句话说得太损了，噎得赵军差点没喘过气来。他指了指正在院子里训练警犬的几个民警，压低声音冲常胜说道："哥们儿，嘴下留点德吧。兄弟再孙子也是个领导啊，别当着这么多人胡说。"说完拉着常胜的手边往大门里面走。进门以后指着墙东面的一排狗舍："你自己看看，这条狗怎么样？"

常胜顺着赵军的手指处望去，狗舍里的这条狗一下子就把他的目光吸引住了。这条狗体态大小适中，黝黑的脸庞隐隐地发亮，通体的毛发厚厚地向下覆盖，两只竖立起来的耳朵直立挺拔。再仔细端详下它的眼睛，两只杏眼呈现出来的暗黑色幽幽地泛着凶光。偶然张开嘴，剪刀状的牙齿立即露了出来，这说明它的撕咬能力极强。这是条正宗的德国黑背犬。

看着这条身材结实平稳有力的警用犬，常胜从心眼里透着喜欢，连忙打开狗舍门做了个亲热的引导动作。说来也怪，这条狗竟然没有生疏的感觉，而是跟着常胜的引导走出门，像个忠实的门卫一样站在了常胜的身边。"这就是缘分。"常胜心里想着，不自觉地伸出手去抚摸它的头部，狗也没有表示出拒绝的举动，而是任由他给自己抓着痒痒。

"这狗真不错。是给我的吗？"

"当然是给你的了。"赵军摆出斩钉截铁的神情说，"我知道你懂狗，绝对不能拿菜狗劣狗糊弄你啊。"

"这狗没什么嗅觉或是腿脚上的毛病吧？"常胜还是不放心，围着狗来回地打量着。

赵军唉了一声说："你这人心态不好。不给好狗你骂街损人，给了你条好的你又不相信。告诉你，这是条家族血统良好的警犬，岁数不大才八个月，你看看这身板，二十四英寸的标准体形。背毛颜色通黑，黑毛一直到肚子，四个爪子压着黄白的毛发，这有个称谓，叫乌云盖雪，跑起来追风逐电……"

"快闭嘴吧。"常胜没等赵军说完挥手打断他的话，"你跟我背诵《八骏图》呢？乌云盖雪是马，不是狗。吹牛也不慎重点，这狗叫什么名字？"

"叫赛豹。名字多响亮啊！"

常胜看着这狗摇摇头说："名字不好听也太俗。再说跟着我去山里巡线这样的叫法也有点矫情。干脆我给它改个名字。叫……赛驴！"

"叫赛猪都行。这条狗跟着你混落不了好，估计以后连叫声都带着蔫坏损的味儿。"赵军没好气儿地把脸扭向了一边，索性不搭理常胜了。

常胜赶到修理厂时，李东正带着几个修车的师傅冲着这辆破车相面呢。

看见常胜，李东把套在手上的手套一甩，拉着常胜来到跟前，伸手指着这辆全身撒气漏风的汽车说："常胜你真行，着急忙慌地给我打电话求援，我还认为你车坏了开不了呢，赶紧让手下的师傅开着汽车带着工具赶到派出所。你可倒好，让人给我拉回来这么一堆废铁，真应了相声里说的那句话，这个车除了喇叭不响，哪都响。拖车拖着还得提心吊胆，噼里啪啦的，生怕它半截再散了。"常胜连忙赔着笑脸把李东拉到一边，将自己现在的情况详细地跟他说了一遍，然后使劲拍了拍对方的肩膀道："就算兄弟求你，把这辆车给我修好吧。"

李东为难地摇摇头："兄弟，你真是给我出个难题啊。这辆车从理论上讲已经失去上路资格了。勉强收拾出个模样来，也只能偷偷地拿到边远地区去使用，还不能保证安全系数。你要它干嘛？报废了算了。实在不行从我这开一辆走，就当给你平时代步用。"

常胜递过去一支烟，顺手给李东点上火说："你就别给我做工作了，反正这辆车得跟着我去山里，你必须要保证拉得出，开得远，打得响！"

"我保证不了！你也不看看车的成色，都快进博物馆了。刚才我让汽修师傅试了试，费了牛劲才发动起来。"

"能着车就说明没问题呀。"常胜拉住李东的手说，"拜托，施展下你的老本行，帮我组装组装。"

李东最腻味人家说这个事，可是常胜还偏偏哪壶不开提哪壶。原来李东在刚开始创业的时候，就是靠组装车起的家。那个时候市场监管混乱，平海又是个开放城市，经常有"倒爷"从南方弄来走私车。走私车到地方之后就得要批文，要办手续，为的是把车漂白。李东依仗着自己姐夫的关系，一面改装汽车一面帮着车主办手续，一年下来就挣出个楼房外加修理厂。常胜这句话等于是揭了李东的老底儿，李东朝常胜翻了个白眼，刚要生气就被常胜笑眯眯的眼神堵住了。"哥们儿，我可不是嘴碎的人呀，你的修理厂平时组装车辆，以次充好，偷税漏税，非法替车主骗保的事情我跟谁都没说过……"

"你现在嘴就够碎的了！"

"得，就当堵我的嘴，你受累帮我修修车，行吗？"

李东看着常胜嬉皮笑脸的样子，使劲撇了撇嘴："我拿你是真没辙。警察是不是都像你这样，属膏药的粘上就揭不下来。"

常胜嘿嘿地笑着，伸出胳膊搂着李东的肩膀："谁让咱是发小又是同学呢，说心里话我是真没辙了才来麻烦你。你总不能看着兄弟流落到塞外边关无依无靠，还得让一帮小鬼欺负的境地吧。"

"行！我给你把这辆车从里到外翻翻新。"

"光翻新不行，我还有点要求。"

李东无奈地点点头，把常胜拉回到破败的汽车跟前，挥手叫过来个工人说："全车大修，客户有特别的要求你给我记下来。"

常胜摆摆手说："修车的事情我不懂，可我觉得前后保险杠你得做结实了。车顶上最好安一排爆闪的警灯，再装上警报。"

李东一摇脑袋答道："不行，非警用车辆安装警灯违法，我给你换成射灯吧。警报器也不能安，给你安个扩音器加话筒。"

常胜："车厢里的座位全不要，车厢顶上给我装几个铁圈，牢固点，最好焊上。"

李东："行，反正是大卸八块，你说怎么就怎么。"

常胜："外皮给我漆成警车的颜色，画上警徽。"

李东连忙制止住说："这可不行。你是不是恨我不死啊！让我改装警车？"

常胜："我没这个意思，弄成警车的模样不是能起到震慑作用吗。

如果不行你找个接近点的颜色。"

李东哼了一声说:"火葬场的车颜色最接近。"

没想到常胜听完这话猛地一拍李东的肩膀:"好!咱就用蓝白的冷色调。"

从李东的修理厂出来,常胜的最后一站是做布艺装饰的老胡。老胡和常胜的关系可以追溯到十几年前,当年常胜还是个初学乍练的新民警时,老胡就在车站外面开个小门脸做生意。老胡人热情好客,对警察有种天生的好感,用他自己的话说这辈子最后悔的事情就是没当上警察。高中毕业后他参加过社会招考,门门成绩都优秀,唯独面试的时候把他刷下来了。原来老胡有个天生的短板,那就是他的个子太矮,穿上高跟鞋挺直了腰板满打满算才一米六三,可是公安民警要求的高度至少得一米七。所以老胡只能暗地里抱怨爹妈给自己生得不够尺寸,怀着壮志未酬的心干起了小生意。

因为老胡的个子矮,在车站这个鱼龙混杂的地方经常挨欺负,老胡身单力薄又不敢和人家动手打架,再说了做生意的人哪能天天上演全武行呢。于是只能打电话报警求助,常胜就是在解决纠纷当中结识了老胡。一来二去地,两人混熟了,每当常胜转到老胡的门脸前,老胡总是热情地拉着常胜进来喝水小坐片刻。常胜也了解到老胡的艰难,快四十的人娶不上媳妇,还得独自扛起养活父母的重担。得知这些情况后,常胜就有意识地给老胡揽活儿。

火车站是个人流如织的地方,每天都会有很多事情发生。丢媳妇找老公丢东西找孩子,赶不上火车着急下火车找不着人也着急,旅客和旅客之间起纠纷,旅客和服务员之间闹矛盾,抓获流窜罪犯车站查缉嫌疑人,维护站区周边的治安环境,哪个事都有警察的身影。很多人虽然嘴上骂警察,心里腻味公安民警,可是真有了事情第一个反应还是找警察。解决了纠纷，找到了失主，寻到了亲人，帮助同行逮住了嫌疑人，车站的公安民警都会照例接受对方的感谢。可是这个感谢怎么体现出来呢？钱，肯定不能要，礼物，也绝对不能收，只剩下精神上的表彰了。于是锦旗镜匾成了彰显成绩的主要标杆。常胜当时没少领着急于表示心情的人们来到老胡的店铺，把这些制作锦旗镜匾的生意给了老胡。

时间长了，老胡这里就成了派出所飘移在车站外围的一个暗哨。老胡也没少向所里提供情报，报告线索。根据老胡提供的情报，派出所的民警还真的抓获了几名作案后外逃的犯罪嫌疑人。所长大刘看到老胡的价值，干脆就把他列为治安联防的积极分子，适时在内部给予表彰，老胡把这些都看成是常胜给他带来的运气。直到开了一家大店面，火车站的那个门脸还在派伙计坚守着。

看见常胜进来，老胡把满心的高兴都堆积在了脸上，拉着常胜越过柜台就往屋里走，边走边招呼媳妇沏茶倒水，嘴里不停地念叨着："兄弟，咱可是好长时间没见了，晚上别走在我这喝两口……"

常胜看着比老胡高一头身材胖出一圈的媳妇，不由得咧咧嘴把笑容强憋了回去。他知道老胡这个媳妇娶得不容易，为了解决他的婚姻问题，家里发动了所有亲戚朋友挖地三尺似的蹅摸，终于在城乡接合部找到了这个五大三粗的人选。据说当时介绍人把她领到老胡眼前一亮相，老胡二话没说一屁股坐椅子上了，脑袋摇得跟拨浪鼓一样，说什么也不同意。还是人家女方比较大气，跟介绍人说您让我们俩单独待一会，行不行的聊聊再看。两人在屋里单独交流，从十分钟聊到一小时，又从一小时聊到夕阳西下。结果令人意想不到，老胡笑逐颜开地从屋子里走出来宣布，自己非她不娶。

事后常胜也询问过老胡，娶媳妇不是农贸市场里买菜，选不好退货很麻烦。老胡神秘地冲常胜笑笑说，你嫂子母亲早逝父亲病重自己拉扯一弟一妹不容易，没出门子也是受这件事情的拖累。再说人家什么都能干心眼儿好，还不嫌弃我个子矮，关键的是她还是个大闺女，我有什么不愿意的。

常胜领略过老胡的热情，连忙摆摆手制止住，将自己现在的状况和来此的目的详细说了一遍，最后冲老胡问道："怎么样，明天我能拿走吗？"

老胡："干嘛这么着急？你多容我点时间，给你做精致点。"

常胜："不用太细致，说不好哪天就当屁股帘了。"

两人在屋子里推托了一番后，常胜从口袋里掏出一百块钱放在桌子上，趁老胡没回过神儿急忙挥挥手跑了出来。他知道，如果不是用这种方式结账的话，老胡肯定不会要他的钱。

夕阳已经被平海最高层的建筑物群挡住了身影，隔着高楼的缝隙射出的光亮零碎地铺在街道上，天已近黄昏了。常胜抬起腕子看看手表，才想起来要去学校接孩子，才想起来忙活了一整天竟然没给周颖打个电话，也没有给老娘买些她平时爱吃的点心。"我真是一心扑在工作上，不当劳模都冤。"常胜自言自语地念叨着，然后举起手机拨通了周颖的电话。

电话铃声照例响了好几声没人接，就在常胜要按掉电话的时候里面传来了周颖的声音。周颖告诉他自己开着车呢，已经接完孩子正准备回家，问常胜这个时候打电话来有什么事情。常胜回答说："我回市里来了，你要接常勇我就不去了，直接回家看老娘。"周颖踌躇了下问常胜："你是不是偷着跑回来的呀，驻站点没有人值班你们领导要查岗怎么办？你这么做不是违反纪律吗？"常胜硬着头皮听完周颖的质询，冲着电话说道："你拿我当你下属了？一连串的不信任再加上质问，就算我级别比你低也不归你管吧。不问问我去老少边穷的地方吃没吃苦，也不关心关心问寒问暖，张嘴就违反纪律，好像我专业干这个似的。"周颖电话里喘了声粗气说："我正开车呢，有事回家再说吧。"没等常胜再说话电话就挂断了。

这样的情形在常胜的记忆里早就习以为常，就连他自己也说不清是从什么时候开始的，他和周颖之间的话题越来越少。他在派出所上三班倒，白天从早晨八点溜溜地到晚上八点，交接班后在食堂吃完饭，回家时电视里已经放晚间新闻了。夜班更是顶着星星出门迎着太阳睡觉，把人熬得灰头土脸，经常需要倒时差。想和周颖亲热亲热，不是赶上周颖身体不适亮红灯，就是怕影响孩子和老娘。好不容易赶上一回时机正好，常胜自己反而提不起精神来了。要说夫妻两人没必要天天腻乎在一块，毕竟各自有各自的工作，但相互说说话聊聊天也是生活中的一部分。只是常胜和周颖时常说不了两句就拧，周颖说受不了常胜总是带着调侃玩世不恭的语调，常胜则说周颖官大脾气长，拿自己爷们儿也当下属使唤。总之，两个人很少有耐心交流的时候，久而久之就形成了现在的样子。

常胜自己也说不清为什么总要和周颖较劲，总是说不了几句话就呛茬儿。也许真的像有些人说的那样，媳妇比自己强，心里不痛快吧。

回家的感觉如同倦鸟归巢，可有时候却又倍感孤寂，这是常胜每次走进家门前萦绕在脑中的想法。周颖对待婆婆很尽心，是个标准的贤惠媳妇，平时伺候吃喝给老人家洗澡洗衣服，有个头疼脑热的事情带着去医院看病，很多常胜照顾不到的事情都由周颖来完成。婆婆对周颖的认同就如同自己的闺女一样，对孙子常勇更是疼爱有加，反倒把常胜晾在一边。有一次常胜和周颖吵架声音高了点，老娘听见后，颤颤巍巍地跑到两人的卧室，不由分说地数落着常胜。最后还得周颖连哄带劝地把老人送回屋子里才算罢休，自从这以后常胜更不能大声说话了。

因为和老娘住在一起，以前常胜和周颖约定亲热的方式很浪漫，就是他用口琴吹小夜曲，周颖就心领神会地赶紧收拾好屋子。可是随着生活的变化，浪漫的形式也慢慢地在改变。先是有了儿子常勇，虽说有老娘帮忙带孩子，两个人还是忙碌得鸡飞狗跳。后来周颖因工作突出被提拔成了领导，时常是带着没写完的材料回家忙乎，没等常胜吹小夜曲，周颖的眉头先皱起来了，指着桌上摊开的材料摇摇头。再后来老娘患上了高血压外加心脏病，口琴也被常胜束之高阁。用他自己的话说，现在就剩下浪了，漫，早不知道跑哪去了。

一家人坐一块吃饭的机会很少有，没等常胜查问儿子的学习情况就先接受了老娘的一通质询。常胜只得掐头去尾含糊着告诉老人家说，派出所有个偏远的驻站点需要人手，因为自己各种能力都超强无人能比，所以才被派去驻站，每个礼拜能回来一趟。如果忙起来没有人替换，那就得十天半个月才能见着她老人家。看到老人家有些疑惑的神色，周颖连忙给他解围说他们车站派出所就这样，管辖的线路长，驻站点也多，常胜去驻站是领导信得过他。

都收拾停当已经很晚了，常胜看着在客厅里电脑前忙碌的周颖，心里油然腾起股暖意。他走过去双手抚摸着周颖的肩膀，这么明显的示爱信号他相信周颖肯定能明白。可是周颖却只是拍了拍他放在胸前的手小声说："今天不方便……"这一句话把他的激情全堵回去了。他无奈地咧咧嘴，心里想我真是运气好，到哪里都能踩地雷上！

常胜到了李东的修理厂时，几位带着一脸倦容的修车师傅正围坐在门口抽烟呢。看见常胜过来，其中一位站起来迎上去说："老板李东刚回家休息，为了您的那辆破车，他和我们熬了一宿，结果硬是加班加点地给您收拾出来了。"说完急忙拉着常胜去看车，来到车间里面，朝着个罩着苫布的车说："您自己剪彩吧，老板说了不接受您任何赞美和感谢的话，以后有毛病别来倒后账就成。"常胜紧走两步上去掀开苫布，眼前的景象让他不由自主地笑出声来。

老式大发车漆成蓝底画着白线，前后保险杠熠熠生辉，车顶上并排装着一溜射灯，四个轮胎纹理清晰地呈现在眼前。他连忙打开车门探头进去，车舱内的座椅全部卸掉腾出了大片的空间。在往上看，两根与车顶连接在一起的铁条上面焊接着几个铁圈，像是家里晾衣服的衣架，靠近车尾还放着两个便携式汽油桶。接过师傅递来的车钥匙，他打着火竖起耳朵仔细地听着发动机的声音，凭感觉知道这个发动机李东也改装过了。"真不愧是拆东墙补西墙的行家，我没说冤他。"常胜心里念叨着，朝几位修车师傅扬扬手，一踩油门把车开出了修理厂。

车子还没到派出所门前，常胜透过车窗老远看见顾明冲他微笑，还摆出个翘首以盼的姿势站在大门口。他只知道顾明是给自己送警用装备来的，才会这么早在派出所门口等着。压根没想到顾明是受了所长大刘的委托，让他拿了装备等着常胜，见到常胜后令其赶紧返回狼窝铺。大刘是生怕他知道了竞聘的事情，在这个节骨眼上，常胜要是撂挑子不干，派出所里一时还真找不到能派出去的人。顾明热情地帮着常胜往车上搬装备，一边搬一边偷偷地观察常胜的神情，确定对方没有其他的意图后，从身后拎出来两个车载汽油桶，略带神秘地说："常师傅，这是我为你做的贡献，两桶汽油满满的，够你开个来回的了吧。"

"就够一个来回的？合着你们是瞎子放风筝呀。"

"您这话什么意思？"

"撒手闭眼扔出去就算，回得来回不来连看也不看！"

顾明伸了伸脖子没搭腔，他实在是不知道怎么接常胜的话茬。

老胡接到常胜的电话，就从店里跑出来站在街边等着他。看见常胜开着辆像殡仪馆颜色的大发车直奔着他过来，吓得他直往门里躲。常胜连着喊了他几声他才从屋子里出来。

老胡看着汽车直晃悠脑袋："兄弟，怎么弄了这么个颜色，看着就丧气。"没等他张嘴说话，常胜从车窗里伸出手说："看着别扭吧，这个色儿去山沟里正合适，远处看着辟邪，近处看了避孕。弄好了吗？"老胡边摇头边顺手递过去一个外表包裹得严严实实的布包。"东西在里面呢，按你说的都弄好了，就是不知道你到底想干嘛？"

"我想当山大王！"

"兄弟，你可得小心着点呀……"

"没事，我爸爸给我名字起得好，常胜，多吉利！"常胜说完一摆手启动汽车跑远了，留下老胡望着远去的"火葬车"直愣神。

第五章

常胜再次返回狼窝铺车站有点鸟枪换炮的感觉。

他驾驶着改装后蓝白道的大发车，拐着九十度角驶进站台的同时，拼命按了几声新换的喇叭。弄出点响动的意思是告诉车站里的人们，他常胜回来了！随着刺耳略带些颤抖的喇叭声，还真有几个职工推开窗户往外打量，都被常胜这辆似是而非的汽车吸引住了。估计人家不是好奇别的，而是想不通驻站公安从哪里踅摸来这么一辆造型别致、颜色刺眼的"警车"。

正在车站院子里除草的贾站长看见这辆"警车"，忙扔下手里的铁锹迎过来，还没等他开口，常胜拉开车门跳下来，冲他说道："贾站长，这是咱回去置办的家当。怎么样？比老孙在这里的时候气派吧。"

贾站长端详了一下"警车"嘿嘿地笑着答道："是挺好，我在狼窝铺这么多年头一回看见驻站公安有汽车。不过，就是小了点，这个颜色好像……"

常胜给贾站长递过去支烟顺手把火点上说："这就不错了，你还想要多大的。不瞒你说，就是这辆破车，我还费了好大的劲才争取来的呢。找俩人帮我卸装备，再把院子东边的旗杆支起来。"

贾站长边答应着边拉开车门，被车里蹲着的赛驴吓了一跳。忙挥手叫常胜把它牵下来，好让职工帮着搬东西。常胜笑呵呵地介绍着赛驴的名字，伸手抚了抚赛驴的脖子，意思是让它下来。没想到赛驴这次竟然没听指挥，扒拉一下脑袋直愣愣地看着车门外面。赛驴的这个举动让常胜有点疑惑，心想也许是狗到了陌生的地方发怵吧，于是使劲拍了拍赛驴的头。赛驴勉强地迈出前腿，跟跟跄跄跃出车门围着空地转开圈了。

警犬赛驴这种状态别说常胜，就连贾站长也看出蹊跷来了。他盯着不断转圈的赛驴调侃道："常警官，这条狗倒是名副其实。"

"你这话什么意思？"

"赛驴呀，不用吆喝就上磨。这不还一个劲地转圈了吗。"

常胜使劲地翻了下白眼儿，两只手不停地摩挲着口袋里的手机。他知道自己上当了，赵军给他的这条看似神武的警犬有个严重的缺陷，赛驴晕车！这样的狗严格地讲是执行不了任务的。假如有个案发地点离驻地很远，开车拉着狗赶过去勘察，总不能停车之后放下狗先让它醒醒盹吧？再说晕车也不是一时半会就能缓过来的。他心里暗自骂着赵军，拨通对方的电话张嘴就喊道："狗队长！你小子跟我玩蔫坏损是吗？"

电话那端的赵军显示出茫然的语气："怎么了，我的哥哥，怎么张嘴就喷呢？"

"废话！你给我的赛驴怎么回事？"

"赛驴？挺好的啊。你不是还夸它是条好狗吗？"

"你就跟我装吧。拿我当傻子糊弄是吗？赛驴晕车你能不知道，这么严重的缺陷你会不掌握情况！"常胜气急败坏地冲着手机喊着。

"哎哟，哥哥，赛驴晕车了？你怎么把我的好警犬给弄晕车了呢……"

"你放屁！赛驴晕车是我弄的吗？这是明显的胎里带你会不知道？

这是警犬应该具备的素质吗？告诉你，明天我就找你换去！"

赵军的声音在电话里停顿了一下，仿佛是叹了口气又转换了一下情绪，少顷才慢悠悠地说道："哥哥，不是我挤对你。这条赛驴从我这领走的时候可是精精神神儿的，什么毛病也没有，怎么一到你手里它就晕车了呢？"

"这个得问你呀。"常胜不依不饶地继续喊着，"警犬的谱系、家族、体质，还有平时的吃喝训练你能不清楚？赛驴有缺陷你能不知道？少跟我装孙子，你要不给我换咱就找上级领导说说去。"

"找上级领导也是这样，兴许换回来的还不如赛驴呢。"

"你这是跟我叫板！"

"我哪敢跟你叫板呀，兄弟是想提醒你几句话。"赵军的语气变成了推心置腹般的腔调，"没有领导的命令你能牵得走警犬吗？你们刘所找到我们队长好话说了一火车，最后我们队长才答应随便给你一条狗。你听清楚了，是随便给你一条。我可是念及着咱们兄弟情义，才把这条能上阵的赛……赛驴给了你。你就别挑肥拣瘦了。"

常胜使劲呼出一口大气："照你这么说，我还得感谢你？"

电话那头传来赵军的声音："感谢倒用不着，你能明白我的苦衷别骂街就成。说心里话，我是真怕你把赛驴退回来，换回去的是条菜狗！到时候你挨打，身边连个帮忙汪汪的东西都没有。"

常胜沉默了，内心里有股说不出来的淤积，他想骂街，不知道冲谁喊；他想抡圆了打一巴掌，又不知道去打谁，结果是使劲地把手机揣进了裤兜里。

贾站长招呼着几个工人把倒在地上的旗杆竖起来，吩咐着加固好底座。随后过来推了一把站在院子里看着赛驴愣神的常胜，示意他旗杆立好了，你是想爬上去呀还是想挂个灯笼什么的？常胜伸手抹了把脸，使劲挪动了下五官，从车里把老胡给他的布包拿出来对贾站长说："老贾，帮我把这个挂上！"

贾站长接过布包，在手里掂量了几下问道："常警官，您要挂什么啊？"

常胜没好气地说："当山大王也得有个名号吧，我扯个大旗！"

贾站长听罢愣了一下神儿，转而笑着说："常警官，您是想挂替天行道呢还是除暴安良……"

话没说完贾站长就被常胜抖搂开的旗子吸住了眼神儿。这个旗子做得真是太漂亮了，四边的团金线围绕着深蓝的底色，上面的六个白字均匀地摆放着，直晃贾站长的眼。他定下神使劲眨眨眼才看清楚写的是什么，"狼窝铺警务室"。

贾站长瞬间明白了常胜说的话，他这是要在最高点上打出一个属于自己的旗号。这个举动虽然有些玩笑，但是比起前几任的驻站民警胆大，也比他们有声势。可是转回头想想，贾站长又有点拿不准该说什么。因为离这里不远的地方就是车站站区，在站区的中央也竖着根旗杆，上面挂着一面红旗。这下倒好，两面旗子一南一北，一红一蓝，知道的是火车站和驻站警务室，不知道的还认为国共合作又翻开了新的一页呢。

贾站长正仰头看着蓝天上飘扬的旗子展开遐想的时候，一只手在他身后轻轻地拍了拍他的肩膀。他回过头来看见对方脸上立马露出笑容，急忙要张嘴说话却被用手示意制止住。对方指指正运气的常胜，又用手比画了一下大檐帽的形状，这个意思贾站长看懂了，这是问常胜是不是来狼窝铺驻站的公安民警。贾站长朝对方点点头，随后提高嗓门冲常胜喊道："常警官，常警官，别看你迎风飘扬的大旗了，我给你介绍个人认识一下。"

正郁闷中的常胜不耐烦地转过身来，一脸愁苦地看着贾站长，没想到迎面而来的却是另一张满面春风的笑脸和一双热情洋溢的手。这双手紧紧握住常胜使劲上下晃动了几下。"我叫郑义，您是来咱这狼窝铺驻站的公安吧？"没等常胜搭腔，贾站长急忙插上来对常胜介绍说："常警官，这就是我跟你以前提过的，咱们狼窝铺车站的党支部书记，郑义郑书记！"

郑义接过贾站长的话说道："常警官，我们这个地方虽然偏僻，能调配的人手也少，但是只要你驻站公安有什么事情，我们党支部全力支持，一定协助你搞好车站的治安治理工作。"常胜被郑义紧握住的双手感染得很激动，这是他来狼窝铺车站以后能感受到的最温暖、最直接的支持了。以至于他沉浸在这种感受中半晌说不出话来，完全没看到旁边贾站长瞥过来的不屑一顾的眼神。

"这么热闹啊，干嘛呢？"几个人顺着身后的声音齐刷刷地转过头看去，王冬雨拎着个背包站在车站的院子当中，正仰起头看常胜挂起来的旗子。郑义看见王冬雨，脸上的笑容更灿烂了，他紧走两步站到王冬雨身边指着常胜说道："冬雨，这是咱车站新来的驻站民警，他叫……"

"常胜。没想到你真回来了？"王冬雨没有理会郑义的话，冲着常胜高高地挑起大拇哥，"你这个警察还真行，没让我失望。"

"看见咱这个旗子了吧。从今天起我老常就在威虎山扎下根了！"

"光看旗子有什么用呀，别回来到晚上再让人家拔下来。"

"好啊，我看看谁有这个胆子，敢拔驻站公安的旗子。"常胜说完从身后一摆手招呼着警犬赛驴。说来也奇怪。刚才还蔫了吧唧的赛驴下地缓了一阵，听见常胜的呼喊却颤颤巍巍地跑过来，紧贴在他的裤腿边上。"赛驴，你认识一下周围的人，以后看家别咬错了。尤其是对面的这位……这位姑姑，咱还欠她钱呢。"

常胜这句带着调侃味道的话把周围的人们都逗乐了，笑得最热烈的就是王冬雨。她一边笑着一边指着赛驴说道："这是你搬来的救兵吗？怎么看着跟没吃饱似的。"

"刚到陌生的地方，它也得熟悉环境啊。"常胜胡噜几下赛驴背上的毛，又轻轻地拍了拍它的后背，赛驴善解人意地卧在常胜的腿边，瞪着眼睛不停地扫视着周围的人们。

"王主任，你看我这东西都置办齐整了，你也要给我帮个忙啊。"

"行！你说什么事吧。"王冬雨痛快地答应着。

"带我再见一次你爸爸，哦，就是咱狼窝铺的村官。我这要扎根农村维护一方平安了，怎么着也得跟土地爷联络联络吧。"

"行。正巧今天县里有领导来狼窝铺检查工作，我爸组织人准备接待呢，我带你去找他吧。"王冬雨依旧痛快地回应着，丝毫没顾及郑义冲她飘去的眼神儿。

常胜把警犬赛驴牵到自己的房子门口，放开绳子一头拴住赛驴一头套在了门把手上，然后指着蓝白条的"火葬车"冲王冬雨摆出个请的手势，王冬雨拎起背包拉开车门直接坐在副驾驶的座位上，常胜也钻进车里坐在方向盘的前面，刚扭开钥匙打着火就见郑义三步并作两步地跑到跟前。

"常警官，我也好长时间没看见王支书了，捎上我呗。"

还没等常胜做出反应，王冬雨先说话了。她指了指后面的车厢说道："你看看还有你坐的地方吗？"郑义拉开车门朝车厢里一看，这才发现里面竟然没有一个座位，直溜溜的全是底板和焊在边上充当扶手的铁棍。看着郑义尴尬的模样，常胜反而有点不好意思，急忙冲贾站长说："拿个马扎来给郑书记放车厢里。"郑义刚要答应就被王冬雨拦下了，王冬雨指着车窗外蜿蜒扭曲的山路对郑义说道："这么颠簸的路面你不怕把屁股摔八瓣呀，想见王支书自己去，别什么事都跟着起哄。"

郑义挨了王冬雨几句数落，尴尬地呵呵笑着走到一边去了。

蓝白条的"火葬车"从车站拐出九十度角的弯道上了正路。常胜闷头开车一言不发，其实此刻他心里已经很明白了。换句话说就算是个傻子也能看出王冬雨和郑义之间存在着某些事情，可到底是什么情况呢？是两小无猜青梅竹马后的分道扬镳，还是海誓山盟甜言蜜语后的背信弃义，或者是本来谁看谁也不顺眼，说出来的话喘出来的气儿都是横着走的呢？常胜没好意思发问，边在脑子里寻思着正确答案边踩着脚底下的油门，直到"咣当咣当"，车底盘颠簸在路面的坑里，蹾得直响才如梦初醒，急忙换挡打轮减弱油门。"你怎么回事啊！眼瞅着路中间的坑往里开。"王冬雨的声音不大但很严厉，"还特意找副驾驶这边开过去，成心颠荡我？"

"对不起……走神儿了。"常胜尴尬地看着前面的路面。

"想什么呢?!"

"想……想怎么和你爸爸斗智斗勇呢。不是，是和村支书王喜柱同志商量警民共建搞好治安联防的事儿。"

"喊！"王冬雨不屑地把脸扭向一边，少顷才转过头来对常胜说道："你是不是心里在想我和郑义什么关系呢？告诉你我们是大学同学，至于其他的故事今天没心情跟你念叨，别影响你谈正事的心情。"

常胜终于把所有的疑惑和想说的话着着唾沫咽回到肚子里，他虽然好奇心很强，但透过余光看到王冬雨扭向窗外的脸，看到她不经意间轻轻地用手拂开吹到脸上的头发时，他的心里有些微微的颤动，此刻连他自己也弄不明白这颤动是因为什么。

王喜柱已经把村子里的人们全集中到村口的公路两侧，拉开一个热烈欢迎上级领导来检查工作的架势严阵以待。他自己则穿着一身老式的警服坐在树下和几个老年村民抽烟聊天。常胜的车停在路边，扬起的尘土随着微风刮到村口飘向王喜柱几个人抽烟的地方，王喜柱只是随手拍了拍裤腿，眼神儿压根没向这边瞅上一瞅，好像常胜和他的蓝白条的汽车都不存在似的。"看见了吗，王支书这是又一次地给我下马威。"常胜的话里带着自嘲的口气。

"这就尿了？你铁路警察不是很行吗？"王冬雨看着常胜说，"遇到点难事还没说话就先含糊了。"

"不能！咱是遇到点困难就秃噜，遇到点麻烦就退缩的人吗？"常胜说完话推开车门下车，从车厢里拎出个扁平的纸盒子然后朝王冬雨挥挥手，径直冲王喜柱走了过去。

其实王喜柱早就看见常胜的汽车和车里的王冬雨了。他弄不明白自己的闺女怎么突然和这个铁路公安掺和到一块，也不清楚这个叫常胜的民警再次来到村里想干什么，是铁路上又丢了什么东西了？还是像上次那样跑来做例行的宣传？今天这个时候可不凑巧，正赶上县、乡两级的领导来村里检查工作，这个愣头青模样的警察可别在这个时候出什么幺蛾子。所以他一边有一句没一句地和几个熟人搭着话，一边在心里琢磨着怎么应付这个场面。

"王大哥，你好啊！"随着常胜的喊声，王喜柱不由自主地回过头来，还没等他跟对方讨论辈分的问题，常胜迎面递过来的烟顶在自己的嘴唇上，紧跟着的就是打火机里亮起的火苗，他顺手接过来烟卷边放在嘴上紧吸了两口，边点头"嗯，嗯"地答应着。

常胜趁王喜柱抽烟的当口，一只手把烟盒放进他的口袋里，一只手把扁平的纸盒子夹在腋下，然后自然地捯掉对方袖口上的线头，嘴里还不停地念叨着："这老式警服也太老了吧，大哥你可真朴素。"王喜柱被常胜说得有点不好意思，急忙把胳膊缩回来在口袋边上蹭蹭："这还是老孙给我的呢，你也不瞧瞧我穿多少年了。"

"哦，大哥喜欢穿警服呀？"

"还行，你们警服质量不错，穿着又结实又不显得脏。"

"主要是有范儿，符合大哥村委会干部的身份。"

"这衣服和是不是干部有什么关系呀？"

"有呀！俗话说人配衣服马配鞍，这警服穿你身上就是抬人。"

常胜接连不断的几句话跟得既舒服又平和，还像是聊家常，句句都说到王喜柱心里去了，弄得他一时找不到话头拒绝，只能嘿嘿地笑笑不停地抽着烟。常胜看见自己的话起作用了，忙举起手里的纸盒子向王喜柱示意："大哥。想不想看看我给你带来的东西？"

"什么东西？"王喜柱被常胜的手势吸引住了。

"新式的警服！跟我身上穿的一样。"常胜贴近王喜柱的耳边小声地说着，"除了没有肩章、胸花以外，全新的。"

王喜柱真有点恍惚了，他使劲眨了眨眼端详着眼前的这个人，心里想着前两天还跟我一本正经地说治安不好呢，怎么回了一趟市里改脾气了呢？没容他再多想，常胜已经伸手拉住他的胳膊，边往蓝白道的汽车旁边捯边小声地念叨着："听说一会儿上面就来人进村检查工作，大哥你现在就扮上，这样上级领导看着你多顺眼，也从另一个侧面展示了咱狼窝铺村的精神风貌。"

"现在就换呀……"王喜柱看着崭新的警服有点犹豫。

"扮上，现在就扮上。保证比你穿这身衣服好看。"

借着汽车的遮挡，常胜让王喜柱换上了新式的警服，看着对方有点佝偻的身材罩在宽松的警服里，一眼望过去真有点老干探的味道。所欠缺的是脸上的皱纹纵横交错不成规则，站在那里身形左右晃动总是不能立正，还有眼睛里偶尔飘过的缺少真诚而是略带狡猾的眼神。常胜将王喜柱在心里默读了一遍，嘴里手上却不住地忙乎着，直到王喜柱把衬衣扎进腰里系好皮带，把领带像笼头似的套在脖子上穿戴齐整后指着汽车上的反光镜说："大哥，你自己看看这造型！"

王喜柱退后两步弓下腰，仔细地从反光镜里看着自己的模样。

"嗨，您这是唱哪出戏呀，怎么穿上新制服了。"一直躲在车旁边的王冬雨突然冒了出来，伸手拉扯着王喜柱的胳膊。王喜柱连忙往后边捎，这个举止仿佛生怕王冬雨碰坏了自己的新衣服似的："这是你常叔刚给我带来的，还是崭新的呢。"

"什么？常叔？"王冬雨转过脸来瞪起双眼盯着常胜，眼神儿里透露出来的意思是说，你什么时候成我叔叔了？常胜急忙冲她摆手嘴里不停地解释说："王主任，咱单论，咱单论。我还有事要和大哥商量呢。"

"常……兄弟，你有什么事只管说。"王喜柱拍拍常胜的肩头说道。

常胜瞥了一眼王冬雨对王喜柱小声说："大哥，我这次回所里领导交给我一项任务，就是要在我们铁路管辖区域内建立治安联防队，其实这些都是面上的活儿，但必须得有一个组织呀。所以我就想请大哥帮忙，你随便给我报几个村民名字我把他们编成册，这样上级来检查的时候我就能应付了。"看着王喜柱默默地点着头，他继续说："这个联防队的队长得大哥你来当。"

"我？我可不行。"王喜柱扒拉着脑袋一个劲儿地摇晃。

"别谦虚，大哥你是村两委的干部，于情于理你都合适。再说不就是挂个名吗，真要巡线联防搞宣传我就办了。对了，公安处每年都表彰沿线治安先进个人和集体，到时候大哥还能登台领奖呢，这出头露脸的事咱哥们儿可不能便宜了别人。"

王喜柱被常胜的这番话打动了，脑袋改变了频率，由左右摇晃变成了前后点头。"关键是咱们能互相帮助。大哥你想想看呀，乡上、镇里的派出所离咱狼窝铺村十万八千里，孙猴儿折个跟头还得歇会呢，真有点事打'110'人家赶过来也是黄花菜凉透底了。我不一样呀我在车站常住，咱村里真有个突发问题你一个电话我就能过来帮忙。别的不敢说，维护治安稳定站脚助威咱还是没问题的。"

"要这么说，我还真得干这个队长了……"

"干！干！你这身制服都穿上了。现在我宣布王喜柱同志就任治安联防队大队长。"常胜说完扭过头冲王冬雨眨眨眼又回过头来朝王喜柱道，"我不熟悉村里的状况，队员由大哥你来选。但是得给我配个联络员吧。"

王喜柱伸手挠挠头皮抬眼四周看了看，朝正在村口槐树底下打盹的赵广田大声喊叫："赵家老二，你小子麻利地给我滚过来。"

赵广田听见喊声急忙一溜小跑地颠过来站在王喜柱面前。王喜柱指着常胜对赵广田说："小子，你以后就跟着常警官维护、维护治安。"赵广田浑身不自觉地颤抖了一下，偷眼看了看站在边上的常胜，满脸冲王喜柱挤出比哭还难看的笑容："三叔，您，您让我跟着他呀……"

王喜柱坚决地点点头："怎么了，跟着常警官你还不愿啊？不用你天天在村里干活儿，也不用你给学校收拾屋子。就是跟着常警官跑跑腿儿。"

"可我这家里还有老娘呢。"

"呸！平时也没见你怎么照顾你妈，现在想起来孝顺了。"

"三叔，我也得挣钱吃饭呀。跟着他，谁给我钱啊。"

常胜这时突然发现王喜柱身后的王冬雨冲自己使眼色，他好像明白了似的马上接过话头说道："这事好办，你就当我的保安队员，我给你开一份工资！"话音落地把王冬雨气得直翻白眼儿。可王喜柱却笑了，他一把抓过赵广田的胳膊朝常胜推过去："赵家老二，跟着我兄弟好好干。听见了吗，还给你开钱呢！"

赵广田低下头胆怯地看了常胜一眼，不言语了。常胜笑呵呵地拉住王喜柱的手说："谢谢大哥支持！哎，你拉这么大的架子是欢迎哪路神仙啊？"

王喜柱指着村里民居墙上的标语说："你前两天不是看见了吗？欢迎县上计生办的领导来村里检查计划生育工作。我这个村官呀兼任的职务太多，管的也太宽了。"

常胜呵呵地笑着自然地伸手拍了拍王喜柱的肩膀："能者多劳！大哥欢迎上级领导检查怎么着也得来点音乐吧？我看你也没准备啊。"

"准备什么呀，咱这穷乡僻壤的地方，没人喜欢摆弄乐器。"

"我车上带着播放器呢，通过喇叭能放出来。"

"是吗，那敢情好！"

常胜开门钻进车里，摸索着打开车厢里前手套箱，从里面拿出几盒沾满灰尘看不清封面的老式磁带。他使劲吹了吹磁带上面的浮土塞进车载播放机里，接通车上的喇叭后按下播放键，随着一阵刺刺啦啦的杂音后传出来一个高亢的曲调："千里刀光影，仇恨燃九城……"我靠！这个可不行。常胜自言自语地急忙按下停止键，退出磁带又找了一盘塞进去，这回里面传出来的是："咱们老百姓啊，今儿个真高兴……"

王喜柱的手机响了起来，他接通电话喂、喂了几声忽然像触电似的挺直了腰板，冲三三两两散落在村口的人们不住地挥手，嘴里还喊着："都起来，都起来，大脑袋们快到村口了！准备欢迎！"然后回过头来冲常胜说道，"兄弟，你这个播放匣子还能再大点音儿吗？"

常胜二话没说将喇叭拧到了最大分贝，瞬间整个村口都笼罩在"咱们老百姓啊，今儿个真高兴！高兴！"的歌声里。

第六章

    山里的夜晚依旧是那么微凉。常胜坐在驻站点的屋子里翻看着民警老孙留下来的台账，时不时地看看手机屏幕，朝趴在外屋地上的赛驴瞥过两眼。狗窝没有搭好，他只能先把赛驴放在屋里跟自己一起混居着。看着眼前的景象，听着窗外时时掠过的山风，常胜想起送走县里检查工作的领导后，自己和王冬雨的一番对话，不由得摇摇头苦笑着。

    "你怎么回事啊？没看见我跟你使眼色吗？"王冬雨满脸的埋怨。

    "看见了。你的意思不是让我答应王大哥的建议吗？"

    "还大哥呢！你这杆爬得没完了？"王冬雨生气地转过脸去。

    "对，咱们单论，王主任，我可是领会你的中心思想了，你怎么还不高兴呢？"

    王冬雨哼了一声说："你领会什么了？我那是让你不要答应，你知道赵广田是什么人吗！"

    常胜："我知道呀，不就是村里的一个无所事事的闲人吗？前两天偷东西还让我抓过。没事，我降得住他！就当他是我的一个帮教对象呗。"

    王冬雨："你可真够大包大揽的，还答应给他开工资。这钱你从哪来啊？"

    这句话真把常胜给问住了，他为难地挠了挠头半晌说不出话来。

过了好一会儿才试探性地问对方道："王主任，咱这边平时一个月给人开多少钱呀？"

王冬雨白了常胜一眼说："不一样，大概也得好几百块钱吧。"

"如果这样……没什么问题。"

"你真能给啊？"

"能。我工资是全额上交家里的，这个不能动。但所里发的补助和沿线民警的费用算起来也得好几百，我不要了全给他，就当我雇个保安。"

"啊！你可真行。"王冬雨的眼神里透露惊讶的神色。

"早跟你说过，我这个铁路公安就是行。"

牛是吹痛快了，可回到自己的破瓦寒窑里常胜还得独自面对。

他边想着怎么能尽快地融入到村民当中树立形象开展工作，边不停地翻看着手里的台账。忽然，外屋的赛驴一个细小的举动让他不由自主地警觉起来。赛驴的确是一只好警犬，虽然有晕车的缺陷但不妨碍它另外的本能，这就是发现情况的时候它不会像菜狗似的乱叫，而是浑身挺立竖起耳朵喉咙里发出"呼噜呼噜"的响声，似是做好临战前的准备，还似是在提醒主人危险临近。

常胜看到赛驴的反应急忙顺手抓起身边的警棍，同时竖起手指放在嘴边向赛驴示意，然后悄悄地走到外屋门前，先伸手胡噜几下赛驴的后背让它原地等待命令，再轻轻地挪开门，眯起一只眼透过门缝向外张望。

黑暗中，两个人影蹑手蹑脚地靠近旗杆，一个从身上的衣服口袋里掏出个瓶子形状的东西往旗杆上泼洒，一个拿着根棍子像是给前面的人做掩护。"好小子！我刚竖起个旗子你就想给我撂倒，看这个意思还想点火……"常胜在心里暗骂着，胡噜赛驴后背的手不由得使上了劲儿。赛驴好像听懂了主人的命令立即做出个要前冲的姿势，常胜急忙按住赛驴示意先别动，他回身拿起强光手电筒，慢慢靠近门边后猛地把门打开，顺着手电筒照射的光柱大喊一声："赛驴！咬！"憋了半天的赛驴像离弦的箭一样冲了过去。

突然间的变故让旗杆边的两个人大惊失色，拿瓶子的那个人一屁股坐在地上，瓶子摔在石块上四分五裂，拿棍子的人刚要举起棍子就被迅疾而来的赛驴扑倒在地，翻过身没等爬起来眼前就出现一张利齿森森的大口，那是赛驴张嘴瞪眼地盯着他。吓得他"妈呀"一声又趴在了地上。常胜举着手电筒跑过来一脚踩住了拿棍子的人："谁让你们来的？你们想干什么？！"

"我们……我们是来玩的……"

"放屁！深更半夜的跑这玩？"常胜说完话猛地抽抽鼻子，一股浓烈的煤油味随着山风冲进鼻腔里，"我看你们俩是玩火来了吧。"

"不是，不是。"拿瓶子的那个人连忙摇着手说道，"这瓶子是我路上捡来的，不知道里面装的什么。"

"说得挺顺溜呀，背了几遍啊！"常胜抬腿做出个要踢的架势，吓得对方急忙双手抱着头把身体蜷成一团，嘴里不停地喊着"大哥饶命，大哥饶命"。这个举动把常胜气乐了，他伸脚踢了踢躺在地上的人说："你是哪受过的培训呀？我还没碰着你呢就喊饶命。不过话说回来，你要是不好好回答我的问题，待会儿我把你们俩都交给它。"说完话，常胜指了指在一边瞪眼吐舌头的赛驴。

"别，别啊，大哥，警官……您饶命呀！"两个人跪在地上语无伦次地求饶。

"说！谁叫你们来的！到底想干什么！"

"警官，真的没人叫我们来，我们来车站里就是瞎转悠……"

"胡说！瞎转悠怎么跑到旗杆这来了，还往上面浇煤油，想放火呀！"伴随着常胜的厉声质问，赛驴也不失时机地"汪"了一声。这一声把两个人吓得浑身颤抖直往后缩，俩人狼狈的样子让常胜不由得有种获胜后的自豪感，但这个感觉刚从脚底下涌上头顶迅疾被一个念头取代。"这不就是俩屁货吗，不会是刻意给我送的菜吧？"想到这里，他忙不迭地掏出手机按下车站办公室的号码。"喂，这里是狼窝铺车站。"听筒里传来的是书记郑义的声音。

常胜忙把耳朵贴紧手机大声地喊道："郑书记吗？我是常胜……对，对，就是驻站的公安！我想问你一句，今天咱们车站里有保留的货物列车吗？"听筒里传来刺刺的干扰声，少顷才听见郑义说道："常警官，我给你查了……是药品和家用电器……"

"停留车在货场几道？"常胜没等郑义说完急忙打断对方，"具体位置！"

"在货场西区的十三道……常警官……需要我们帮助吗……"

常胜一把按断了断断续续的电话，从口袋里掏出警绳麻利地将两人捆在旗杆上，随即拍了下赛驴的头部做出个指引的手势，直奔黑暗中货场的方向跑去。

狼窝铺车站的货场距离车站虽然不远，但要经过正线和几条支线，再加上夜间没有灯光的照明，常胜举着强光手电深一脚浅一脚地跋涉在铺满石渣的路基上，几次差点摔倒在地上。等他带着赛驴跑到停留列车的线路上，从远处借着货场里的灯光就发现车厢的门被撬开了。常胜气喘吁吁地来到车厢门前，举着手电筒先往里面照看着，只见靠近门边的几个箱子被打开了，车厢里散落着包装精致的药盒。他再顺着车厢门往外查找，车厢门边和铁道的道心里、钢轨两侧的石渣上并没有发现搬动或者是抛掷整箱货物的痕迹。"看来这帮混蛋没得手……是觉得药品价值不高，还是没地方销赃呀？"常胜边在心里琢磨着边挥手示意赛驴上去找嗅源，赛驴跳进车厢里来回地闻着，不时地在一个个箱子旁边打转，突然把头钻进去叼出来只黑色的皮鞋。

赛驴带着常胜走到一条小路上时不动了。看着两侧被杂草和野花覆盖的小路，常胜并没有贸然地追进去，前几天黑夜中飞火流星似的砖头他还记忆犹新："孤军不涉险地，更何况我这个孤军就带了一条狗呢。"想到这里，常胜弯腰操起一块石头朝草丛里扔了过去，在确定没有飞回来的砖头时，他才借着手电筒的光亮仔细地观察着这条小路。小路不宽，通常的小型货车根本无法驶进驶出，就算是在农村里普遍使用的后三摩托车也难开进来："难道这帮孙子是用地排车，或者三轮车来运输赃物吗？"这个念头一出现就被他自己打消了，因为这不符合货盗犯罪的特点，这些人都是快搬快装快跑，人力运输太落后也不利于迅速逃离现场。常胜慢慢地移动着手电筒，终于在小路边上发现了一个类似三轮车车轮胎的印迹，他掏出一张百元的钞票放在印迹边上，举着手电用手机拍照下来。这手用钞票当参照物的方法是他从美国大片《人骨拼图》里学来的。

在回去的路上，常胜给郑义打了个电话，让他派人来货场清点货物补封，自己要去处理捆在旗杆上的两个嫌疑人。郑义爽快地答应了，并再一次询问要不要帮忙，常胜回答说不用帮忙自己能处理，按下电话后心想郑义到底是车站书记，考虑的就是比贾站长周全。等他带着赛驴回到驻地，眼前的景象又给了他迎头一记闷棍。旗杆上缠绕着他捆人用的警绳，而两名嫌疑人早已不知去向。

"真他妈的邪性！总跟老子玩声东击西这一套！"常胜懊恼地一脚踢在旗杆上，惊得身边的赛驴浑身一颤，连背上的毛都耸了起来。

转过天的上午，当赵广田来到驻站点敲门的时候，却发现常胜正在屋子后面的菜地里蹲着呢。看见赵广田站在门边磨磨叽叽的样子，常胜朝他招招手示意过来有话说，赵广田仍是有点战战兢兢地挪到常胜的身边，怯怯地小声说："政府，我，我找你报到来了……"

"你这个'政府'算是喊顺嘴了，以后别这么称呼，跟进了号儿里似的。"常胜递给赵广田一根烟让他蹲在自己身边。

"那我怎么称呼你呢？"

"你喊我常胜，或是常警长都行。"

"我，我，我还是喊你警长吧，叫名字不习惯。"赵广田点上烟抽了一口，顺着嘴角吐出股淡淡的烟雾。

"行，你怎么称呼得劲就怎么叫。"常胜挥了挥手，"从今天起你就是我的保安队员了，以前的事情咱一笔勾销。你只要好好地跟着我干，我保证……保证不让你吃亏。"赵广田听完这话连连地点头。常胜掏出手机翻到相册，打开昨天晚上在现场拍的照片，举到赵广田眼前问道："你看看这个车轮印是什么车留下的？"

赵广田歪着脑袋仔细地看看，然后摇摇头说分不清楚不知道是自行车还是三轮车。常胜说："这是昨天晚上偷东西那帮人在现场留下的证据，你给我介绍一下，这帮人都是哪里的？"

"政府，不是，常警长，我跟他们没联系。我就是前几天帮土里鳖他们搬几袋化肥让你逮着了，我可从来不去车站偷东西啊。"赵广田急忙解释着。

"土里鳖是谁？是外号吧？哪个村的？"

"土里鳖是后封台村的，离咱狼窝铺也就十几里地。"

"你看，你这不是认识他们吗，还说没联系。"

"警长，你，你可别绕乎我呀，我跟他们真没关系！"慌得赵广田一口烟呛进嗓子眼里不停地咳嗽。

看着赵广田的狼狈样，常胜呵呵地笑着，伸手拍了拍他的肩膀说："没事，我不怕你来给他们当卧底，因为我知道只要你能来就算是靠拢组织了。再说还有村委会的王喜柱呢，他给你打的保票，你要出点事不用我说他就收拾你了，估计到时候又得折几根棍子吧。"

这哪是警长和保安队员谈心布置工作，简直是给赵广田上一堂普法教育课外带着敲山震虎，把赵广田说得蹲着也不是站起来也不是，尴尬地看着常胜不敢多说一句话。常胜在心里琢磨着火候差不多了，站起身来带着赵广田走到蓝白道的汽车旁边问道："赵广田，你会开车吗？"

"警长，我不会。"

"你嗓门大吗？"

"我……"这两句话问得前后都不挨着，把赵广田弄得更是云里雾里的不清楚常胜到底想说什么，"我嗓门还凑合吧，以前在山里谁家跑了个羊、牛的都让我喊山。"

"喊山是干嘛？"

"就是大声地吆喝，把跑丢了的牛呀羊呀喊回来。"

"哦，那你吆喝一嗓子我听听！"

赵广田迟疑地努努嘴，两只眼不停地转悠，当他和常胜肯定的目光相遇时像下了决心一样清了清嗓子，而后两手提住腰间的皮带往上拽了拽，扯着嗓门大喊一声："哎……哟……嘀嘀！"

"停！停！"这一声喊把远处车站院子里的职工都吓了一跳，常胜急忙摆手示意赵广田住嘴，"谁让你喊哎哟了，好家伙，不知道的还认为我给你上刑了呢。"

"警长，是，是你让我吆喝一声的。"赵广田还有点委屈。

"你得喊出来整句的话啊，都是叹词谁听得明白呀。"常胜打开车门拿出方向盘旁边的话筒递给赵广田，同时悄悄地按下录音键，"你拿着它喊，就喊……喊'警察来了'！这句你熟吧？"

"啊，我，我喊'警察来了'？"赵广田看着眼前一身警服的常胜，真是不知道他葫芦里卖的什么药。

常胜大大咧咧地一摆手说："就是为了试试你的嗓门，你放下思想包袱有多大劲使多大劲，美声的民族的通俗的都行，只要你吆喝出来，今天晚上我请你吃饭！"赵广田下定决心地点点头，接过话筒对着自己的嘴憋足劲大喊道："警察来了！"喊完瞪着两眼看着常胜，见对方挑起大拇哥示意继续随即又扯开嗓门喊着："警察来了！警察来了！警察真来了……"

"这是给谁报信儿呢？"王冬雨不知道什么时候走过来站在汽车旁边，"从老远就听见你扯着脖子叫唤，干嘛呢？"

赵广田一见王冬雨，缩了下脖子不说话了。常胜则冲她招招手说："王主任，你什么时候来的，怎么一点声音都没有呢？这不符合你性格呀。"

王冬雨习惯性地甩了甩头发指着赵广田说："光听见他跟喊山似的嚷嚷了，嗓门大得能把房梁震下来，你还能注意我来吗？"

常胜边悄悄按下车里的录音键边对王冬雨说："热烈欢迎王主任再次光临狼窝铺公安驻站点，下回你最好带些学生来参观，省得我跑老远地去学校宣传爱路护路知识了，呵呵……"

王冬雨撇了撇嘴，眼神里露出不屑："来你这参观什么？满处的杂乱无章跟城里边闹拆迁似的。还有你房子后面这块地，人家老孙在的时候茄子、辣椒、圆白菜、西红柿侍弄得挺好，你来没几天就变成猪圈了。"

常胜霸道地一挥手说:"我还真没打算要这块菜地!"

王冬雨:"你想干嘛?"

常胜:"我想把它收拾平整,安上副双杠再弄点简易的健身器材,以后当露天的健身房锻炼身体。"

王冬雨:"这个想法不错,可是谁帮你收拾这个地方呀。"

常胜一指旁边的赵广田:"有他帮我呢,这不是我新聘请的保安吗。赵广田,你上班的第一个任务就是回家拿工具,然后跟着我收拾健身场地。哦,尽量多拿些家伙,铁锨、锄头什么的。"

赵广田虽然有点疑虑但还是答应着走了,望着他远去的背影,王冬雨问道:"常胜,你到底想干什么呀?"

常胜朝四外看看,摆出副神秘的架势,朝王冬雨招招手示意对方离自己近点,然后才小声说道:"昨天晚上铁道游击队又出动了,撬开停留列车的门不说还差点烧了我的旗子,这事你知道吗?"

"我知道呀,所以才赶紧跑过来看看你。"

"郑义郑书记告诉你的吧?"

"你管谁告诉我的呢。"王冬雨甩了甩头发,"冲你这通折腾劲,我能不知道吗?还有,你刚才让赵广田喊这么大声想干什么呢?"

常胜朝王冬雨撇撇嘴,露出一股顽皮的笑容答道:"我嫌自己折腾得还不够,你等着看吧,我得主动出击把这帮家伙的气焰打下去。"

"你想怎么办呀?"

"我想让狼窝铺周边鸡犬不宁……不是,是歌舞升平!"

王冬雨忽闪着大眼睛怔了怔,没再往下接常胜的话茬儿。可是常胜却突然话锋一转朝她问道:"冬雨,我一直有个事弄不明白,想问问你?"

"说吧，想问我什么。"

常胜胡噜几下脑袋说："像你这样受过高等教育，又在平海市里有工作可干，干嘛非要跑回到山里来呢？就算你是心系山乡，为教育事业做贡献，可也不能总在狼窝铺窝着吧？"

王冬梅回望常胜一眼反问道："那你是为什么要来山里呢？"

常胜摆摆手说："我是工作需要才来的。"

王冬梅点点头说："我也是工作需要，跟你一样。"

"你跟我不一样，我总觉得你的眼神里面还有另外的东西。"常胜看着王冬梅说，"就好像你的爽快不这么纯粹一样。你跟我相同的是都是从山外进来，不同的是你本来就是这里的人，和这里有天然的亲近感，而我则是一个外人。想要融入到这个群体里，不是那么简单的事情。"

王冬梅似乎被常胜的话打动了，她沉思一下说："如果换个环境，现在是平海市里，那我们的身份是不是有变化？是不是应该置换过来呢？"

常胜说："也不见得吧，你那个同学郑义不也在这里待得很好吗？"

王冬梅皱起眉头说："怎么又把话题转到他身上了，警察都有刨根问底儿的毛病吧。其实跟你说说也无所谓，反正都已经成过去时了。"

果然，王冬雨说起了她和郑义的过往，这段情感在常胜看来就是现实版的王子和灰姑娘，只是男女主角置换了，王子是女版王冬雨而灰姑娘则是男版的郑义。两人的故事开篇很老套，同是来自农村的学子考进高校，又同是当年各自地区的状元生，让二人本身就有亲近感。再加上郑义具备贫寒家庭出身孩子的品质，那就是吃苦耐劳认真学习，信奉知识改变命运的真理，难能可贵的是他还是个热心肠，同学之间谁有困难找到他他都会施以援手。这些优点引起了当时学生会干部王冬雨的注意，两人慢慢地走近了。王冬雨的家庭条件比郑义好很多，虽算不上土豪但生活很富裕，可郑义的家境则是穷得出神入化，一块钱分两个五毛花还得掂量掂量。于是她发扬起革命老区人民的互助精神，对郑义进行了全方位的帮助，郑义也由原来的在温饱线上徘徊变成了跨步走向小康。按说故事的发展应该是个皆大欢喜的结局，但人们往往忽略了一个事实，那就是人性本身的弱点。

郑义想留在学校任职，不想再回到那个穷乡僻壤的老家了。于是他背着王冬雨猛烈地追求一个家在本市且父亲是名官员的女同学，两人热闹了一阵，可人家女孩根本没拿他当回事。无奈之中，郑义只能狼狈不堪地回身求得王冬雨的原谅，看着郑义满脸的愧疚和捧着的血书，王冬雨心软了，她接受了对方的道歉，毕业后，两人共同回到了平海市。因为两人各自优异的学习成绩和事先充分的准备，他们顺利地考进了教育局和铁路局，王冬雨喜欢当老师愿意去教孩子，可郑义却总放不下出人头地的梦想。来平海没一年，郑义又翻车了，找了个铁路局副局长的女儿谈对象，再一次背叛了对他情深意长的王冬雨。终于有一天王冬雨发现了这个残酷的事实，她二话没说报名当了志愿者一头走进狼窝铺的山里，对追上来想对她解释的郑义只抛下一个冷笑。

以后的日子里，王冬雨把心思全扑在了乡村支教与这帮孩子们的身上。直到有一天看到了站在学校门口的郑义，她诧异地问对方怎么找到这里来的，郑义有点尴尬地告诉她，自己现在已经调到狼窝铺车站任职，知道她在学校当老师所以才跑过来看望她。她戏谑地问是不是又让人家甩了之后被贬到山里来的，郑义则回答说是下来锻炼，过两年再回平海市里。这次是特意过来看她，希望他们多联系，有什么困难他可以帮助她。她只淡淡地说句"祝贺你继续走自己的路，咱俩没事少联系"。

听完王冬雨的叙述，常胜慢慢明白了她为何总是对郑义另眼相看的原因。也品味出来她到山里支教的另一个心结，她是想离开那个城市，回到山里回到家乡治愈心里的伤痛。想到这里，常胜忽然在心里升起种感慨，王冬雨在城市里感受到伤痛，心里郁闷回到自己的家乡来疗伤，而我呢？假如我在狼窝铺处处碰壁，又能回到哪里去呢？

"人有的时候换个环境挺好的，你不觉得山里的空气很干净，人也干净吗？"王冬雨撂下这句话自顾自地走开了，留下常胜默默地回味着她话里的弦外之音。他本来还想反驳几句，想说狼窝铺也不是世外桃源，如果真是夜不闭户路不拾遗还要我这个警察干嘛？但他看着王冬雨的背影把话咽了回去。

整整一个白天，赵广田跟着常胜在老孙留下的菜地里忙活平整地面，两人使出了吃奶的力气，总算是勉强收拾出个模样来。看着眼前初具规模的一片平地，常胜开心地笑了，他拍拍赵广田的肩膀示意对方坐下休息一会。

经过一段时间的观察，常胜感觉到赵广田身上多少带着点与众不同，这个不同来自他曾经走出过山村的经历，也来自他对自己的细微变化。从第一天的遭遇战到他在村里墙壁上刷标语，再从王喜柱的硬性指派，到现在他成了"官方"的雇用人员，常胜隐约地看出赵广田可能藏着故事。几次试探性的碰撞，赵广田都是一触即闪，凡是涉及敏感话题的事情，他的选择几乎全是躲避和否认。赵广田对王喜柱的敬畏是由衷的，这也让常胜察觉到王喜柱在村里拥有着极大的权威，再加上在村里宣传栏上看到的"村规""乡约"之类的字样，让他更能明白狼窝铺村里的规矩，结合王冬雨跟他介绍过的村里的情况，也能分析出为何偷盗的人在村里结不成团伙，像赵广田这样的小偷小摸，只有和远处后封台村里臭味相投的人才能搭伙的缘故。

看起来狼窝铺这个村还真是有着自己的性格和风采，王喜柱说的治安先进也不全是空穴来风。看起来对赵广田这样的人不能总是施以高压教育、疾颜厉色的训斥，多给他点阳光也能让他灿烂起来。

两个人面对面抽着烟，望着吊在半山腰间的夕阳缓缓下坠，那红金色的余晖透过淡淡的烟幕照射过来，洒在这块还没有完全夯实的地上，常胜触景生情，对着赵广田问道："哎，赵广田，你现在有什么感觉？"赵广田直愣愣地看着常胜，摸不清他问话的意思。

"你别愣神儿，我问你，经过一天的劳动，再看着这么美好的景色，有什么感觉？"常胜追问道。

"饿了。"赵广田回答得特干脆。

这句话把常胜的美好心情瞬间破坏得一干二净。

他使劲咽回去一句国骂，冲赵广田摆摆手说："饿了你也得给我先忍会，咱先来点精神上的食粮。"说完像变戏法似的从口袋里掏出了个口琴，先放在嘴边吹了吹浮土，又试着吹了几个音节，然后冲赵广田抬抬下巴，"咱来一段《草原升起不落的太阳》？哦，忘了，你听这个费劲。干脆我吹什么你就听什么吧。"

赵广田无奈地点点头，心里话说你压根就没想问我听什么，反正我就给你个耳朵得了。他没想到随着常胜舒缓地吹出一支曲子，他竟然听得入了神儿，连手里的烟都忘记抽了。常胜吹奏的是那首《鸿雁》，就是他想在家里给周颖吹的曲子。常胜自己也不清楚为何会喜欢这首带有蒙古民族味道的旋律，他本来想吹个欢快点的曲子，可是口琴一挨到嘴边就不由自主地吹响了这首《鸿雁》。

常胜连着吹了两遍，直到王冬雨把饭送来，在屋门口喊他们过来吃饭才停下。王冬雨白天收了常胜一百块钱，代价是这几天里管他和赵广田的伙食，同时捎带着给赵广田的老娘做一份饭菜。王冬雨虽然闹不清常胜这个脑子里转悠的是哪根筋，但冲着常胜能返回到狼窝铺，还能主动地去和乡亲们搞好关系，最主要的是，能把她爸爸哄得穿着一身警服跟新姑爷似的不舍得脱，还自己掏钱雇用赵广田当保安的分上，她硬着头皮答应下来。

晚饭很快就吃完了，太阳也落到了山背后边。常胜看了看不远处闪着灯光的车站和货场，朝赵广田挥挥手说道："广田，咱们开始巡逻！"

赵广田有点纳闷地问道："常警长，咱们俩……怎么巡逻啊？"

常胜走到汽车边拉开车门说："上去，有路的地方开车，没路的地方腿儿着。"说完回头冲王冬雨道："拜托你看着点赛驴，你别害怕，它不咬熟人，再说我已经把它拴上了。"

没等王冬雨应声，常胜推着赵广田已经坐到车里。赵广田坐在副驾驶的位置上小声地问道："常警长，你这警车晚上出去行吗？"

"废话！我这车是刚大修过的，样样都拔尖。"常胜说完打着火发动车，又试了几下车灯和顶子上的射灯说，"看见了吗，都没问题，绝对是最棒的。等下，我再试试警报。"

赵广田点着头伸长耳朵等着警报刺耳的声，可没想到的是传进他耳膜里的却是自己的声音："警察来了！警察来了！"赵广田浑身哆嗦了一下，急忙朝常胜说道："常警长，这，这，这是警报吗？"

"是啊，我这个车上没警笛但有高音喇叭，录下你这大嗓门当警报正合适。"

"可这，这都知道是我喊的啊……"

"你喊的怎么了？挺好的！"

"能当警报使唤吗？"

"能，你就老实地坐稳了吧。"

改装后的汽车开着大灯，打着车顶上的射灯，伴随着赵广田叫驴一样"警察来了，警察来了"的喊声，在火车站出口拐了个九十度的弯后，一头扎进黑夜的乡村里。留下院子里的王冬雨望着汽车开走后扬起的烟尘"哈哈"地笑个不停。

世上的事情就是这么奇怪，以前狼窝铺村里没有常胜，没有这辆胡喊乱叫满处瞎撞的"警车"时人们没觉得有什么不同。自从有了这辆警车，开始的时候村民们不管是怀揣着什么样的想法，都出来看个热闹，但是时间一长大家也就习惯了在每天太阳下山的时候，坐在屋子里或是斜倚在院子里听着"警察来了"的喊声各自忙着自己的事情。甚至有的家里还用常胜巡逻的时间来对表，他们都能大概估算出第一声喊叫和最后一声相差多少分钟。而且，在接连两天听不到"警察来了"的喊声时，王喜柱还特意骑车跑到车站看望常胜，询问他为何不按点出车巡逻了，村民们还等着他的警车呢。

其实，常胜是在酝酿着一个行动，他没有上报派出所请求支援，也没有找车站的贾站长和郑义书记帮忙，只是悄悄地跟王冬雨说了自己的打算。他现在能相信的也只有这个小学校的教导主任了，可这个信任从何而来，就连常胜自己也说不清，道不明。只是觉得她像个执拗的邻家小妹，自己则是那个兄长。

天刚一黑下来，警车照例歪歪扭扭地从车站里驶出，车里边播放着人们早已熟悉的警报声，边朝外围的线路上开去。车站的职工和狼窝铺的村民都知道，这是驻站公安常胜又出来巡线了，而这个时候中央电视台的《新闻联播》刚播完，等他再回来的时候晚间新闻又该播出了。

狼窝铺车站的货场里停放着好十几列准备整编的车皮，如果不看车站调度的标注和号码，谁也分不清里面装的是什么东西。但有经验的人还是能从车皮上的外文字母，还有数字上分辨出个大概。几个黑影悄悄地钻进了货场，他们穿过铁道线越过道岔的动作熟练而又利落，来到停靠在线路上的车皮旁边后，各自掏出手电筒往上面照着。其中一个人找到了目标，挥手示意几个人靠拢过来，有个人从怀里掏出钳子，扒上车厢就去铰车门上的铅封。"你小心点，别弄得动静太大。"黑影中的一个人压低嗓音小声提醒。

"没事，这个警察属傻狗的，就认一条道。"

"就他妈你精！人家都是傻子吗？"另一个骂道。

"大哥早就盯着他呢，这警察天天活动都有规律，现在这个时候正开着那辆车顺着铁路转悠呢，保准没事。"

"那也得小心点，快搬快走！"

几个人说话间已经打开了车厢门，里面是用纸箱包装严实的平面直角电视机，他们二话不说上去撕断打包带往下就搬，下面接货的人接过箱子两个一捆用绳子串好，然后上肩顺着后背往上一提，一溜小跑地越过铁道线钻进灯光照不到的昏暗处，放下货物跑回来。如此迅速地像赛跑接力似的搬运，动作干净利索丝毫不拖泥带水，仿佛就是一场偷盗行业比赛一样。

在他们放下货物的地方还有两个人向三轮车上不停地装载，不到十分钟，整节车皮的货物被这几个人卸去了大半，并且已经在两辆三轮车上装载好了。

几个人刚要推车离开货场，突然间在他们的正前方一个高强度的探照灯骤然亮了起来，还没容他们反应过来，后方又亮起一束强光，伴随着高音喇叭的喊叫声："你们几个蟊贼已经被警察包围了，你大爷的！立即离开车辆，解下腰带高举双手向警方投降！"喊声里还夹杂着"汪，汪，汪"的狗叫声。这下可把几个人着实吓得慌了手脚，瞬间的慌乱后，贼的本性还是让他们选择了逃跑。几个人推着三轮飞快地向货场外逃窜，边跑边发动三轮车的机动装置，三轮车由人工变成了助力，不一会儿就跑到货场的通道上。眼看着几辆三轮车就要跑出通道，在通道的正前方又亮起了一排射灯，这次是那辆蓝白颜色的警车横在了路中央，警车的高音喇叭连续不断地播放着"警察来了，警察来了"的喊声。两辆三轮车急忙掉头扎进货场边杂草和野花覆盖的小道里，车跑了没几步像走在"搓板"上一样，上下颠簸不停地折腾，前面一辆车索性一头扎在沟里，车上的货物散落一地，人也摔得四仰八叉地躺在地上。

这几个人还没爬起来，警犬赛驴就冲到他们近前拦住了去路，唬得他们连滚带爬地想往后跑，正遇到迎面等着他们的常胜。"跑！谁再跑我就让赛驴咬谁！"常胜大声地喊道，"看看是你们两条腿的快，还是我警犬的四条腿快！"话音落地，赛驴像是听懂了常胜的意思，适时地配合着连续叫了几声，吐着舌头用眼睛盯着蜷缩在一起的嫌疑人。

常胜用强光手电挨个照着几个人自言自语地说着："我数着是七个呀，怎么少了俩？哦，可能是趁乱跑了。"说完他用手电筒指点着蹲在一起的嫌疑人："说，你们偷东西的时候谁骂警察是傻狗来着？"

蹲着的几个人先是迟疑了一下，然后不约而同地将眼神儿投向紧边上蹲着的一个小个子的身上。小个子看见常胜的手电筒光柱指向自己，吓得整个人颤抖了一下，慌忙冲常胜摇摆着双手，嘴里嘟囔着一句话也说不出来。常胜朝他招招手示意他过来，小个子战战兢兢地走过来站在他对面。常胜从口袋里掏出几条警绳扔在地上，对着小个子说："给你个戴罪立功的机会，把你这些同伙都给我捆上，捆结实点！"小个子点着头拿起警绳挨个捆，边捆边还使劲地勒几下，全然不顾自己同伙龇牙咧嘴的样子。看着他把几个人捆上之后，常胜又从腰间拎出副手铐递过去说："这是你的福利，自己戴上吧，你比他们强，好歹还混上个金属的手镯。一般带头大哥才有这个待遇，你是带头的吗？"

"我不是！警官，我真的不是带头大哥啊……"

"你不是谁是？是他们几个吗？你给我指出来！"

小个子扫了一眼让自己捆成粽子似的同伙们，小声地说道："大哥没来。"

常胜"哦"了一声又问道："大哥在哪等着你们盗窃成功的喜讯呢？"

小个子的嘴努动几下，看看常胜又看看几个同伙咬着牙没开口。常胜仿佛突然间明白过来一样，一把搂住小个子往边上拽了拽，顺势把头凑过去附在他耳边小声说道："你晚上吃饭了吗？"小个子没想到常胜会问自己这样的话，连忙不停地点头。

"吃的什么，还记着吗？"

"馒头，还有菜……"小个子一脸的茫然。

"喝酒了吗？"

"没有，我不能喝酒。"

"哦，出来偷东西是不能喝酒。"

两个人站在一起窃窃私语交头接耳的样子，在旁边蹲着的嫌疑人眼里活像交换情报，或许是小个子受了招安。最可气的是常胜还很友好地拍了拍小个子的肩膀，然后恶狠狠地盯了他们一眼。几个人相互交换了一下眼神，心里好像是全明白了。小个子把我们全部出卖了。

常胜牵着赛驴押着一行人来到警车前，朝驾驶室摆摆手说道：

"别愣着了，我这边都完事了你还开着大灯，也不知道个节能减排。打道回府。"王冬雨从车里探出头来："常胜，你还真行啊，一会儿的工夫就逮住好几个。"

"一帮山贼草寇乌合之众，就他们的脑子加一块也没我一个人好使。"

"又吹牛，你一个人行，干嘛还用我帮忙呀？"

"走群众路线啊，密切联系群众，团结一切可以团结的力量……"

"停！我没工夫听你显摆，咱俩说好的事呢？"王冬雨朝常胜伸开手。

常胜使劲撇撇嘴把后几句话咽回去，摆出副笑脸道："王主任，你大小也是为人师表的园丁呀，不能总盯着孔方兄吧，再说了，你不能帮点忙就找我要报酬，我又不是开银行的。"

王冬雨："你不会是想赖账吧，我再重申一遍，就算是给我老爸帮忙也得收费，这是我定的规矩。"

常胜斜了一眼跟在身边的几个嫌疑人，压低声音说："我先欠着，等处理完这件事保证如数奉还，行吗？"看着王冬雨没有再坚持下去的意思，常胜忙转过身朝远处大声喊道："赵广田，把探照灯关了。你先去车站找值班的郑义书记，让他派人来清点丢失物品给列车补封，然后去警务室集合！"

狼窝铺警务室今天晚上第一次从里到外灯火通明。在空地上并排蹲着刚刚抓获的几名嫌疑人，警犬赛驴吐着舌头寸步不离地看守着他们。屋门口堆放着成箱的赃物，几个铁路职工正逐一清点着数量和价值。屋子里的常胜正手舞足蹈地举着手机向所里汇报，旁边站着的郑义和王冬雨也都被他的语气吸引住，凝神静气地听着他大声嚷嚷。"喂，谁值班呢？赶紧地找值班领导去，什么？我是常胜啊！怎么连我的声音都听不出来了呢……"

当得知对方去找值班的所领导时，常胜才回过头来捂住手机听筒对郑义和王冬雨说道："找领导去了，今天是刘所值班，哈哈哈。"

郑义："常警官，这回我算是真心地佩服你了。有勇有谋有胆有识，自己一个人就能抓获这么多小偷，真让我长见识。"

常胜正美滋滋地接受郑义的赞扬，王冬雨在旁边接茬说道："吹捧得有点过分呀，不就是一个铁路公安的驻站警官干了应该干的事吗，值当的把泡泡吹得这么大吗？"

常胜翻个白眼看着王冬雨，心里话说："帮点忙就要报酬，认钱不认人的……"就在这个时候电话听筒里传来所长大刘的声音："常胜，说话，怎么回事？！"常胜嘴里一秃噜直接把"财迷玩意儿"这句说出去了。"常胜，你小子在跟谁说话呢！"话筒里传来大刘的质问。常胜急忙改口连声说道："刘所，我跟您说话呢，我现在就向您报告特大喜讯狼窝铺站抓获了五个现场实施盗窃的嫌疑人现在嫌疑人在我驻站点押着呢您赶紧来人吧。"

这通话中间一口气没喘，听得电话那头的大刘直咳嗽。

"你小子把气喘匀了，给我再说一遍。"

当大刘得知常胜的战果后，悬着的心放下来了，电话里的声音也变得悦耳了许多。他嘱咐常胜一定要看管好抓获的嫌疑人，清点被盗物品做好清单，所里马上派人过来接手。撂下电话前大刘还破天荒地表扬了常胜一句："没想到你小子还真露脸，你知道吗？这是狼窝铺车站自建站以来驻站民警第一次抓的现行。"

连续的夸奖和表扬让常胜感觉腰杆挺得笔直，他朝屋子外面推着探照灯的赵广田吩咐道："探照灯先不用还车站了，我跟郑书记打个借条，算咱长期借用。"

郑义在旁边点头答道："行，行，只要对你工作有利，我肯定支持！

常警官，你是怎么断定这个时间小偷会来偷东西，又怎么抓获的他们，给我说说。"

常胜撸胳膊挽袖子刚想张嘴，眼睛的余光扫到了在一旁冷眼看着自己的王冬雨，他咽了咽唾沫把到嘴边的话换成另一种味道："这个，这个还得说是在王主任大力配合下，才能有这么辉煌的战果。对吧，王主任。"看见王冬雨没有表示出异议，常胜甩开腮帮子开始了大段的叙述。从发现货盗嫌疑人用的作案工具是改装过的燃油三轮车，到自己天天有意识地按点巡逻养成习惯，再到悄悄把嫌疑人要逃跑的小路事先挖好坑，然后请王冬雨帮忙晚上开车出去转悠，而他则带着赵广田蹲守在货场守株待兔，直到虚张声势三面围堵把嫌疑人逼近小道里一举抓获。整段故事把郑义听得不停地点头，还时不时地插话提问，两个人聊得相当投机。这个时候门外传来警车的声音，派出所的人马赶到了。

常胜真心地有点恍惚了，他没有想到这次所里赶来支援的人会这么快，如果按照往常的时间推算，至少还要等待一个小时呢。他急忙跑出屋去迎接，一眼看见停在院子里的警车上先蹦下来的小于。小于也是几步跑过来拉住常胜的手说："师傅，我们来得够快吧！"

"坐火箭了？你们也太快点了吧？"

"就知道你得奇怪。"小于指着警车上陆续下来的民警们说，"要不是赶上张所正带着我们巡线到狼窝铺附近，刘所再怎么催促也飞不过来啊。"

"张所？那个张所，咱所里又来新领导了？"常胜问道。

"就是张彦斌……张副所长呀……"小于猛然间像意识到什么似的，话说得有点含糊。

"张彦斌。他什么时候当所长了？"常胜的话还没说完，就看见张彦斌从远处向自己走过来，边走边指挥着民警接管蹲在地上的几名嫌疑人。来到近前时张彦斌朝常胜伸出手，摆出副领导握手慰问的架势嘴里还不停地说道："老常，你辛苦啊，辛苦了。"

"为人民服务！"常胜也不知道自己怎么就冒出这么一句话，此刻他心里突然间冒出一股说不出的味道，是想不明白前几天还同是警长的张彦斌怎么会摇身一变当了自己的领导，还是胸腔里那股隐隐的不服气，抑或是看着对方摆出的派头心里有些郁闷。总之他没有去握对方伸出来的手，而是顺势指着空地上堆好的赃物说："赃物都在这，你来了就负责带回所里吧。"

常胜说的是办案中一个简单的程序，既然抓到嫌疑人也缴获了赃物，就得全部带回到派出所去做处理。可是张彦斌却摇摇头说："如果清点无误就发还给车站吧，走这个程序多繁琐啊。"

"可是这么多赃物也得作价呀？"常胜有点不死心地追问一句。

"价钱明摆着的，查查车站商检就清楚了。"张彦斌仍旧不紧不慢地说，"我们才来一辆车，又要带嫌疑人还得装赃物实在盛不下。就算把你的车用上也得跑两个来回吧。"

"可是……"

"现在是晚上，山路不好走，弟兄们又都是值一天班晚上加班巡线，你还真忍心让大家伙再跑几个来回吗？再说了，嫌疑人带回去还得审查，说不定又要熬个通宵，程序上的事情能简化就别较真了吧。"

张彦斌的这番话入情入理，把常胜想说的都堵了回去，常胜如果再坚持作价的意见，不仅得不到民警们的支持而且还得落个不通人情的埋怨，想到这些，常胜点点头，算是同意了张彦斌的做法。

警车闪着顶灯响着警笛在站台上拐了个九十度角后开走了，常胜站在车站院子里的空地上感觉有点失落。王冬雨走过来推了一下他：

"想什么呢，是不是哪里不舒服啊?"

常胜回过头来看了看正在清点物品的郑义和赵广田，还有门边蹲着的警犬赛驴慢慢地说了一句："想怎么还欠你的账呢!"

第七章

狼窝铺车站在悄然地改变着。虽然每天火车还是照例地鸣笛通过，车站职工还是按部就班地接车，送车，接收检查保留在货场的货车，登记造册等待调车命令，虽然车站的一面红旗和驻站点的蓝旗迎风飘扬相映生辉；虽然周边的山还是那山，水还是那水，但以火车站为圈子里的人们都在感受着这种变化。

常胜每天清晨起来先是放开赛驴让它撒撒欢儿，然后自己来到菜地改造成的露天健身场里进行锻炼，他的锻炼冷眼一看很唬人，先是一通大号哑铃加石锁练得虎虎生风，然后再打一套长拳，收架势后缓缓地围着车站周围溜达几圈，像是散步又像是巡视，最后才回到屋子里喂狗、吃早饭。

这一套程序之后，他会开着蓝白道的警车，装上自己写画好的宣传板开始走乡串村的爱路护路宣传。他也借着这个机会把狼窝铺前后左右的几个村庄摸了个大概，时间一长也慢慢地和村里的村民们交上了朋友。如果说环境改变人，那么人也在潜移默化地改变着环境。常胜施展出远交近攻的办法，去远处村庄开警车，到狼窝铺则是自行车和汽车交替使用，一来行动方便，自行车能进村里的小巷还能驮着走累了的老人回家，二来汽车能用于"拉脚"，为村里的孩子和老人上车站去县城赶集提供方便。他还与王喜柱约定，优先照顾五保户和村两委的干部，让王喜柱有事就打电话，美得王喜柱逢人就讲，自己有个警察兄弟随叫随到。

今天一大早，常胜把蓝白道的警车擦拭干净后，牵来赛驴指着敞开的车门让它上车。赛驴在车门前边像个怯生生的小猫在转磨磨，常胜反复几次地示意赛驴必须上车，在主人的坚持下，赛驴终于不情愿地爬进车厢。常胜甩手关上门朝里面的赛驴挑起拇指，赛驴"呜呜"地叫了两声把头低下了。这个时候人和犬都明白，彼此在互相较劲，人是想训练犬改掉晕车的毛病，只是办法僵硬了些。犬是见车就怵头但不上去还不行。常胜发动着车刚开到站台口，迎面看见贾站长和郑义笑眯眯地朝他招手。

"二位领导站得这么齐，是打算欢送我还是准备劫道啊？"常胜停车摇下窗户探出头说道。

"特大喜讯！"贾站长眉飞色舞地冲着常胜说，"常警官，特大喜讯啊！"

"有多大？党的十八大不都是已经召开了吗？"

"哎呀，我说的是咱车站的大事，你怎么一竿子支北京去了呢。"

"车站有嘛事？自打我来到狼窝铺站，除了巡逻巡线、清理宣传、打击盗窃活动以外就没遇到过大事。"常胜撇撇嘴露出一脸不屑的表情。

郑义笑呵呵地上前两步，手搭在常胜的车窗上说："这大事跟你常警官有关系，可以说也有你的成绩在里面呢。"

"是吗？上级铁路公司给你们车站发钱了？安全奖？"

常胜这回真是把贾站长气乐了，他一把将手里的两张电报塞到常胜怀里说："你自己看看！路局的电报，客4481次从下周开始在咱们狼窝铺站有停点了。你说这是不是喜讯？"

这还真是一个好消息。作为沿线的小车站，平时上百趟的旅客列车从此飞驰而过，没有一列能停住脚步在这里驻足歇息看看风景的。

这次客4481次能在狼窝铺车站有停留时间，就表明车站不单单能办理货运也能办理客运业务，同时也有乘降旅客的吞吐能力，也说明站区治安环境很好。最关键的是车站还能因此升级，车站级别高了，站长、书记待遇自然也就水涨船高了。

想到这里，常胜脸上堆起笑容，嘴里连声地向他们俩表示祝贺。可是贾站长和书记郑义却还站在车前面，没有要离开的意思。

"二位领导是不是还有别的事啊？"常胜问道。

贾站长掏出颗烟递给常胜，顺手给他点上火说："常警官，我们还真是有个难题想和你商量商量。"看见常胜坐在车里抽着烟一本正经很专注的神情，他才继续说道："作为咱们狼窝铺火车站，客车开通是个值得祝贺的事。当天肯定有很多领导要来参加开通仪式，可是人家来咱这个偏远的地方，咱怎么也得表示一下吧。"

"表示嘛？请领导上席吃一顿？"常胜这话有点明知故问的味道。

"我倒是想呢，你看看咱们狼窝铺站，自打成立那天起就没有职工食堂。我想请领导们吃饭，可也得有人开伙呀。"一说到吃饭，贾站长满嘴的抱怨。

郑义看见贾站长的样子急忙拦住他的话头，接上来说道："老贾的意思呀，搞接待请吃饭等事项，咱这么个鸡毛小站实在是没这个能力。再说真这样做也违反上级领导的有关规定，但也得表示一下心情啊，所以就想跟你商量一下。你不是和村委会的支书王喜柱关系挺好吗，让他帮忙给咱收购点核桃、红枣、红果、山药之类的山货，咱按价收买送给来参加仪式的人们，常警官你说这个办法行吗？"

郑义的话倒是让常胜入了心，他点点头答应着说去找王喜柱试试，然后挥挥手开着警车离开车站。

白天的时候，常胜驾驶着警车是不放警报的，但为了让人家知道警察来了，常胜选择了用喇叭播放歌曲。他的车子虽然改装过，但没有能播放CD的设备，只能放老式的磁带，所以村民们经常可以听见诸如《喜洋洋》《步步高》之类的民乐，偶尔穿插着来几首通俗歌曲，也都是老掉牙的调子。但常胜还是乐在其中，他要的就是这个效果，要的就是让人家知道自己来了。

汽车刚开进村里走了一半就被王喜柱当街拦住了。常胜笑眯眯地从车窗里伸出头说道："大哥，您这是拦车喊冤呢，还是打算跟着我转悠一圈？"

王喜柱示意他把车停在街边的大树下，两人对面坐在树下的石碾子上，老远看过去活像一对村民在聊天。王喜柱接过常胜递给自己的烟没抽，而是在手里不停地揉搓着，停了一会才开口道："兄弟，我有个事想和你念叨念叨……"

"有事你说，干嘛还这么客气啊？"常胜伸手给王喜柱点上火。

王喜柱从嘴里缓缓地吐出一串烟雾："还真是不知道从何说起，村西头的老张头，就是跃进大爷，你知道吧？"

常胜知道王喜柱说的这个老张头，这个老人叫张跃进，原名叫张望山，是个抗日时期的老游击队员。说起来老张头以前的家里情况，用王喜柱的话说那真是"傻小子看画——一样一张"。为什么这么说呢？老张头家里哥三个，张望山排行老大，当年参加的是共产党八路军领导的游击队，他的二弟叫张望海，跟他正好掉一个，加入的是国军的敌后先遣队。这哥儿俩在当年抗日的时候无论怎么说也算是友军，可他们俩的小兄弟张望水却站到了对立面上，一头扎进了日本人在县城组织的伪军部队里。而且这哥三个谁也不是省油的灯，各为其主在狼窝铺山里山外打得热火朝天，张望山和张望海哥儿俩好几次差点落到日本人手里。最后在一次国共联合的锄奸行动中，大哥二哥把三弟堵在屋子里来个瓮中捉鳖，看着跪在地上一把鼻涕一把泪哀求饶命的老兄弟，张望海下不去手了，他趁夜黑押解途中私自放跑了张望水。得知这个消息后，老张头找到张望海一巴掌扇过去跟着一通臭骂，让他们赶紧转移。然后自己带着游击队跟随后来"扫荡"的日军在山里周旋了几天。战斗结束后老张头又二次返回县城，将正在准备再次"扫荡"的张望水和日军军官乱枪打死。这个事迹当时在周边传为美谈，八路军游击队颂扬老张头为正义、为民族大义灭亲，可在张望海眼里大哥是个六亲不认的人，再加上这一巴掌使兄弟俩彻底离心离德，直到最后张望海跟着国军败走台湾，真应了自己的名字，守着孤岛一辈子看海的时候，兄弟俩都没有再见。

如果说凭着老张头的资历，在革命胜利后怎么着也得混个团长旅长干干，可人间的事情就是这么怪异诡谲，当组织上准备重用他的时候突然发现问题，原来革命了一辈子的老张头竟然不是中共党员。按说这个事情也不难，突击入党就可以了，况且老张头的事迹大家都知道，就在工作人员走例行程序的时候发现老张头还有个弟弟干国军，于是就找他谈话问情况。老张头是典型的山里人性格，想什么说什么，嘴上也没个把门的，居然说很想念自己这个兄弟，盼望着他能回来和自己一起孝顺上了年纪的老娘。这本是一句平常的话，可在上级人员的耳朵里听来就是立场问题，你兄弟是国军已经败退到孤岛苟延残喘了，你还盼望着他回来，回来干嘛？难道还想反攻大陆吗？再加上他言语中不断地透露出来对故乡、对老娘和乡亲们的眷恋，工作人员了解完情况后夹起书包一声不吭地走了。

最后对他的结论是，你既然这么热爱这片生你养你的故乡，那你就踏实地待着吧。老张头就这样被留在了山里。

这些事情都是常胜在平时与村里的村民们聊天攀谈中知道的，并且常胜也特意去拜访过这位老人，和他聊聊家常说说话。在常胜眼里老张头就是个普通的庄稼汉，抽烟袋话不多，高兴的时候喜欢抿两口小酒，没事的时候拄着根拐棍在村里溜达，压根看不出过去的叱咤风云和往昔的传奇。也许过多的沧桑都已经融进他满脸的皱纹里了。

常胜想到这些不由得朝王喜柱凑近了一点："大哥，跃进大爷家里不会突然出什么事情吧？"

王喜柱摆摆手说："你别多想，不是坏事是好事。下个礼拜是他老人家的生日，赶巧他的重孙子也要娶媳妇，还特意把结婚的日子定在这天……"

"这是好事啊！"没等王喜柱说完常胜就冲口说道，"我来咱狼窝铺还没遇到过双喜临门的红事呢，这个值得庆贺一番！"

王喜柱脸上挂着为难的神情，使劲地嚓了嚓牙花子说："关键是不知道怎么张罗这件事。你是不知道，跃进大爷特别地倔，他不让家人大操大办。为这事，他儿子、孙子找了我好几回商量怎么办呢。"

"这个还用商量，该怎么办就怎么办呀。"常胜脸上挤出一丝坏笑说，"跃进大爷重孙子结婚是喜事，小登科。他老人家过生日也是喜事，老寿星。把这两件事合在一块办，到时候来个霸王硬上弓把他往主宾席上一架接受祝贺……"

"到时候他指定把桌掀了！"王喜柱一口烟连着话直接喷出来，"兄弟，你是不了解这个老头，太各色了。他的脾气没人摸得准，想当年连自己当汉奸的亲兄弟都敢一枪崩了的老革命，我不听他的话，和他来这个弯弯绕儿，他不拿拐棍揍我才怪呢。打我还是次要的，关键是这么个大喜的日子别再让他给搅了。"

听完王喜柱这番话，常胜也无语了。两个人面对面抽着闷烟谁也不说话，常胜忽然看见王喜柱手里揉搓着的那对山核桃，伴随着它们在手掌里上下翻腾又相互碰撞的声音，常胜脑洞大开，他猛地拍了一下大腿说："有了！我有个主意！"说完他一把搂过王喜柱的肩头附在他耳边说了起来，王喜柱开始的时候还皱着眉头，等全部听完常胜的话之后，脸上也绽开了笑纹。

"这个主意好！好！怪不得冬雨这孩子让我找你呢，说你鬼点子多，找你商量准有好主意。"王喜柱高兴得不住称赞着。

"你说什么？是王主任……冬雨让你找我的？"

"是啊，就是冬雨让我找你商量的。"

常胜和王喜柱分开后开车来到狼窝铺小学的门口。他每次路过小学的时候都会主动关掉高音喇叭，停止播放任何歌曲，就算是有事情找王冬雨时，也是象征性地按两声喇叭绝对不会影响到上课的孩子们。他去学校做宣传教育都是主动找张校长接洽，张校长是村里最老的民办教师，典型的一手拿锄头一手拿教鞭，语文数学自然科学全能型的队员。有点像《乡村女教师》中的瓦尔瓦拉·瓦西纳耶夫娜，他对孩子们的开场白也是"从今天起，你们不再是普通的孩子了，是学生，我教你们念书、写字、算数，你们要成为对社会有用的人，我要教你们思想"。他偶尔也能来几句带着口音的蹩脚英语，但王冬雨到学校后，这个科目他主动让贤了。用他自己的话说，我不能误人子弟，把孩子们的英语都教成狼窝铺式的发音。据说他当年是主动来到山里的，后来也有机会回到城市里，可他在城市短暂地停留之后又返回到山村，具体原因没有人知道，他也不讲，村里人只知道他再次返回山乡的时候带来了全部家当，一整车的书籍本子和一个铺盖卷。从此之后就一直没离开过这里，他教出了一代又一代的学生，王冬雨也是其中之一。他也因此受到村里人极大的尊重，其实不仅仅是狼窝铺村，整个周边的四邻八乡都愿意把孩子送到他麾下接受启蒙。王冬雨能回到家乡支教，有很多是受他的影响。

常胜有时候会想，真应该让自己的儿子常勇来山里，在这个简陋的学校，接受一下张校长的"再教育"。

他把发动机关上拉好手刹，坐在车里静静地等着王冬雨下课。此时他早已经在心里接纳了这个年轻的支教老师，虽然两个人总是斗嘴兼斗气，而且自己还欠着对方一屁股外债，但当有困难的时候人家总能伸出援助的手，这让他有股说不出的味道溢满在心里。

足足等了有半个小时，王冬雨才从勉强算作课堂的破屋子里走出来。看见院子外面的"警车"，王冬雨径直走到车前伸手拍了拍车门："干嘛呢，窝在车里不动弹，幻想着山乡巨变呢？"

常胜摆摆手说："这是你们乡镇领导管的事，我没这个能耐。"

"那你低头盘算什么呢？"

"我盘算着怎么才能还上欠你的钱。"

"哦，有还款计划了，说说吧。"

"你上完课了吗？别让张瓦拉校长批评你。""张瓦拉"是常胜对张校长的尊称，开始的时候王冬雨还不理解，但她知道《乡村女教师》的故事后，也接受了这个包含着尊敬的称谓。

"下课了，张校长上下一节课。"

常胜示意王冬雨上车坐到副驾驶的位置上，然后把自己的想法边比画边说地和盘托出。令常胜意想不到的是王冬雨认真听进去了，而且随着他的叙述还能加上些自己的看法，表达一下她的观点。这个结果让常胜很是兴奋，两个人就这样不停地丰富和完善着常胜的"还款计划"，交谈到最后，王冬雨突然"哎呀"一声说道："你不觉得遗漏了个环节吗？"

"我这是属于起飞智灵机一动，有考虑不周全的地方你补充。"

"别的都好办，可是这个产品咱得有个名字吧。"王冬雨说话间不知不觉地用上了"咱"这个字。

"咱得起个名字……"常胜手握着方向盘不住地使劲，"有了！咱这个地方叫狼窝铺，起名字要和地域相结合还要有代表性，就叫'狼新'吧。"

"还狗肺呢！你这是起的什么倒霉名字啊。"王冬雨使劲推了常胜一巴掌，有点像老师在斥责不听话的学生。

"我说的是新旧的新，狼新。"

"那也不行，有歧义，让人家一听就会想到'狼心狗肺'这个词。"

"你说起个什么名字好呢?"常胜摊开双手看着王冬雨。

王冬雨沉思片刻说道："叫红郎，红色的红，郎君的郎。好听吗?"

常胜使劲地点点头朝王冬雨挑起拇指说："高！实在是高！有文化真可怕。"

王冬雨的脸上绽开了笑容，也冲常胜挑起拇指说："还是常警官脑子好使，能把好几个看似不相关联的碎片用线绳串起来，不给你个乡长、镇长干干真是委屈你了，窝在这个犄角旮旯里浪费人才。"

常胜不耐烦地撇撇嘴："别戳我肺管子啊，哪壶不开提哪壶。"

王冬雨已经知道常胜郁闷的原因了，自从那天晚上派出所来人带走货盗的嫌疑人后，常胜各种郁闷的表情就落入她的眼里。虽然她心里清楚，驻站公安这个活儿很少有人愿意来，也估计到常胜的从平海市里的大站来到这，很大程度上有惩罚和发配的意思，但常胜的到来还是给这个沉闷的山区小站注入了一丝活力，在她心里慢慢地开始喜欢上这个说话有点调侃但很真诚，办事不按常规可行之有效，表面上粗粗拉拉实则内心细致的民警了。

"好吧，我不惹你不开心，咱们分头准备，到时候车站见！"

王冬雨说完这句话后拉车门下车，走出去几步忽然像想起来什么一样又回转身，从口袋里掏出两盒香烟隔着车窗扔进车座上。

"这是干嘛啊？我可没钱给你。"常胜急忙抓起香烟要递回去。

"慰劳你的，不让你白抽，我有要求。"

"除了钱我没有，你有要求随便提。"

"有时间给我吹段口琴吧，你吹的曲子挺好听的。"

说完这句话，王冬雨扭头走进学校，留下坐在车里有点发愣的常胜和有点晕车的赛驴。

狼窝铺火车站4481次旅客列车开通仪式举行得非常有特色。在车站郑义书记和贾站长的建议下，剪彩仪式特别邀请了老八路张跃进大爷参加。老张头穿着被称为"八爷灰"的老式军装，咧着没牙的大嘴笑个不停。并在剪彩的时候主动抛开拐棍，与领导们一同合影留念，这个场景足以让来参加仪式的任何人感动不已。关键的是，前来参加仪式的铁路、地方各部门的各级领导根本没想到会在仪式结束后，又被盛情邀请参加狼窝铺村村民的喜寿宴，而且操办喜寿宴的地点就在车站的院子里，靠近常胜警务驻站点的这头。

要说各级领导们本来没打算在这个偏远小站过多停留，仪式结束就各回各家各找各妈了，但是老张头拄着根拐棍拦在去路上，一边挥手一边嘴里念叨着一句话："都去，都去，谁也别走。"再加上王喜柱带着一帮村民站在身后助阵，就这样领导们只能入乡随俗了。真正让他们大喜过望的是后半场，村民们自发地组织起喜庆的节目，吹唢呐的唱山歌的，连城里人久已不见的带有山野味道的娱乐节目《二鬼摔跤》也搬上舞台，虽然是为老张头祝寿兼有庆贺婚礼的意思，可是在领导们的眼里看来，这就是村民们为山里开通旅客列车搞的庆祝活动。

开席之后他们更是眼前一亮。吃的都是原生态的食物也不铺张奢侈，尤其是山珍野味更是让人有极大的食欲。况且招待他们用的不是酒，而是村民们自己制作的核桃汁、红枣汁和木耳汁。吃完饭，王喜柱和村委会的干部还举着用竹木编织的篓子，里面盛满了山里的核桃、红果和山药让他们捎回去品尝品尝。这个举动引起了地方乡镇领导和铁路方面领导的兴趣，特别是郑义强调说这些东西火车站已经买过单，是村民们自己的品牌叫"红郎"山货，请大家捎回城里边品尝边推广，也是为狼窝铺村的产品做个广告。乡长高兴得合不拢嘴，连声称赞王喜柱这个村委书记搞得好，会顺势而为，并感慨地检讨自己一任乡长快期满了才知道狼窝铺村有这么好的资源，虽然竹木篓子显得土气可是朴实啊，虽然商标是电脑彩打出来的，可是有总比没有强啊。乡长当即宣布回去马上召开会议研究，给狼窝铺村创业小额贷款，并让王喜柱写出报告立即执行。火车开通、创业贷款、领导表扬这一连串的馅饼砸得王喜柱和村民们都不会笑了，只是一个劲儿地咧着嘴不知道说什么才好。

而此时的常胜，正牵着赛驴在远处默默地做着警戒。

山里的风吹得车站上悬挂的横幅和彩旗呼呼直响，老远听着像放鞭炮似的噼里啪啦个没完没了。驻站点的屋子里也一样灯火通明热闹非常，王喜柱、郑义、贾站长、张校长和王冬雨等一帮人把常胜圈在中间不停地礼让座位，常胜推拒半天还是被大家伙让到了主座上。眼看着脱不开身，常胜索性把帽子往桌上一扔说："跟大家吃饭行，酒我可是不能喝。一会儿还得出去巡逻呢，你们不怕我摔沟里去啊？"

王喜柱中午的酒劲还没退去，他一把拉住常胜的手说："兄弟，兄弟，今天晚上摆这个酒宴就是冲着你来的，你哪也不能去，给我老实地待在这屋子里吃饭、喝酒！"

郑义也随声附和道:"王支书说得对,今天真正辛苦的是常警官。大家都在这个喜庆的日子喝酒吃饭闹洞房,唯独常警官给咱站岗,所以我们几个商量好了,今天晚上都陪着你!"

"货场里有保留列车,我得去转悠一下。"常胜还想躲开这个环境,说着话的时候身子往外挪,没承想王冬雨当当正正地堵在他旁边的过道上,让他没办法出门。

贾站长边打开酒瓶给杯子里倒酒,边朝常胜说道:"我都替你安排好了,车站值班的职工两个人一组,轮流着去货场巡视检查,并且当成一项制度执行下去,以后你老常晚上就带上他们一块去巡逻。"

"别价呀,你这一个萝卜一个坑的,再影响你车站工作生产,这责任可就大了。"常胜学着之前贾站长的腔调,脸上挂着一丝坏笑。

"挤对我不是。"贾站长把满满的一杯酒端到常胜面前说,"工作再忙我也得抽出人来协助你老常看好咱这一亩三分地。再说咱狼窝铺站已经开通客运业务了,人员也有相应的补充,耽误不了工作。"

郑义在旁边也点着头说:"老贾说得对,维护车站治安不能全落到常警官一个人头上,我们职工也有份,鉴于这个理念,老贾提出共同维护站区治安建议的时候,我是举双手赞成的……"

"说话总跟做报告似的,到哪都端着,你不累啊?"王冬雨冷不丁地插上一句像是玩笑的话,把郑义噎得直翻白眼儿。

王喜柱对常胜举起酒杯说:"兄弟,你就放心地吃,踏实地喝。别说今天没事,就算是有事,我们一屋子人都跟你去。"

贾站长也说道:"你自从来到狼窝铺,咱就没在一起吃过一次饭,想给你接风你却去抓人了。这次就算是把接风酒也补上!"

常胜不再拒绝了。他实在找不出拒绝这个盛情的理由,他也需要有这么一个场合把自己与周边人们的关系再融洽一步,况且王冬雨还在一旁用火辣辣的眼神盯着自己看呢，他二话没说操起桌上的酒杯一饮而尽，然后放下杯子说："我今天豁出去了，我晚上算歇班！"这个豪爽的举动引来满屋子的人齐声喊好，王喜柱更是高举起酒杯像是往嗓子眼里倒似的喝了个干净。

几杯酒下肚，王喜柱拍着常胜的肩头大声说道："兄弟，我算是打心眼里佩服你呀。你说……你这个脑子里装的是什么呀，能把这么缠头裹脑的事情都给捋顺了，你不知道呀，今天把跃进大爷高兴的啊，乐得嘴都合不拢。"

常胜急忙把手指向身边的王冬雨："大哥，这个功劳不能全算到我身上，要不是王主任，冬雨同志帮我拓展开思路，想到可以趁旅客列车开通仪式的机会，把狼窝铺的山货做成品牌推广出去，哪能有今天这个效果呀。所以我说最大的功臣应该是王主任，冬雨同志。"

王冬雨笑着说："瞧你称呼的这个费劲呀，你喊我冬雨就行，别总把主任挂在嘴边上。其实这件事应该是你的功劳，你是发起者呀。"

张校长坐在边上笑眯眯地点着头，脸上露出赞许的神情。

贾站长凑过来举起杯说道："对，用你们公安的话说，你是'主谋'。"

王喜柱也凑过来："兄弟，不管怎么说我王喜柱得谢谢你，得代表狼窝铺村所有的村民们谢谢你！来，你把这杯干了，我喝一半儿。"

这明显是喝多了的节奏。

郑义始终没喝酒，因为他事先和贾站长约定好，喝起酒来两个人有一个明白的就行。更何况今天也是他值班，所以他一直布菜劝酒在旁边伺候着。只是眼神儿时不时地扫向挨在常胜身边的王冬雨，还借着夹菜的机会给王冬雨碗里放了好多菜。可王冬雨就是装作看不见，也不搭理对方献的殷勤，而是一会儿和常胜聊品牌效应会给狼窝铺带来效益，一会儿给贾站长敬酒说要在车站建个流动售货点，向来往的旅客们销售山货，弄得郑义非常尴尬。

这顿酒一直喝到很晚，可常胜始终保持着半醉的状态。这是多少年职业养成的习惯了，他有酒量但不贪杯也不喝醉，一个原因是需要有情况时能做出应急反应，另外一个原因就是他喜欢这种微醺的感觉。看着王冬雨将喝得晕晕乎乎的王喜柱扶进车里，常胜朝她摆摆手想说再见，可是王冬雨却径直朝他走过来轻声说道："伸手，给你点好东西。"

常胜伸出手接住王冬雨递过来的东西，他借着灯光才发现是一把溜圆通红的红豆。这个举动让他心里一颤："你给我这个干嘛？又不能吃。"

王冬雨闪烁着那双大眼睛盯着常胜："你知道这是什么吗？"

"知道啊，山里的红豆。"

"考考你，你知道有一首诗是咏叹红豆的吗？"

"小时候背诵过，红豆生南国，春来发九枝。"

"几枝！"

"九枝！"

"我说是几枝！"

"告诉你了，九枝。"

"你这人怎么回事呀？我说的是原词：红豆生南国，春来发几枝，愿君多采撷，此物最相思！"

常胜使劲忍住冒上来的酒嗝冲王冬雨说："你说错了，我从小上学时老师教的就是九枝，怎么到你这改成几枝了，你回去好好看看书吧。"

王冬雨老师就是再好的脾气遇到常胜这样的学生也忍不住了。她使劲跺了一下脚，朝常胜大声说道："你找没人的地方好好数数去吧！"说完猛地甩手扭身跑进汽车里。

望着汽车开出狼窝铺车站的门口，常胜不由得长出了口气。王冬雨的暗示就是傻子也能感觉得出来。可他常胜不能，也无法去接受对方表示出来的爱意，他只能装傻充愣气走对方，这也许是他在诸多选项里最好的选择了。

望着夜晚天上铺满的颗颗星斗，他胡噜几下自己的头发暗地里想，我是哪里招人喜欢呢？长得比别人帅？这个念头一出现立即被否定了，他知道自己的长相无论如何也算不上小鲜肉或者是"欧巴"级的人物。钱比别人多？自己的工资刚够吃饭，偷偷地存点小金库，还给了赵广田当薪水，根本就属于在温饱线上下浮动的那群人。我是城市户口？可现在户籍对人们来说只是个居住地的标记。我是警察？我是警察！常胜最终也没想明白这个问题，他就这样带着疑问回到屋里，躺在床上迷迷糊糊地睡着了。

常胜被急促的敲门声惊醒的时候天已经大亮了。

他打开门就看见赵广田灰头土脸地站在门外，裤子上鞋上还沾着湿泥，没等他开口询问昨晚是否下雨，赵广田就匆忙地说道："常，常警长，您，您快去看看吧，我们家的猪让人毒死了！"

第 八 章

　　赵广田的家离小学校不远，几间缺乏修缮的房子歪歪扭扭地摆在那里，比学校的校舍好不了多少，但是走近了看却很干净利索，这至少说明居住在里面的人很勤快，而这个勤快的人就是赵广田的老娘。常胜和赵广田匆忙走进院子里时，她正在门口迎着呢。

　　常胜在她的指引下来到院边的猪圈里，两只肥头大耳的猪，闭眼张嘴露着牙齿斜躺在圈里早已没了声气。来山里这段时间，常胜对村民的生活状况很了解，也见惯了除去城里动物园豢养的珍禽异兽之外的家禽家畜，用一句俗话说，没吃过猪肉还没见过猪跑吗，可是死猪常胜却是头一回见。望着这两具肥猪的尸体，常胜有点犯愁，他有点不知道怎么下手勘查这个现场。正在犹豫的当口，王喜柱走进院子里冲他说道："兄弟，我已经给乡里派出所打电话了，公安老赵说中午之前能赶到，让我们保护好现场，你看看怎么保护呀？"

　　常胜环顾了下四周说："你找两人守着门口别让人随意进出就行，人多杂乱容易破坏痕迹，我先进去看看。"

　　说完话，常胜走进猪圈，迎面扑来的味道让他不由自主地捂住鼻子。

　　两只死猪躺在圈里靠近墙边的地方，他凑过去看看猪食槽子，用棍子拨弄几下里面的食物，浑浊的汤水里泛起几片菜叶和豆子，当他把眼神儿移到死猪靠着的墙边上时，忽然发现几个被挡住的粉笔字。

他挥挥手叫过来赵广田说："广田，过来，帮我把猪挪开点。"

赵广田有点不情愿地走进猪圈说："常警长，这猪都死了还挪它干嘛呀？"

常胜指着墙边回答："帮我挪开它，我想看看死猪挡住了什么字。"

王喜柱在边上推了赵广田一把说："让你帮忙你就帮忙，哪这么多废话，这是死猪，又不是死人不离寸地的，赶紧搭把手！"

常胜和赵广田两人合力挪开死猪，墙上被挡住的粉笔字露了出来，上面歪歪扭扭地写着几个字："今天死猪，明天是你。"看着这几个带有明显恐吓意思的粉笔字，赵广田不由得往常胜身后缩了缩身子。"这是冲着我的保安队员赵广田来的。"想到这，常胜先是拿出手机，拍下了墙上的那几个粉笔字，又走到院子外面的警车旁，挥挥手示意还在车轱辘边上委顿着的赛驴跟他进来，赛驴虽然有点打不起精神，但在经过常胜的强制训练后晕车的毛病好了很多。赛驴跟着常胜来到猪圈里，先是嗅了嗅周围地面，在常胜的指挥下又闻闻墙上的粉笔字，然后转身朝外跑去。王喜柱和赵广田看常胜指挥着赛驴在猪圈里打转的架势，谁也没敢凑上去询问，只知道是常警长要办案了。

常胜叫过来赵广田让他牵着赛驴在前面寻找嗅源，自己开车在后面跟着。他原本认为赛驴会转几圈之后找到嫌疑人的踪迹，或者是能找到现场的遗留物品，谁想到赛驴竟然一溜烟地追出了村，七扭八绕地直到一条山溪边上才停住脚步。任凭常胜再怎么下口令，赛驴就是原地转圈不走了。

"溪水前面是哪个村呀？"

"常警长，前面是后封台。"

常胜端详着前面的村庄陷入沉思，他拿不定主意，该不该去自己管辖以外的地方呢？从理论上讲，后封台村已经超出了铁路公安沿线的管辖区域，他可以有理由不去而把这个事情推给地方派出所，但他确实又有点不死心。

"它，它怎么不走了？"牵着赛驴的赵广田问道。

"失去嗅源了呗。"常胜抚了抚赛驴脖子上的毛说道，"看起来这个小子还挺专业的，他知道咱有条看家的赛驴，所以在这里把痕迹都掐断了。再加上昨天晚上下了场雨，赛驴能跟踪到这里就算不错！"

赵广田："昨天后半夜下的雨，不到天亮就停了。常警长，下完雨咱们这赛驴也能闻到味呀？"

常胜点点头说："赛驴是条好狗，要不是有点毛病早归特警队了，是不会跟着我窝到山里来的。"

赵广田看看吐着舌头的赛驴说："你这条警犬多虎势呀！自从上回逮住偷东西的那些人以后，四邻八村的都知道它的厉害。"

这句话让常胜心里泛起个念头，嫌疑人和村民们都知道自己有条厉害的警犬，也清楚前段时间抓获的几名盗窃嫌疑人都处理了，这些人再不敢明目张胆地向自己挑衅，也不再敢半夜砸黑砖学狼叫，玩游击队挤对鬼子炮楼的事了。可他们却把目标转移到与自己接近的人身上，这招比较蔫损，看似打击报复赵广田没招惹到自己，可如果我只求自保让此事不了了之，那以后这些人会蹬鼻子上脸使出更阴损的招数。想到这时，常胜的心里猛然"扑通"一下，他想到了王冬雨。虽然她是狼窝铺小学的支教老师，村委会书记王喜柱还是她爹，可她毕竟多次帮助过自己，这些坏人会不会也对她出阴招使暗器呢？各种的念头在常胜的心里交替翻滚着，理顺了思绪，他打定了主意。要提醒一下王冬雨注意安全，同时还要给赵广田撑腰打气，俗话说得好"打狗还得看主人呢"，既然你敢出招我就敢接着，而且还得乘以两倍给你蹋回去！

　　常胜叫上赵广田牵着赛驴上车，他开车又转回到赵广田的家门口。此刻乡派出所的老赵带着个年轻民警已经来到院里勘查完现场了，正要往外走，迎面撞上冲进来的常胜。常胜虽然只见过老赵一面，但握手的时候一点也不显得生分，边使劲地攥着老赵的手边连声道着辛苦，仿佛自己是主老赵是客一样。老赵也被常胜感染，热情地握着对方的手。两人都穿着警服，院子外面停着两辆警车，乍一看跟主力部队胜利会师似的。

　　"赵哥，我驻站点离村里近，所以兄弟替你先期看了看现场，你可别怪我狗拿耗子啊。"常胜笑眯眯地说。

　　"瞧你这话说的，都是公安兄弟，一家人分什么彼此呀。"老赵说着话从口袋里掏出烟递给常胜，"看完现场你有什么想法？"

　　常胜伸出手搭住老赵的肩头，把他挽到院子里的另一头，两人像是讨论案情又像是交流着什么，在王喜柱和赵广田等人的眼里只看见老赵频频点头，偶尔还会和常胜说几句话，最后老赵像是下定决心似的拍一下大腿说："行，咱就这么办！"常胜说："好，那咱就一块去周围的村子转转。"说完，两个人各自上了自己的车，两辆汽车一溜烟开出狼窝铺直奔后封台杀下去了。

　　在车上，赵广田有些奇怪地问常胜为什么到了后封台又折回来，还要等老赵来了再去呢？常胜斜了赵广田一眼说："你要能想明白还用我这个驻站警长干嘛。"看着赵广田窝窝囊囊的表情，常胜索性把刚才和老赵商议的结果告诉了他。原来常胜将现场勘查的情况和老赵做了个汇总，根据几条线索，两人都认为是有人故意报复赵家，常胜还将警犬赛驴嗅到的线索与老赵通个气。认为嫌疑人就在后封台村，至少也是作案之后跑向这里的。但是没有确凿的证据能证明这种推测，因为他是铁路公安民警，从管辖权上说，后封台村超出了职权范围，所以常胜才鼓动老赵和自己去一趟后封台，能找到线索破案最好，破不了案也能来个敲山震虎。所以他们才开着警车拉开架势一起奔向后封台村。其实这里面还有一个想法常胜没有讲明，在他掌握的货盗重点人里面一个外号叫"土里鳖"的就住在后封台，他是想趁机侦查一下这个重点人在不在村里，同时也仔细地看看周围几个村落。

后封台村的村两委干部倒是很配合，村委会主任杨德明已经和常胜很熟悉，再听说这件事，热情地带着常胜和老赵在村里满处检查，边检查边介绍着村里的状况。常胜这回来个徐庶进曹营——只看不说，可是脑子里却盛满了各种信息。后封台村的地理环境和狼窝铺不同，它背靠青山有资源，还有村民们赖以为荣的山泉水。这个村的人和狼窝铺村人好像是磁铁的正负两极，有相同也有不同，简单来说就是后封台村里的人们脑子都挺灵。这一点从以前两个村打日本的时候就能看出来，狼窝铺村民是真杀实砍打阻击，埋地雷，挖坑毁路。而后封台的人们则是学鬼叫，打冷枪，半夜放鞭炮。随着斗转星移沧海变迁，这两个村也都迈步走进了新时代，可江山易改禀性难移，狼窝铺的人还是那么执拗，后封台的人依旧那么灵活。就拿两村外出打工人员来说，后封台就是狼窝铺的几倍，出去多见的世面广自然很潮很酷，也就更活泛。据老赵之前跟常胜讲，周边几个村里聚众赌博的现象后封台最突出，而且随着赌博还会衍生出打架斗殴等案件。前两年还抓获过吸毒的瘾君子，一审问才知道敢情是在南方打工时染上的毒瘾。后封台以前的村两委干部也很接地气，在一次乡派出所的突击抓赌中，竟然一举抓获了以村长为首的多名村干部，弄得村委会极端狼狈地改选。现在的杨德明就是改选以后走上领导岗位的带头人。

前两年有个平海市里的大老板看上了这个无污染的水源想投资开发，只是因为和乡里一直谈不拢，所以才先期在这里租了一块地皮，算是先占上地方等项目谈好了再动工。通过和村委会干部闲聊，常胜得知市里的老板占用这块地之后，只是花钱雇用村里的村民们去守着，老板偶尔也会让人来查看一下。常胜提出想去山泉那边看看，顺便打几桶山泉水回去，杨德明爽快地答应了，领着常胜来到山泉边上打水。常胜头一次喝到正经的山泉水，吸溜吸溜地灌了好几碗，逗得老赵直笑话他没见过世面，说这样的山泉水有的是，你什么时候想喝就什么时候过来喝。常胜边笑着答应边用杨德明递过来的桶接水，也就在这个时候他忽然闻到了一股说不清的怪味，只是一瞬间这个味道又飘远了……常胜只道是山里杂草腐败特有的气息，摇摇头没放在心上。以后常胜每每记起这件事情时总会后悔不迭，如果他当时把赛驴牵过来让它嗅到这个怪味的话，一个重大的线索也许早就浮出水面了。

赵广田家里死猪的案子悬在那里了。虽然赛驴最终也没有提供有价值的线索，但是常胜连续几天都在加紧训练赛驴，他隐约感觉到自己当时把赛驴要来是太对了，他不相信赛驴的晕车能妨碍到嗅觉，况且在狼窝铺车站赛驴能起到的震慑作用不亚于他这个驻站公安。连着几天，赵广田除去睡觉回家以外始终跟着常胜，绝口不提死猪的事情，这反而让常胜心里生出几丝愧疚。这天常胜叫过来赵广田想安慰他几句，还没开口赵广田倒先说话了。

"常警长，我知道你想跟我说猪的事情。"

"是啊，你怎么猜到的？"常胜有点好奇地看着对方。

"我妈和三叔都说了，说这都是小事不让给你添麻烦。"

"广田，你回去跟婶子说，让她老人家放心，我一准把这个孙子抓出来。"

赵广田连忙摆摆手说："我妈说了，找不到坏人也没关系，她就让我跟着你干，她说跟着你干她放心。我妈还说她看得出来你是个好警察！"

常胜听罢这话叹了口气，此刻他心里着实有点暖和。这股暖流在心里腾起不是无缘由的，他感觉自己与这个村里的人们在拉近距离，从开始村民的有意躲避到现在的默默支持，就连赵广田这样的人都能说出如此的话来，他拍拍赵广田的肩膀想表示一下，可话到嘴边却又不知道说什么才好。

"就是……就是。"赵广田被常胜的举动感染了像是有话要说。

"有话就说！"常胜又使劲地拍了一下他的肩膀。

"常警长，我跟你干了这么长时间的联防队员，我，我想……"

"你想什么就直说，干嘛吞吞吐吐的？"

"我要是能有城里保安穿的衣服就好了，要是能穿上，他们也不会背地里说我是狗腿子了。"赵广田弱弱地说了一句。

常胜使劲一拍大腿说："行！我一定让你穿上！"

让赵广田加入护路保安这件事办得很顺利，常胜打电话到所长大刘那里汇报情况，大刘毫不犹豫就答应了，只是提出来目前没有招收名额，所里可以先给他算编外，保安制服也好办，到公司去买，就是工资一下子拿不出这么多。常胜问大刘你给人家开多少钱呢？大刘电话里沉吟半晌说，四五百块钱儿吧，再多，所里拿不出来。常胜没再坚持，他也没告诉大刘在此之前是自己出钱雇用的赵广田给派出所帮忙，而且比这个数目还要多。提到钱，常胜有点羞于启齿，平时总骂王冬雨是见钱眼开的钱串子，可轮到自己的时候他反而说不出口，只能把脸打肿了充当这个胖子。撂下电话，常胜心里还在想，这也许就是警察的通病吧，没钱，嘴硬，还特别能装！

转过天来，常胜带着赵广田去平海北站，刚要发动汽车就看见王冬雨背着个背包走过来说要搭车去市里。自从上回红豆那件事以后王冬雨好多天没搭理常胜，即使常胜开车停在学校外面按两声喇叭，她也照常讲课全当听不见。常胜进村里转悠和王喜柱聊天说话，她从跟前经过也眼皮也不抬一下。这次突然出现在眼前让常胜有点受宠若惊，他急忙把坐在副驾驶位上的赵广田轰到后面车厢，还用手使劲拍了拍座椅，把王冬雨请上车。王冬雨也没客气，一扭屁股坐到常胜身边说了声："开车！"常胜很听话地打着火开车驶出狼窝铺车站。

一路上常胜不断地和王冬雨搭个话儿，一会问问学校里孩子们的出勤，一会又问"红郎"牌商标申请下来了吗？王冬雨有一搭无一搭地"嗯，嗯"地回应着，最后像是被问烦了，冲常胜来了一句："你好好开车看着点路，别又像以前似的哪有坑往哪开！"话音没落，车子就狠劲地颠簸了几下，常胜还真的又开坑里去了。王冬雨的责怪还没说出口，后面车厢里就传来了赵广田的叫声，原来他坐在马扎上被这么一颠摔了个老头钻被窝，直接滚到车厢最后面。看见这个场面，王冬雨憋不住"扑哧"笑出声来，常胜回头看见也忍不住笑了起来，倒是王冬雨伸手一把向前扶过常胜的头，示意他开车时朝前看路。

汽车开到平海北站广场公安民警值班室门口停下了。王冬雨谢绝了常胜要送她的好意，表示自己可以坐地铁到教育局，只是需要回程的时候常胜再捎上自己，常胜有点犹豫没立即答应。王冬雨看出常胜为难的神情问他是不是今天不回狼窝铺，要回家去看看，常胜点点头回答说自己半个多月没回家了，想回去看看孩子和老娘，他说这话的时候特意把孩子放在了前面。王冬雨听罢点点头说："你把汽车钥匙给我吧，我办完事带着赵广田回去。"常胜刚把车钥匙交给王冬雨就听见远处有人喊他"师傅"，原来是小于看见这辆蓝白道的警车开进广场，急忙从远处跑过来"接驾"了。

小于热情地把常胜让进民警值班室里，又是点烟又是倒茶地忙个不停，在赵广田面前，常胜刻意摆出副老同志的姿态，背着手在民警值班室里走两步，询问几句关于车站客流、发生案件、岗位防控等情况，小于都详细地做了回答。最后小于还缀上一句话说"师傅您就是厉害，不愧为老警察到哪都能铺得开，摆得平"。常胜还认为小于说的是上次抓获那几个货盗嫌疑人的事呢，笑着回应说抓几个小蟊贼还算事吗？手到擒来。小于摇摇头说："不是抓贼，您没看昨天晚上的平海晚报吗？"常胜说："我在山里，你把报纸给我送进去啊？"小于急忙拉开办公桌的抽屉，从里面抻出一张报纸递过去。常胜接过来看见版面上写着《平海市经济腾飞又跨新台阶》。

"你小子拿我开心是吗？"常胜顺手把报纸朝小于扔过去说，"平海市经济腾飞这件事是我干的吗！"

"您往下看啊，这是经济版面后面还有呢。"小于拿起报纸凑到常胜身边，用手指着报纸底部的一个豆腐块。上面的标题写着《山里来了个警察……》，在几百字的内容里介绍了平海市狼窝铺村的各种原生态山货走出大山，为村民们创造了经济利益，改善了他们的生活的事情。而起到关键作用的就是山里火车站的一位驻站民警，他的名字叫常胜。再看这篇文章的署名，是记者徐涛和通讯员冬雨。一看见冬雨这个名字常胜心里就全明白了。

常胜来到派出所里，迎面撞见所长大刘和李教导员，两人一看见常胜都不约而同地热情地向他招手，这种待遇弄得常胜有点发蒙，刚想说赵广田的事情，大刘一挥手叫过来副所长张彦斌，让他带着赵广田去试服装。然后和李教导员拽着常胜进了所长办公室。

所长大刘很少亲自给别人点烟，一般情况下都是举着烟卷的时候各种明火纷纷凑过来，这次破例掏出打火机给常胜点烟，搞得常胜有点受宠若惊。他想躲开，来不及了，想抢过火机自己点又觉得有点粗鲁，只能心怀忐忑地接受了大刘的礼遇，等着后面不期而遇的"好事"。"你小子不错！到狼窝铺驻站时间不长就能打开局面，而且还创造了很多成绩，我和教导员对你这次的表现十分满意。"大刘使劲地抽了两口烟吐出浓浓的烟雾继续说道，"这证明当初所里选派精干人员驻站，维护沿线治安的决定是十分正确的，对吧，李教导？"

李教导员频频点头接过大刘的话茬继续说道："常胜，你果然不负众望，说明所支部没有看错人。我和刘所已经商量好了准备向公安处，不，同时向上级公安局报送你的事迹，争取树立你为后进变先进的典型。"

两人的一番话说得常胜直翻白眼儿，一口烟呛到嗓子里不停地咳嗽。大刘看出常胜的疑惑，他笑呵呵地把桌子上的《平海晚报》向常胜面前一推："你自己看看，报纸上都替你吹大梨呢。"

证据确凿，常胜只能接受，可是他还想争辩几句："二位领导，我怎么能是后进变先进啊？我可是一直先进着呢！你们说所里的各项工作我哪次落到后头了，无论是清理整顿搞治安，打击流窜追逃犯，还有巡逻巡线做好人好事，我都冲在前面呀……"

李教导员摆摆手示意常胜别激动，又递过去一支烟说道："你的成绩领导和同志们都看在眼里了，可是问题也不少啊。就拿这次派你去狼窝铺驻站来说吧，外人不知道咱自己还不清楚吗？当初处理这件事情是所里对你的爱护，但是你知耻而后勇在驻站点做出了突出的成绩，扭转了站区治安被动的局面，还创造性地开展了沿线治安工作，促进了群防群治，这些都是值得大家学习的。"

"可是我没后进呀……"

"常胜，你也算是老公安民警了，怎么还矫情这个呢？"李教导员又给常胜把烟点着说，"这点事还用说得多明白吗？如果真能把你树成全处、全局的标兵，那立功受奖戴红花这些荣誉可都是你自己的，谁也抢不走夺不去。"

没等常胜再搭腔，大刘又接上话说道："所里也考虑到了狼窝铺驻站点的实际困难，在你原有待遇不变的基础上出资给你订了一份《平海晚报》。报纸让每天经过的4481次乘警给你车递过去，虽然晚一天，但是比以前一个礼拜看一次强。还有，所里现在更新设施，你把那台二十四寸电视机带回驻站点，没事的时候看看《新闻联播》，丰富一下业余文化生活。"

常胜像吃了半截没煮熟的山药，横在嗓子眼上咽不下去又吐不出来。他运了口气朝大刘说："能把订报纸的钱换成现金给我吗？我不看报我需要钱。"

"别蹬鼻子上脸！"大刘把笑容收回去把眼睛瞪圆露出本来面目，"给驻站点订报纸让你关心时事要闻是件好事，说大了是局、处两级领导对基层民警的关心爱护，说小了是咱们所给你的待遇。我告诉你不要不行！而且以后我去驻站点还要检查，你小子敢拿报纸贴墙糊窗户上厕所，我不处分你我罚你钱！"

"刘所，我把报纸当土地爷供起来行吗？"常胜没好气地说。

"少废话！全所这么多驻站点就你是非多。"大刘缓了口气拍拍常胜的肩膀说，"我们知道你的难处，正准备给所有驻站点增加经费，具体的办法已经上报公安处了。这次你招收的保安每月的工资还是所里垫付的呢，我们对你政策倾斜的力度够大了，别总不知足。"

常胜不说话了，此刻他觉得自己也没什么话好说。

临出门时，李教导员依旧握了握常胜的手说："继续努力，把狼窝铺驻站点良好的势头保持下去，争取过两年在那里开现场会，树立起新的标杆。"

常胜听完这话刚想点头随即又摇着头冲大刘说道:"刘所,您当时可是跟我说的去一年! 一年!"

"这不还没到一年呢吗!"大刘不耐烦地摆摆手算是送客了。

看着走远的常胜,大刘回过头来对着李教导员苦笑一下:"教导,咱们这么做合适吗? 我总觉得有点……有点别扭。"

李教导员摇摇头说:"工作需要,既然常胜能在狼窝铺干出成绩就让他放手去干。至于轮换的人员……以后有合适的人选再说。"

常胜把赵广田带到车站民警值班室,让他在这里等着王冬雨。刚领到一身崭新制服的赵广田有些兴奋,不住地摆弄着衣服舍不得往身上穿。常胜让小于关照一下赵广田别让他乱跑,自己则慢慢地溜达着来到了老胡的店面门前。在店里的老胡看到门口的常胜急忙迎了出来,拉着常胜就往屋里走,嘴里还不停地喊着媳妇给常胜沏茶。老胡人高马大的胖媳妇边答应着边奔向里屋去倒茶,不一会儿就端出来一壶香气四溢的茉莉花茶。老胡边给常胜倒茶边不停地询问他的近况,常胜端起茶杯喝了两口直摇头说味道不好,老胡连忙拿过茶壶说:"不会呀,我给兄弟你沏的是最好的茶呀?"常胜俏皮地咧咧嘴说:"不是老哥你的茶不好是水不好。我在山里喝的什么水? 那是山泉水正经的绿色环保无污染,你这一股漂白粉味喝着塞牙。"老胡的胖媳妇走出来问道:"你说的山泉水是不是后封台的呀?"常胜随口答应着说没错,就是后封台的山泉。胖媳妇笑着说:"那是我娘家,我小时候总喝那里的水,现在的村支书论辈分还得喊我姑姑呢。"常胜连声说:"没想到嫂子的娘家就是那里的,我巡逻的时候经常去。你能详细给我介绍一下后封台村的情况吗?"胖媳妇拍拍胸脯说:"没问题,那是咱老家,咱能不清楚吗?"于是如数家珍似的跟常胜介绍起后封台村的情况，聊到动情的时候，胖媳妇还不停地抹眼泪，弄得常胜不好意思，急忙劝解。通过她的描述，常胜对这个与狼窝铺毗邻的乡村，又增加了许多了解和新的认识。

老胡凑过来说："兄弟你什么时候调回车站呀？"常胜说："早着呢，我憋着在狼窝铺愚公移山呢，我想找你再帮个忙。"老胡说："没问题兄弟你的事就是我的事。"常胜从口袋里掏出张纸递给老胡说："照这个样子做，我最近在山里混得是黄鼠狼烤火——毛干爪净，等来拿东西的时候再给你钱吧。"老胡急忙推托，常胜没容他再挽留就跑出店外，他知道老胡对派出所民警的热情，再待一会自己回家吃饭的愿望就泡汤了。

常胜拿钥匙开门的时候照例先喊一声妈，告诉老娘自己回来了，往常老娘也照例在里屋答应一声。可是这次没人回应，常胜奇怪地走进去发现屋子里空无一人，老娘竟然没在家。常胜突然间有点发毛，他急忙拨打周颖的电话但手机里传出来的声音是对方已关机。手忙脚乱的时候，握在手里的电话骤然响起来吓了他一跳，他急忙接通电话，里面传来妹妹常虹的声音，常虹先问他在哪儿了，得到回答后告诉他："老娘在我家里呢，是嫂子周颖送过来的，而且这两天侄子常勇也住我这。"常胜急忙问怎么回事，电话里常虹说："嫂子去北京学习一个礼拜，昨天刚走，敢情你不知道啊？"常胜支吾地没说出个所以然，赶忙换个话题说："咱妈在你住家习惯吗，要不我现在过去？"常虹说："咱两家离得这么远你别跑了，再说嫂子告诉我不让打扰你工作，等她学习回来再接咱妈回家。"常胜挂断电话以后心里想：这是两口子吗？媳妇周颖出门学习也不告诉自己，看起来家里单位都是打算让我扎根边疆呢。他郁闷着踱到卧室，忽然发现床头柜上有一摞摆放整齐的衣服，上面还有一个信封。他打开信封从里面掏出一沓钱，数了数不多不少正好一千，他再看看床头柜上的衣服都是自己的内衣裤和外套，这肯定是周颖给自己留下的。看到这些，常胜心里泛起股暖意，将刚才的一些不快打消了许多。既然大后方很稳定自己也就没有必要再滞留了，常胜揣起钱把衣服打进背包走出家门直奔平海北站。此刻，他能想起来的是狼窝铺驻站点，虽然返回的脚步不是那么快，但是步伐很稳。

平海北站的广场是开放式的，来往的人们从四面八方汇集到车站的各个大厅里买票，候车，出发开始自己的旅行。常胜背着行囊刚走进车站广场就听见身后有人叫他的名字，这么熟悉的声音不用回头也知道是王冬雨。

"你怎么回来了，不是说回家看孩子看老娘去吗？"王冬雨拉着个装满包裹的小车站在他身后。

"我妈和全家人都让我忠于职守精忠报国呢。"常胜顺手接过来对方拉着的小车，这个举动在王冬雨眼里显得很绅士。

"哦，还是老母亲深明大义。"王冬雨掏出汽车钥匙递给常胜说，"你的车自己开吧，正好帮我把东西搬上去。"

两个人来到民警值班室门口，副所长顾明和小于拎着两个油箱从里面迎出来，顾明笑着对常胜说："常师傅，油可是都给您灌满了，您那个保安去搬电视了。我还透露给您个消息，公安处很快要更新办公设备，刘所说到时候给您添置一台新的传真机，以后驻站点和派出所的通信联络就更畅通了。"

常胜给顾明和小于介绍着王冬雨认识，小于连忙说："我认识，王主任可厉害呢，还帮助咱们抓人呢。"几个人正说话间，看见赵广田和一位民警抬着个老式的彩电走过来，小于忙打开车厢门伸手想去帮忙。就在这个时候，疯疯癫癫的韩婶突然从旁边冲出来，她一把抓住常胜的胳膊，嘴里还不停地念叨着："常警长，你帮我找孙子，你帮我找孙子啊……"韩婶的出现把大伙都吓了一跳，反应最大的是赵广田，他"啊"的一声撒开手一屁股坐在地上，电视机直接砸在他的身上。慌得王冬雨、顾明和小于急忙搬开电视去扶赵广田。常胜忙搀着韩婶不住地点头答应着："韩婶，您放心，我帮您找，您放心……"好说歹说常胜才把韩婶劝进民警值班室里，又举手跺脚像宣誓一般地重复了好几遍"一定帮您把孙子找回来，您回家等消息吧"之类的话才让韩婶松开手放他出来。

回狼窝铺的路上，常胜把韩婶的情况像说评书似的讲给王冬雨听，尤其是说："到韩婶因为丢了孙子急火攻心神经错乱，经常不避寒暑跑到车站满处找孙子的时候，王冬雨忍不住一阵唏嘘眼圈发红。常胜赶忙转移话题问《平海晚报》上的文章是她写的吗？王冬雨点点头说："是我写的，而且平海官方网站上也转发了，我这次来市里的目的一是谢谢我在报社、网站工作的同学，二是把捐赠的书本和文具拿回来。"常胜扭回头说："就是你小车上拉回来的这些东西吗？"王冬雨也回头看一眼说是。两人回头时，目光不约而同地聚焦到搂着电视龟缩在车厢里，脸上仍然惊魂未定的赵广田身上，谁也搞不清楚这个时候他为何还这么惊恐。

常胜想到赵广田也许是被韩婶疯癫的样子吓着了，忙调侃地说了两句"韩婶是文疯子，不打人也不咬人，瞧把你吓得这个模样跟得了鸡瘟似的"。这话逗得王冬雨哈哈直笑，常胜使劲按了几下喇叭，脚底下猛踩油门加快了车速。

这事就像迎面吹来的山风一样，来得快去得快，只掠过衣襟没有留下太深的痕迹，也没有引起常胜的注意。

第九章

过了几天，副所长张彦斌带着一部崭新的传真电话来了。在给驻站点换上传真机的同时，张彦斌叫过常胜告诉他所里调整了领导分工，自己接替副所长顾明分管沿线和驻站点，以后常胜要多配合他工作。常胜大大咧咧地说：“没问题，都是老哥们儿，我肯定把狼窝铺车站周边治安捋顺了，只是你回去跟刘所和李教导员提个醒，让他们别忘记到期限后找人换我。”张彦斌听罢端起架子嘴里带着些教训的味道说：“常胜你就这点不好，越提拉你越跐溜，公安处已经把你的先进事迹上报公安局了，这个时候你应该再接再厉，怎么还惦记着撤退呢？”张彦斌说完话挥手告别坐上汽车走了，又把常胜一个人撂在了旱地上。

驻站点自从有了这部传真机，派出所与常胜的联系是加强了，但传过来的协查通报和通缉令也很多，虽说是有点滞后，可毕竟能保证驻站点的消息畅通。说来也奇怪，原本有些慵懒的赵广田自从去了趟平海北站，穿上了保安制服以后变得勤快得很，总是时不时地帮助常胜打扫卫生收拾屋子，还缠着常胜教他怎么接收传真电报。常胜对赵广田的变化很满意，觉得有这么个帮手挺好的，自己带着赛驴出去巡线的时候所里来电话找他，有个人也能支应一声。每次常胜巡线回来都会看到摆放好的协查通报和文件，他就知道是赵广田收拾出来的。

王冬雨设计的"红郎"牌商标很快得到了推广运用。竹木编的篓子配上醒目的包装，村民们推着独轮车，上面插着写有"正宗山货"的小旗子，在站台上和旅客们边做买卖边介绍，这个情景在狼窝铺车站形成了独特的标签。有个乘坐4481次列车的摄影师敏锐地将这个画面定格，并很快传到了网上。王冬雨举着手机兴高采烈地来找常胜，让他看看微信里展示的画面。山峦之间的略带老旧的站舍、手持红绿信号旗向远处眺望的车站值班员、站台上拎着山货的旅客、低头笑着数钱的村民，还有"正宗山货"的小旗和"红郎"牌的篓子，这一切都在照片里凝固，显得韵味十足。

"说实在的，还是你的创意好。"常胜举着手机不住地翻看着，"红郎这个名字起得挺棒，比我那个'狼新'的名字强。"

"你这个旗子做得也好啊，老远看去很像京剧武生扎的靠背旗，特有气势，特有文化品位。"王冬雨也夸奖着常胜。

常胜不好意思地胡噜一下脑袋说："咱俩就别互相吹捧了，王主任什么时候展示一下大国风采，给我这个发展中国家减免点债务呢？"

王冬雨把眼皮向上一抬说："等我接到来山里的助学支教团队吧。这是我和县、市教育局申请的项目，请捐赠助学的人们和部分学生来咱狼窝铺小学交流参观。到时候你也得给我帮忙啊。"

常胜点着头说："行，他们什么时候来？"

王冬雨说："就这两天吧，我也在等消息。"

"他们怎么来？"

"瞧你这话说的，团队来当然坐火车呀。"

他们俩谁也不会想到，就在这以后的短短几天里，一个严酷的危难即将降临，而这个严峻的时刻则需要常胜独自面对。

　　狼窝铺车站头一次迎来了"走进大山走近孩子，拉紧小手托起未来"助学活动参观团，虽然名字听起来拗口但人来得不少，虽然参观团带着点旅游的味道，可毕竟给山里的学校和孩子们带来很多实际支援。常胜、王冬雨、王喜柱还有车站的书记郑义和贾站长都在站台上迎接他们。

　　站台上很热闹，从火车上下来的人们和迎接的人们都把笑容挂在脸上，纷纷握手交谈，仿佛他们之前就认识是多熟悉的朋友一样。常胜则把王喜柱组织村民迎接的驴车按顺序排好，招呼大家上驴车进村参观。城里的人们被这种土得掉渣的交通工具所吸引，都抢着坐在"副驾驶"的位置上和驾辕的村民攀谈。就在人们争先上驴车的时候，一个长相斯文、背着挎包的中年人悄悄地离开人群，沿着出站的小路消失了。

　　这个人就是平海市银行的信贷科长周桦鹏。

　　他孤身独行来到狼窝铺不是探亲，也不是跟随助学团队来支教的，而是想暂时躲进山里逃避警方的抓捕。

　　他的挎包里没有洗漱用具和换洗衣物，只有现金和成捆的炸药。

　　周桦鹏的心里是既怨恨又后悔还夹杂着很多窝囊。自从他跑出来那一刻起，心就这样一直悬着没有片刻安生。他怨恨把自己逼上这条绝路的所有人，他的顶头上司那个当面颐指气使背后猥琐不堪的处长，出了事就把责任全部推到他身上。他去找行长，这个腐败的家伙当时是默许他放贷给矿山的，而且也笑纳了自己奉送的钱款，可事到如今却找不到人了。他后悔和那些黑心的矿主勾搭，给他们贷款收取好处，还后悔听那个小妖精的话，抛下女儿和自己结发妻子离婚，把受贿得来的钱入股到矿山里。随着上级清查违规开采矿山，清理银行违规放贷的一声令下，他立刻感觉自己被推到了火炉边上。他想寻求同类保护，可处长、行长却说所有的贷款都是他私自放出去的，让他自己想办法解决。

他心急火燎地四处筹钱想堵上这个窟窿。就在这个时候，他参与承包的矿山出了矿难，死人了。还有多名矿工被困在井下等待解救，矿主一拍屁股，跑了。他豢养的小妖精见事情不妙，趁他不在家卷着他的所有赃款也颠儿了，把他整个变成了孤家寡人。他走投无路找到处长要说法。处长听完他最后的哀求，用语重心长的腔调暗示他赶紧跑路，千万别等着警察来抓。他说："我有证据呀，所有凭证当初都有你们的签字啊！"处长很沉稳地拍拍他的肩头说："当时所有审核手续都是你办的，我只需要负个领导责任做个检查，大不了降级撤职换个地方，你可不一样，你要承担法律责任的，再说你知道这帮开矿的都是些什么人？大概你也听说过杀人灭口吧？赶紧溜达吧，能走多远走多远，保全自己的小命吧。"

他万念俱灰狗急跳墙地拿着以前找矿主要的炸药，跑到行长和处长的家门口等着。可他等着的人根本不回自己的家。不仅行长、处长没回家，矿主的手下还四处打听他的消息，恐吓电话都打到他前妻家里了。他想投案自首可又害怕面临的铁窗之灾，无奈中，他想到了逃跑。可是往哪里逃呢？

慌乱中，他看到了压在佛像底下的几张成绩单。他是从第一次伸手拿黑钱的时候才信佛的。连他自己都奇怪，人为什么要在种了恶果以后才开始向善，向善的表现就是自我救赎。那是单位例行的一次献爱心活动，题目是"捐助贫困地区的适龄学生，以自己的爱心使孩子们重返课堂"。他是银行的信贷科长自然要起带头作用，于是他一气儿捐了半个月的工资，当时还博得了许多颂扬之声。可是谁也不知道，除此之外他还偷偷地资助了一对残疾夫妇的孩子，非常正式地定期寄钱，定期听取孩子对他的学习汇报，两年中还收到过孩子寄来的四次考试成绩单。从成绩单上看，这个聪明的女孩子品学兼优，考上重点中学应该不成问题。这个秘密只有他和那个小妖精知道，因为和孩子的通信地址，就是他们同居的高档住宅楼。这个发现让他猛然惊醒，自己是不是早有预感，在作大恶的时候积小善，难道就是为了给今天的抱头鼠窜找一个落脚点吗？

周桦鹏记住了地址。他没有打车去狼窝铺，花几百块钱打出租进山里太显眼了。他也没有选择长途汽车，因为长途汽车只到县城没延伸到村庄里，他要去狼窝铺还得倒车，最后只剩下火车一条道了。可是进车站里面还是个问题，他挎包里装着成捆的炸药过安检是肯定会露馅的，就在他如热锅上的蚂蚱左右乱窜时一个人突然喊他的名字。这个喊声着实吓了他一跳，等看清楚对方是自己科室里一个下属的老婆时，他才松了口气。几句话聊下来，这位穿着铁路制服的客运服务员热情地帮他拎着包，把他直接送到站台送进4481车厢里。

坐上火车，他的心算是暂时落到肚子里了。可是到站一下车看见穿着警服的常胜，他的心又悬起来了。周桦鹏根本没想到在这么个偏远的山区小站里会有警察的身影，他想回头上车，可是火车早已鸣笛开车走远了。他只能悄悄地避开人群，磕磕绊绊地沿着小道逃离开车站。

王冬雨组织的这次活动搞得非常成功，在王喜柱等一帮村干部的带领下，村民们把参观完学校的人们纷纷拽回到自己家中，备酒备菜备山货，热情的程度有些让人们接受不了。要不是王冬雨提前告诉大家山里人好客，这些城里来的人们一准认为是遇上了劫道的呢。

大家都挺高兴，可唯独常胜却郁闷着，因为他的警犬赛驴打蔫了。开始他没有在意，可是随着赛驴不停地流泪打喷嚏他才紧张起来，他急忙开着车拉着赛驴跑到王喜柱家。王喜柱这两天心气儿正高，村里的小作坊已经建立起来马上就要投入运营，又赶上闺女王冬雨为小学校搞了这么热闹的一次活动。他刚支起桌子摆上酒常胜就一头扎进来，王喜柱拉着常胜要喝两杯，常胜连忙摆手说："我哪有喝酒的心，我的宝贝赛驴病了。"王喜柱出来看看蜷缩着的赛驴，扔下筷子朝常胜一挥手说："找跃进大爷去！"

张跃进大爷家里正招待两名助学的老师，看见王喜柱带着常胜进来，挂着拐棍迎出门来。当得知是警犬赛驴生病后，他大马金刀地往院子里一坐，叫常胜牵过赛驴。他仔细地看看，又摸摸几下后告诉常胜不碍事，赛驴这个病跟人一样，它感冒了。跃进大爷拿来自己配置的药粉，让常胜当着自己的面给赛驴灌下去，又告诉常胜别让赛驴满处疯跑，圈起来养着两天以后准好。

常胜谢绝了跃进大爷和王喜柱的邀请，拉着赛驴回到驻站点。看着赛驴难受的模样，他心里腾起股说不出的滋味，他煮了一锅玉米粥喂过赛驴，轻轻地抚摸着它脊背上的黑毛，看着赛驴像个孩子似的窝在自己怀里，他忍不住把这个无声的战友抱得更紧。山风不知疲倦地又刮起来，常胜脱下身上的警服外套披在赛驴身上，然后从口袋里掏出口琴和着夜风缓缓地吹了起来。他吹的还是那首《鸿雁》，只不过他把凄美的段落变化得更悠扬、更舒缓。赛驴仿佛也能听懂，慢慢闭上眼趴在他怀里睡着了。

此时的周桦鹏蜷缩在屋子里，正透过窗户的玻璃数着天上的星星。

他也在想自己的女儿，尤其是白天看见这对聋哑夫妇和他们的闺女，那个他一直捐助着的孩子时，他差点忍不住让眼泪掉下来。他在来的路上编好了借口，说是要访问一下资助的孩子，叮嘱这对夫妇不要声张。谁知道这对憨厚的聋哑夫妇，认为他也是助学支教团队里的人，于是用手语把恩人到来的消息传遍村落。山里人朴实，也很热情，登门拜访的人踩破了门槛来欢迎他。这个场面让他害怕，他知道自己在山里藏不住了。

天亮的时候，周桦鹏趁着孩子去学校，这对聋哑夫妻进山里采摘的时候悄悄地离开了。临出门时，他把身上带着的钱掏出来放在桌上，想起女孩子拿着他的手表时新奇的样子，便摘下手表轻轻地叹了口气，自言自语道："唉……孩子，还是留给你吧，我以后是用不着啦。"临走时把拎着炸药的皮包倒出来，换了个黑布的小包。他把值钱的东西都留给了这个家庭，他甚至有些嘲笑自己，辛辛苦苦追逐着金钱，到头来还是落个两手空空。他不想跑了，准备乘火车返回平海去拼个鱼死网破。

周桦鹏来到简陋的候车室里，找个靠近窗户的角落坐下来。他很欣赏自己选择的座位，离大门远，靠近进站口，旁边是窗户，能看到外面的动静，有个风吹草动自己能预先做出反应。他对昨天看见的那个警察还是有些忌惮，但仍心存侥幸，最好车站上的警察是个笨蛋，不会发现身负重案的自己。

而此时的常胜恰恰把他认出来了。

这种目光如炬的辨认不是巧合，而是来自多年经验的积累和实战中养成的自信。一般来说，火车站的执勤民警都具备百里挑一的本事，就是从成堆的旅客中发现形迹可疑的人，然后定位盘查抓捕。在火车站执勤，在一线摸爬滚打多年的常胜练就的是"千里挑一"的本事，"搞发现""打现行"本来就是行家里手，虽说憋在狼窝铺这么长时间可功夫没撂下。他就凭着从候车室窗外走过的瞬间，发现了周桦鹏。

其实常胜是在做一次例行的巡视。自从狼窝铺开通旅客列车以后，巡视检查候车室，接送列车是常胜的必修课，也是他用来复习公安业务的机会。本来有点慵懒的他一大早就被王冬雨的电话叫起来，告诉他助学支教的团队乘今天的火车返程，让他帮忙送行。常胜当即在电话里表示一定热烈欢送，并事先联系一下车站给他们在车上找好座位。放下电话，他溜溜达达地来到车站，边走边用眼神扫视着周围的人和物，天天看着这些熟悉的环境，天天对着简单的人们，让他如背书一样张嘴就能说出谁是车站职工，谁是山里村民，谁是外面来的旅客。"这个中年人带个小黑包，穿着平常长得斯文敦实，满脸的肃穆透着官气一看就像个领导，一看就像个领导？不对呀！我这一亩三分地儿里没有这样的人！"这个念头如电光一闪，他不由得把扫过去的目光又移了回来，从上到下仔细打量着坐在窗边的这个男人。

头发是新剪的，可是剃头师傅手艺不咋地，看上去整个方脸像刚犁过的地一样。眼睛挺大可有点虚乎，鼻梁处有两个深深的凹痕，他是近视眼却没戴眼镜。衣服干净利落，身高大约一米七五左右，微胖。这些特征我好像在哪见过，想到这，常胜不禁快速搜寻着在脑子里储存的记忆……

"周桦鹏，男，42岁，留分头，方脸，大眼睛，戴近视眼镜，下巴上有一明显黑痣，身高1.75米，微胖。涉嫌重大案件外逃，该人逃跑时可能携有炸药，请各单位民警查堵时注意自身安全。"这是昨天晚上派出所传来的协查通报上的文字，常胜当时只看了一遍就全文背诵下来，这是一个多年在火车站执勤的民警应该具备的硬功夫，但也有一个弊病，那就是上班记得快下班忘得也快。今天周桦鹏算是中了大奖，赶上这段文字还在常胜脑中记忆的成熟区里没有被遗忘。"头发可以剪短。眼镜可以不戴。但特征改不了，得想办法证实一下。"想到这，常胜没有惊动目标，他压抑着急速的心跳，仍保持着懒散的步子慢慢地踱过窗户，踱过门口走开了。

周桦鹏也看见常胜了。他克制着自己因为畏惧发出的颤抖，尽量装得平和一些，眼神也似有似无地飘过窗户，只是悄悄地把小黑包往自己身边拢了拢。好在这个民警看上去很笨拙，没有注意到自己，他不由得暗自舒了一口气，感觉今天的运气还算不错。

候车室门外的常胜正苦思冥想地找个角度确认一下目标，忽然身背后有人拍了他一下，他急忙转回头，看见王冬雨站在自己面前。"干嘛呢？神神秘秘的像做贼似的。"

这句话如醍醐灌顶般提醒了常胜。他不由分说一把搂过王冬雨伏在她耳边悄声说道："有情况，你得帮我一个忙！"王冬雨从没有距离常胜这么近过，而且常胜的胳膊还搂着自己的肩膀，感觉上她像依偎在对方的怀里一样。"你……你说，什么事呀？"王冬雨感觉出来自己的声音有些颤抖，心跳加速了，说不出是兴奋还是幸福。

"你先沉住气别紧张。"常胜双手放在王冬雨的肩上眼睛直盯着对方，"候车室里靠近墙边，最后一排的椅子上坐着个中年男人，很有可能是流窜的惯偷，我现在无法确定他的身份，你能帮我去看一眼吗？"

王冬雨的眼睛里立刻闪出惊讶和兴奋的神情，她伸手捂住自己张开的嘴不停地朝常胜点头。"冬雨，这个人的明显特征是下巴上有颗黑痣，你凑过去看清楚，如果有，回来立即告诉我，千万不要做任何举动，你听见了吗！"

王冬雨认真地点点头："没问题，你等我去化化装。"没容常胜再说什么话，她转身朝车站办公室里跑去。这个举动搞得常胜也很纳闷，凑过去看一个人还化什么妆啊？

"搞卫生啦，搞卫生啦，请大家拿好自己的东西。"当王冬雨穿着不太合身的铁路制服拿着扫帚边喊边打扫着候车室时，常胜不由得暗地里给王冬雨点了一个赞。

王冬雨边喊边靠近周桦鹏，手中的扫帚"呼"地扫过周桦鹏的脚面，他忙抬起腿生气地瞪着这个低头扫地的女服务员说："你注意点！地上还有我的脚呢。"王冬雨忙冲他堆起笑脸不住地道歉："对不起，对不起。"说完简单地划拉几下就走开了。周桦鹏忍住气挥挥手想看看几点，抬起手腕才想起手表已经留给那个女孩子了。

此时，门外的常胜一个劲地安慰着情绪激动的王冬雨："别着急。别着急，你慢慢说，看准了吗？下巴上有黑痣吗？"

"有！我按你说的靠近他，成心在扫地的时候给他脚上来一下，他有点急还冲我发火呢，借这个机会我看清楚了，他下巴上是长着一颗黑痣。"王冬雨压抑不住地喘着粗气，显然还在为自己刚才的壮举兴奋着。

常胜的判断得到了证实，椅子上坐着的中年男人就是协查通报上的嫌疑人——周桦鹏。既然目标得到确认，他就应该马上进入临战状态，他要为候车室里这些等车的人们着想，要为车站里正在上班工作的职工们着想，还要为即将赶来上车的助学团队的人们着想。对方有炸药，自己是赤手空拳，连个火柴棍都没有，贸然上去抓捕，没有制服嫌疑人的必胜把握。万一他狗急跳墙引爆炸药，后果不堪设想。他出现在候车室，肯定是想搭乘火车逃跑，如果让他把炸药带上火车，那整个车厢就成了流动的炸弹。我该怎么办？我能怎么办？他焦急地思索着，这一刻，他感觉时间过得太快了。

"冬雨，你还要帮我一个忙。"常胜决定自己去实施抓捕，虽然很冒险，可留给他的时间不多了，他要将眼前真实的情况全盘托出，即使会吓到王冬雨也不容他再患得患失。此刻的常胜一改平时大大咧咧嘻嘻哈哈的模样，边用余光扫视着候车室里的动静边迅速组织着词语，说出来的话语气简洁、有力、不容置疑："你听好了我只说一遍！候车室里的人不是流窜作案的惯偷，他是带着炸药的犯罪嫌疑人。你现在要做的是立即通知郑义和老贾，让他们马上疏散车站和候车室里的人员，然后你叫上赵广田给我拦住要进站的助学团队，让他们离车站越远越好！"

"你怎么办啊？"王冬雨的眼里闪出关切和惊恐的目光。

"疏散候车室里人员的时间要在我进去后，看我吸引住他的注意力再开始。另外打电话给派出所报警，千万不要慌张，也不要过来帮我。五分钟以后我开始行动，你快去！"

"可是，可是你有危险啊！"王冬雨忍不住上前抓住常胜的胳膊。

"别废话，快去！"常胜一把将王冬雨推了个趔趄，"这些事办完给我打手机，你的来电是我行动的信号。快去啊！"

王冬雨仍然没有走开，只是深情地看着对方，此时的常胜在她眼里变得异常高大威猛。

"快去呀！我可指望着你呢！"常胜压低嗓音喊出这句话。

王冬雨忍住要流出来的眼泪，转身飞快地朝车站办公室跑去。

时间一分一秒地静静流逝着，常胜紧握的双手微微有些发潮，他知道这是手心里渗出的汗水。口袋里的手机骤然振动起来，他掏出来看着屏幕上显示的是王冬雨的电话，知道她已经成功，于是果断地按下了拒接键，将手机放进口袋里。这时他竟然没有想起给周颖发一个信息。他扶了下帽檐，拍拍浮在警服上的灰尘，冲着目标稳步走了过去。

此刻，危险只有他独自面对，也只能由他独自面对。

坐在椅子上的周桦鹏突然感觉到危险的临近。他扭过头，迎面撞上的是常胜的目光。他第一次感觉到民警的目光这么锐利，仿佛要穿透他的身体。他不敢正视对方，匆忙地把眼光移开，他有些心虚，他感觉到双臂在微微向内夹紧，手心里隐约有些发凉，他抓起黑布包站了起来。

"这位先生，你想去哪里呀？买火车票了吗?"常胜站到周桦鹏的对面，用身体挡住了他的视线。

"我，我去平海市里，我买票了。"

"哦，让我看看车票还有你的身份证，听你口音不是狼窝铺这里的人吧？到山里旅游来了?"常胜把手掌伸向周桦鹏做出请出示证件的姿势，这个姿势在对方看来是无法拒绝的。

"我，我随便转转，看看风景。"周桦鹏无奈地掏出车票和身份证递过去。常胜接过车票和身份证扫了一眼，上面的名字写着"周桦鹏"——这是最后一次确认了，常胜笑着把车票和身份证还给对方，就在周桦鹏接过东西的时候，常胜突然指着周桦鹏刚刚坐过的地方说："先生，你掉东西了吧?"

这句话让周桦鹏下意识地回头去看座位。

就在这个瞬间，常胜突然发动，迅猛地冲过去，目标就是周桦鹏手里的黑布包。周桦鹏被突如其来的冲击惊呆了，他还没来得及反抗，拎包的右手就被常胜紧紧攥住。他挣扎着想摆脱束缚，随即整个人被常胜连肩带背地按住，还没容他再做出反应，就感觉手臂一阵酸痛，黑布包脱手掉在地上，立刻被常胜一脚踢出好远，他整个人也随即瘫软地跌坐在椅子上。

常胜没有想到自己的出击会这么顺利，三下五除二嫌疑人的黑布包被夺下，他想象当中的剧烈搏斗还没有发生，周桦鹏就被控制住了。看来犯罪嫌疑人还是废物点心比较多，眼前这个瘫坐在椅子上的周桦鹏不就是个代表吗。他开始有些兴奋，也有点鄙夷自己的对手，看着远处正在被郑义和贾站长悄悄疏散走的人们，甚至觉得自己刚才的一番布置有点小题大做了。他大声地朝靠在椅子上的周桦鹏说道："行啦，别装死啦，站起来吧。"

周桦鹏无奈地摇摇头说："从昨天看见你的时候我就有点惊讶，没想到在这个地方还会有警察，没想到你能认出我来，也没想到你的动作会这么快，你的劲儿太大啦。"

"对你这样的人就得用点劲儿。你是周桦鹏吗？"

"是，我就是你们要抓的周桦鹏。"周桦鹏坐正身体回答着。

"承认得还挺痛快，看来你早就想到会有今天吧。早知今日，何必当初呢。"常胜轻蔑地看着对手心想，这小子倒是有点视死如归的意思。

周桦鹏扭动一下身子，活动着刚才差点被常胜扭断的手臂说："我的运气真是不好，慌不择路地跑到这来想躲两天，可山里也不是世外桃源，本想悄悄地离开。谁知道又碰上了你这个警察，唉……"

常胜对周桦鹏的哀怨很认同，毕竟局面已经被自己控制了，眼前的犯罪嫌疑人周桦鹏就是他手心里的蚂蚱蹦跶不了多远，他点点头说："你现在算是想明白了。这就叫天网恢恢，疏而不漏。犯罪就要承担责任，这点道理连小学生都懂。"

周桦鹏缓缓地站起身来，眼里透出一股绝望，说："我早就想明白啦，跑到哪都逃不了。我就是不甘心，就是想回去和他们算账！"

"和谁算账？你的同伙？你的仇人？"

"和把我拉下水的人算账！和我的顶头上司算账！要不是他们，我现在依然能过得很好，要不是他们害我，怎么能让你这个小警察如此训斥我？还给我讲大道理。"周桦鹏慢慢活动着自己的手腕，眼睛瞥向远处地上的那个黑布包。

嫌疑人的这种语气和神情让常胜警惕了起来，他移动了一下步子，用身体挡住周桦鹏盯着黑布包的视线说："听你这话的意思……你想和他们同归于尽？我警告你趁早收回这个想法。"

"是啊，我就是这么想的。他们不让我好好活我也不能便宜了他们。可是你偏偏要阻拦我，偏偏在这个时候抓住我。说起来这也是你的不幸！"

"我看你是脑子出问题啦，说话颠三倒四的，一会儿回到平海市里给你找个大夫好好看看。"常胜面带不屑地调侃着对方。

"回市里？让你把我像丧家犬似的抓回去，让他们看我的笑话，你恐怕没这个机会了！"话音落地，周桦鹏一把扯开自己的上衣，随着衣服上拉链展开的声音，他胸前赫然呈现出一排炸药。而导火索就在他的手里。"看起来你智商并不高，我一个眼神就把你骗了。你只注意我拿着的包裹，可你万万没有想到炸药在我身上吧。"

常胜的脑袋嗡的一下炸开了。这小子把炸药绑在自己身上了，我上他的当了。刚才只注意那只黑色布包，认为拿下黑包就解除了危险，可没有想到这家伙会这么狗急跳墙。候车室里的形势立刻起了变化，好比是下围棋时放出的胜负手，转瞬之间，主动权掌握在周桦鹏的手里。

"哼，你怕了吧！"看到常胜脸上的表情，周桦鹏仿佛又找回了自信，"警官，我真想知道，你现在心里想的是什么？"

常胜伸手扶了扶帽檐，暗地使劲攥了攥出汗的手，他长出了一口气说："你真想知道吗？我告诉你，我在想我妈妈，想我的老婆孩子，我们有好多天没有见面啦。原本想今天下班回家和他们吃顿团圆饭的，现在看来，我这么简单的愿望也他妈的让你给搅和了。"

周桦鹏听到这话，眼神里冒出希望说："你放我走，咱们相安无事。大路朝天，你回家享受你的亲情，我去做我该做的事。"

常胜摇摇头说："你真幼稚，哪有猫看见耗子不去抓，还让它跑的道理呢。更何况你这只耗子还有炸药！放出去不知道要害多少人。"

"你一点也不害怕吗？你是想存心死在这吗！"周桦鹏浑身颤抖着，手不自觉地拉紧了导火索。

常胜没有退缩反而瞪起眼睛说："告诉你周桦鹏，看见你手里的炸药我是有点害怕。可我想自己这么多年来没做过亏心事儿，没坑过人没害过人，没让人家像野地里撵兔子似的追得满处乱窜，所以我很坦然。可是你，你敢说你没做过亏心事吗？你敢说你没坑害过别人？你敢坦然地面对死亡吗？你不敢！"

周桦鹏无力地抵抗着，声音有点嘶哑："我没害过人。我就是给他们贷款拿回扣入了股份，发生矿难死了人，是矿主的事，凭什么抓我！"

"人命关天，不该抓你吗！"

"凭什么只抓我自己，我上面还有人呢。出了事都推到我身上，让我一个人顶雷挨劈，让我一个人承受罪责，凭什么啊！"

"就凭你触犯法律这一条还不够吗？我可能没你聪明，但我知道一点，走错了路就要有人把你往正道上领，做错了事就要接受惩罚，这是自古不变的道理。"

"你别给我讲课！今天我要走不出去，我就拉上你做垫背的。"周桦鹏歇斯底里地喊叫着。

常胜环顾一下四周，旅客们早已被悄悄地疏导出去了，候车室里只有他自己和周桦鹏。他心里有些释然，但一股悲壮的念头随即又涌上心来："周桦鹏，现在这候车室里就剩下咱们两个人了，把旅客都疏散出去，面对突发情况把损失减轻到最小，对我来说就是胜利。我可以明白地告诉你，在你拉响导火索的这几秒钟里，我会扑过去和你紧紧地抱在一起，这样炸药对周围的破坏力和杀伤力会减小。"周桦鹏眯起眼睛专注地听着常胜说话，同时不住地用另一只手抹去脸上的汗水。

"可炸药的爆炸力对你我来说都是致命的。我们俩的身体会被炸药撕裂成碎块，随着冲击波散落到周围。人们也许认不出你是谁，但肯定会从我的警徽和警服还有佩戴的警号上知道，这是我常胜和犯罪嫌疑人的最后一搏。我虽然没有说服你投案自首，没有成功地抓住你，可是在这一刻，我尽了一个人民警察应尽的职责。"

周桦鹏的眼神里透露出极度的恐惧，他的神经仿佛承受不住这种压力，拉着导火索的手也在不住地颤抖："你……你真要和我一起死？"

"对！除非你缴械投降！否则我别无选择！"常胜的语气坚定有力，没有一丝拖泥带水。

周桦鹏绝望地闭上眼睛，他感觉眼前的这个警察就是审判自己的法官，在他面前张开的是一张没有尽头的大网。他害怕了，说不清是对死亡的恐惧，还是被眼前这个警察的气场震慑住了。

"咣"的一声，候车室的门被推开了，这声音在空旷的大厅里显得那么刺耳。

常胜和周桦鹏的目光都被这声音吸引过去。一个手捧着鲜花的小女孩站在门前，她的身后是拿着提袋和篮子的那对聋哑夫妇。他们的突然出现让常胜手足无措，一时间竟然没有做出任何反应。

"周叔叔，周叔叔，我们来送你了。"小女孩丝毫没有理会到危险的存在，绽露着天真的笑容，举着鲜花向他们奔跑过来。

"孩子，别过来！"常胜抢上前去试图阻拦住孩子，此时他心里真想痛骂郑义和贾站长这两个人，他们是怎么疏散的旅客警戒的外围，竟然漏掉了这个孩子和她的父母，让他们闯进候车室里。可是没等他拦住，小女孩已经飞跑着扑近周桦鹏的身边，她双手把鲜花举过了自己的头顶说："周叔叔，您走为什么不告诉我们呀，这是我专门为您采的鲜花，送给您！"

144

周桦鹏慌忙把扯开的衣服掩上，遮住了绑在身上的炸药。他俯下身接过鲜花，一只手紧紧地抱住孩子："叔叔有急事要回城里，你，你们怎么来啦？"

突如其来的变化让常胜的心揪紧了。

现实的情况让他把早已想好的最坏计划抛在脑后，他要救这个孩子和他的父母，绝不能让他们有任何危险。常胜急步冲到周桦鹏面前，伸手一把按住周桦鹏拉着导火索的手低声说道："周桦鹏。你要是个老爷们儿就放开孩子！不管是火化升天下地府，老子陪着你！"

"警官，这是，这是我以前资助过的一个孩子，你让我和她说说话，我不会，我不会做别的事情……"周桦鹏的暗示很明显，他在告诉常胜，自己不会拿这个孩子做挡箭牌的。而常胜此时别无选择，只能紧紧地按住对方拉着导火索的手，和他站在一起。他甚至在脑中计算着炸药被周桦鹏拉响后的时间，在这短短的几秒钟里，自己有没有机会推开孩子，然后紧紧地抱住周桦鹏向候车室最远的角落处翻滚，再然后……常胜的手心里隐隐地攥出了汗水。

"周叔叔，您怎么了？是不是不习惯我们山里的饭食，您生病了吗？"女孩看着周桦鹏关切地询问着。

"孩子，叔叔留下的手表你看见了吗？你……你要好好学习，给你爸爸妈妈争气。将来，将来考上好的学校，走出这个大山，去看看外面的世界。"周桦鹏似是喃喃自语又似是对着女孩轻声地说着。

"谢谢叔叔，爸爸和妈妈不让我要。我们还看见您留的钱啦，爸爸说，您已经给我们太多的帮助了，不能再要您的钱了。所以我们一家都赶来送您，谢谢您！也请您把东西拿回去吧。"小女孩说完话把目光投向后面的父母。

这对聋哑夫妇用疑惑的眼光看着常胜，他们虽然认识这位警察，但搞不清楚两个人的手拉得这么紧，他和自己家的恩人是什么关系。

他俩径直来到周桦鹏的身旁，男人把女人手里的篮子送到周桦鹏手里，又把自己的提袋挂在他的肩上，嘴里"啊，啊"地不停地说着什么，女人也在用手语不停地比画着。小女孩边看边对周桦鹏说："妈妈说，她和爸爸特意为您准备的山货，让您带回家给婶子和小妹妹吃。爸爸因为着急送您半路上还摔了一跤，他告诉您钱和手表都在提袋里，让您看看别把表摔坏了。周叔叔，爸爸还问您什么时候再来呀？"

周桦鹏面对着真诚朴实的一家人，他的嘴唇不停地嚅动着，半天才吐出几个字说："谢谢……谢谢你，孩子，谢谢，你们。"

"你看着他们，如果你曾经帮助过他们，给他们美好的希望，给这个孩子继续学习的机会，他们现在就是对你最好的帮助！"常胜压低声音冲着周桦鹏说，"你别把这么美好的帮助碰碎了。"

常胜感觉到周桦鹏拉着导火索的手慢慢地松动了。

小女孩回过头朝常胜礼貌地行了个队礼说道："常胜叔叔好。"然后转向周桦鹏问道："周叔叔，常胜叔叔是来送你的吗？你们是好朋友吧？"

周桦鹏被孩子问得慌乱地看着常胜，他的眼神里已经没有了疯狂，流露出来的是一丝哀求。"孩子，叔叔是过来送他的，叔叔一会儿和他一起走，把他送到城里去。"常胜用肯定的语气回答着女孩的问话。女孩子笑了起来朝周桦鹏说："周叔叔，您什么时候再来山里啊？"

周桦鹏此时彻底缴械了。

他不知道如何面对眼前这种真实的景象，自己曾经帮助过的一家人，在他即将选择地狱的时候，给他展现出一幅天堂的图画。他们不知道刚才即将发生的危险，他们依然真诚地对待自己，他们不知道自

146

己和这个警察在一瞬间的激烈交锋和生死相搏，他们依然对他怀有感激之情，这种情意是那么朴实和真挚，这是对他良心的救赎。他放下手中的篮子轻轻抚了抚小女孩的头发说："叔叔以后会记着你的！"

常胜紧扣住周桦鹏拉着导火索的手，缓慢却有力地说道："把你身上的东西给我，别把这份美好碰碎了！"

周桦鹏向这对残疾夫妇点点头，把手从女孩的头上移开，然后摘下肩上的提袋，转过身去拉开衣服，慢慢地把炸药从身上解下来，递到常胜的手里。这个动作在旁边的人看来，好像是周桦鹏托付给常胜一件重要的东西。两个人一交一接看似平淡无奇波澜不惊，其实一个人交出的是罪恶，一个人接到的是希望，一个人交出的是毁灭，一个人接到的是救赎。

常胜带着周桦鹏走到站台上的时候，早已在远处等待的王冬雨等人急忙迎了上来。王冬雨猛地冲到常胜面前，她心里知道，她不会顾及周围这么多双关注的眼睛，她肯定会不顾一切地扑到常胜的怀里告诉他，常胜，你可让我担心死了，你是英雄你是条汉子！你就是我心里喜欢的男人！

"冬雨，没事了……"常胜的话让她的脚步戛然而止，硬生生地停在常胜的眼前。

"你没事就好。"王冬雨使劲咽回去要说的话，动情地盯着眼前的这个男人。

常胜看了一眼远处路基上的信号灯说："车快进站了，你告诉他们从前面上车，我带着他上后面的车厢。"

王冬雨点点头转身向着人群走去。

火车长鸣着汽笛开进站，稳稳地停靠在狼窝铺车站的站台边。常胜带着周桦鹏走进车厢，找到个靠窗户的空座坐下来。周桦鹏透过窗户望出去，看见在站台上向他挥手的这一家人，他不禁强挤出一丝笑容朝他们挥手道别。车子开动了，周桦鹏直到看不见人影才把目光收回来，然后幽幽地叹出一口气，朝常胜伸出双手。常胜从口袋里掏出早已准备好的手铐铐在他的手上，又抻过桌上的台布盖在手铐上。这个充满人情味的举动让周桦鹏隐隐感到几丝慰藉，他看着常胜嘴唇嚅动几下欲言又止。

"你想说什么就说吧，你的人身权益会得到保护的。"

"我……我是想说……"

常胜似乎是了解到周桦鹏的想法，把身体朝前倾一倾说道："你是在警方规劝下投案自首的，这个情节我会向上级领导汇报，也会向法官写出书面证明材料证明这个事情的。"

"警官，我，我是说这个山里的孩子。之前是我一直偷偷地给她捐助，现在我这样了……以后恐怕是不能了。"周桦鹏的语气说不出是懊悔还是惋惜。

常胜明白了。他拍了拍周桦鹏的肩膀说道："放心吧，你不在的这段日子里，我会帮你把好事做下去。"

周桦鹏彻底被眼前的警察感动了，他踌躇着最终没有去握对方的手，嚅动着的嘴唇里慢慢地吐出两个字："谢谢。"

列车又鸣笛了，这次的汽笛非常响亮又悠长，震荡得周围的山峦都有回声。

第十章

常胜这回算是真的出了名。

本来公安处在收集他由后进变先进的事迹材料时，感觉到还有些疲软，虽然是维护了站区和沿线的治安环境稳定，融洽了警民关系，也帮助山乡里的村民们搞活了经济，但是除去抓了几个盗窃铁路运输物资的小贼之外，没有什么可圈可点的站车堵卡抓获逃犯的成绩。这下可好，这个不长眼的犯罪嫌疑人周桦鹏一脑袋钻进山里，撞在了常胜的枪口上，据刑警队与当地公安局联系后得知，公安局还将周桦鹏列为网上通缉的逃犯。天上掉调料，丰富了这锅菜肴，此篇文章操作起来可谓是什锦杂拌样样俱全。政治处出身的派出所李教导员亲自主笔操刀，点灯熬油奋战了两个昼夜，终于为常胜撰写了一篇八面见线的事迹材料，文章的名字叫《钢铁是这样炼成的!》，听着耳熟吧。

当大刘把这篇《钢铁是这样炼成的!》拿给常胜看的时候，常胜刚看了几段就坐不住了，抖搂着成沓的复印纸说："这个人是我吗？我怎么看着像隔壁家老王呢？我有这么高大上吗？"一连串的发问惹得大刘立即把眼睛瞪起来，指着面前的椅子说："你给我坐下，这是教导员按照你的事迹费了好大的劲儿才编好的，都是说你的好话，你别给脸不要脸。"常胜急忙解释说："我想要脸来着，可这个上面有些事情写得让我脸红啊。"大刘抢过事迹材料边翻动着边说："我问你，扎根边远山区小站维护站区和沿线治安稳定是你吧？"常胜说"是"。"和村民们交朋友融洽警民关系，经常去管界内的学校进行路外宣传，还把铁路知识编成儿歌让学生们唱是你吧？"常胜说"是"。"自己抓获了好几名盗窃铁路运输物资的窃贼是你吧？"常胜说"算是吧"。"还经常出钱捐助山里的孩子助学支教是你吧？"常胜说："这可不是我自愿的啊，王冬雨那个钱串子帮点忙就要钱。"大刘说："你给我闭嘴！怎么听不出个好赖话呢。你经常在驻站点连轴转好多天不回一次家，家里全甩给自己的媳妇，久病的老母亲下楼买菜摔着了，你媳妇怕影响你工作都没告诉你，硬是自己背着婆婆去医院看病。"常胜说："您等会吧，您说的这个事情我怎么不知道呢？周颖这个倒霉娘们，家里出了这么大事情也不告诉我。"大刘说："你再插嘴我真抽你了，智勇兼备赤手空拳地擒获了带着炸药的网上逃犯，保护了旅客生命财产的安全是你吧？"常胜说："事情是我干的，可都把好事堆到我一个人身上总觉得缺点什么。还有这么吹捧我，我觉得自己还差点。"大刘把手里的事迹材料往桌上一拍："缺点儿什么？差点儿什么？我看你是缺点儿心眼儿，差点儿嘴巴子。"

看常胜不说话了，大刘抄起桌上的香烟抽出一支扔过去说："常胜，你怎么就不开窍呢。公安局、公安处树立起来一个典型是有根据的，据我所知，人家政治处的人去狼窝铺调查过，结果非常满意。从车站的书记、站长到村两委的干部，从小学校的校长、主任、老师到村子里的普通老百姓都夸你是个好警察。没有这样的群众基础，上级领导能认同你吗？再说了，你以前总跟我嘚啵说自己在家里没地位，人家周颖都当科长了你还是个股级民警。这下好啦，你是咱们的典型人物了，回家去见了弟妹还不得把腰杆挺起来啊。"

大刘一番话又让常胜陷入了无语的状态。他实在是找不出理由拒绝这些美好的事情，猛抽了几口烟，他终于将自己的困惑说了出来："刘所，您该不会是想把我钉死在狼窝铺吧？咱可是有言在先，我就去驻站一年。"

"这不还没到一年嘛。"大刘点上烟放缓了口气说，"没到一年你就干出了这么多的成绩，比老孙在那里待十年都强。你先好好干，等找到合适的人选我一准把你换回来。"

又是一张看着无比绚丽的空头支票。常胜想抢白大刘几句，你就会拿块绑上绳子的骨头煽呼我干活儿，等我低头使劲折腾的时候，你一拽绳子又把骨头扯回去了。可是当他抬眼看到大刘鬓角和头顶上露出的丝丝白发时，他硬是把到嘴边的话咽了回去。

常胜怀里揣着自己的先进事迹材料走出了派出所，从所里到广场的公安民警值班室这段路上他不停地寻思着，我是怎么搞的一不注意成典型人物了。来到值班室门口他想推门进去看看，没等他伸手推门张彦斌和小于就从里面开门迎了出来。常胜正奇怪他们俩怎么会迎接自己的时候，忽然看见小于的胳膊上多了个臂章，上面清楚地标明"警长"两个字。这个臂章他太熟悉不过了，以前他就是总挂着这样的臂章带领着小于等人维护着站区平安。

"咳，小子长本事了，什么时候当的警长啊？"常胜笑眯眯地看着小于。

"师傅，我纯属是山中没老虎，猴子充个数呗。"小于脸上挂起红晕，话语里夹杂着尴尬和不好意思的味道。

"话不能这么说，"旁边的张彦斌适时接过话头说，"这也是你工作突出有能力嘛。常胜，你这个徒弟当警长你应该更高兴吧？"

常胜点着头说："高兴啊，小于当警长比你当副所长还让我高兴。你们俩是不是想合着伙请我吃一顿呀？我可先说好，别欺负咱山里人没见过世面，去登瀛楼饭庄吃吧，菜不错名字还应景。"

张彦斌急忙摆摆手说："你别扯远了，我是告诉你先别急着回去，公安局给各个车站派发一批防爆器材，一会儿就到。刘所考虑到狼窝铺有旅客列车停靠，再加上前段时间也确实抓获过带炸药的犯罪嫌疑人，所以给你配个防爆罐。过会你用车拉走。"

常胜问道："多大的防爆罐？我这么小的车装得下吗？"

张彦斌答道："没问题，就是装卸车费点事。你那个保安怎么不跟着一起来呢，需要他帮忙的时候看不见影子了。"

常胜回了一句说："他替我看家呢，我先去车站里随便溜达溜达，装车时给我打电话。"说完他就奔候车大厅走过去，边走边想这个赵广田真有点意思，来一趟平海北站之后说什么也不再出来了，天天穿着保安制服带着赛驴在货场里转悠，比自己都勤快。走进候车大厅，他习惯性地四处张望，这是多年执勤养成的习惯。他不是诸葛亮能未卜先知，也不会六爻八卦掐会算，如果他知道随后发生的事情会是这么起伏跌宕，他肯定会把王冬雨叫上的。

秋天的候车大厅里的人不多，没有平时那样的拥挤。

常胜走到候车区的时候看见座椅上的一位老人不停地摇头叹气，好像心里有什么郁闷排解不开，再仔细观察一下，老人的行李很简单，身边放着两个大旅行箱，他怀里还抱着个润白飞花像是青花瓷的罐子。老人叹过气之后从口袋里掏出手绢，慢慢地擦拭着罐子，嘴里好像还在念念有词地说着什么。这个情形引起了常胜的注意，他不由自主地凑过去听见老人喃喃地说道："老长官，我对不起您呀……您看都到家了，可我就是找不到门啊，只能委屈您又跟我回去了……"

这带着无奈和哀怨的语调让常胜心里升起一股悲意，他想去安慰老人又不知道如何开口，只好低头问了一句："老先生，您这是怎么了？有什么事想不开啊。"

老人随着常胜的声音抬起头，看见眼前站着一个警察，连忙将罐子放在旁边的座椅上，他认为是警察的例行询问，从口袋里掏出一摞证件递过去说："警官先生，这是我的护照还有台胞证回乡证身份证，还有火车票，请您过目。"常胜忙接过来证件看，证件上面清楚地写着老人叫郑思家，住在台湾台北市，按照上面的出生年月算今年是八十三岁。

常胜把证件和车票还给老人说："郑老先生原来是台湾同胞呀，您到大陆来是旅游还是探亲，有什么需要我们帮助的吗？"

郑思家听完常胜的话脸上露出一丝笑意，但笑意很快就消失在满脸的皱纹里，他摇摇头说："谢谢警官先生的美意，没时间了。我今天就要去上海，然后转机回台北了。遗憾啊……"

常胜说："有什么困难您可以说出来吗？看看我们能否帮上忙。"

郑思家摇摇头说："不瞒警官说，该去的地方我都去过了，该询问的机构和单位我也都问过了，结果都是一样啊。我不会抱怨办事的人员，毕竟这种情况能寻着的可能性很小的。"

常胜有点不死心也想宽慰一下老人，于是他挨着郑思家坐下说："看起来这件事让您挺为难的，要不然何至于让您老先生愁眉苦脸呢。反正去上海的车还没到点，您就跟我说说，说痛快了也比憋在心里强吧。"

郑思家仔细地打量了几眼常胜，点点头说："还是大陆的警察亲民感好，你要不嫌我唠叨就跟你说几句，说出来心里还舒服些。"

老人的讲述把常胜带到了烽火连天的上个世纪中叶，还有海峡对岸的那个叫台湾的宝岛上。原来郑思家是山东人，几辈都是窝在土地上务农的庄稼汉，1947年，国共两党的部队展开全面厮杀，山东更是兵家必争之地，两边军队拉锯式地反复争夺。共产党征兵国民党也征兵，相比较解放军的宣传鼓动工作和官兵平等的理念，国军的征兵方式则显得粗暴野蛮且强拉硬拽，这样做的直接结果是很多人即使穿上了国军的号坎儿，两军对垒炮声一响也不是逃跑就是投降，更别提发生临阵倒戈直接调转枪口打自己老板的事情。这天郑思家的家乡里开进来一队国军，出人意料的是带队的长官一不征粮二不征税，只是让保甲长把大家集中起来听他演讲发美国罐头。来的人们先听他讲了一通谁也听不懂的三民主义后，然后按人头发罐头。发完罐头他又说领到罐头的老人、女眷和小孩可以回家了，留下男人们再开个动员会。会议的内容就一个，自愿参加国军报效党国而且声明这次绝对不抓壮丁，在座的老少爷们儿有一个算一个谁先站起来谁就是第一名。这下人们都不敢动了，大眼瞪小眼地手捧着罐头坐在地上。时值深秋，土地上冰凉，还有一阵一阵的西北风，吹得人们瑟瑟发抖可愣是没人敢动窝。

郑思家当时岁数小，再加上早晨只喝了碗稀粥就来领罐头，此时早就被尿憋得扛不住了，他实在忍不住站起来说"我想去解手"，"我"字刚出口就被长官一声断喝说："好样的！小伙子参加国军有前途！"然后带头猛烈鼓掌，紧跟着上来两个当兵的不由分说给他戴上红花，扣上顶帽子架起来就往后面走。经过长官身边的时候他听见长官小声对身边的人说，看紧点，别让他跑了。就这样，郑思家和他几十名憋不住尿、抗不住冻的同乡稀里糊涂地当上了国军。

这一去就是山高水长路迢迢。在他的记忆里没有多少可以炫耀的胜绩，只是随着长官和部队一路败退，让共产党的军队打得灰头土脸。幸亏长官看他年纪小让他做了勤务兵，可几十名同乡却如同寒风里的树叶般凋零死的死散的散了。直到他跟随长官从大陆败退到台湾，仍然没有看见过一个当年熟悉的身影。刚到台湾时，他还一直相信长官的说法"一年准备，两年反攻，三年扫荡，五年成功"，可过了好几个五年，不仅没有反攻的消息却连小岛也出不去了。

"光复大陆"的心像夕阳落山般嘎儿屁了，可思乡思亲的情感却越来越浓。长官也由原来的万丈豪情变得天天借酒消愁唉声叹气，他也从原来的勤务兵升职为一名下级军官。两个人同在一个部队仍为上下级，他从原来给长官倒酒，变成了能与长官举杯共叙愁肠的人。又过了一段时间，他娶妻生子要荣复转退，长官来给他践行，就在这天晚上，他发现从没流过眼泪的长官哭了，而且借着酒醉向他道歉，说："当年真不应该用这么卑鄙的手段把你们带出来，早知今日不如让你们在家种地呢，还能落得个亲人团聚白首相望。"他急忙半开个玩笑地回答长官说："别看您当年一盒罐头一泡尿把我带出来，可我没有埋怨过您啊。"长官摆摆手说："算了吧，你就是现在骂街我也当听不见，看在共患难的情分上你多担待吧，只是日后我有求到你的地方还请兄弟不要拒绝。"他急忙表示只要长官吩咐，自己一定尽力。

其实他不知道，长官已经被确诊为肝癌晚期，这也许是他不成家不娶妻生子的原因。长官终日借酒精麻醉自己，直到躺在病床上奄奄一息的时候才叫来他有事相托。郑思家看见病床上的长官忍不住直叹息，长官气若游丝地说出了自己的愿望："我回不去家了，拜托你以后有机会把我的骨灰带回去，如果老娘还在就告诉她是儿子错了，如果老娘不在人世，一定把我埋在她的坟墓旁边，老人家活着的时候我没有尽孝道，我死了到地下去伺候老娘。"长官的这番话说得郑思家涕泪横流，他向天发誓一定完成嘱托让他魂归故里。

以后的日子里，这个承诺像山一样地压在郑思家的心头，他何尝不想回老家看看，可是两岸的隔阂却让海峡成了天涯。自从"九二共识""汪辜会谈"以后，两岸迈出了历史性的一步，郑思家也借着这一步完成了归乡的夙愿。但是当他看见家乡的巨变，听见后生晚辈们向他询问当年离乡背井的亲人时，他的心揪紧了，他又想起了长官的嘱托。于是他从自己的公司里辞职，没有依靠任何组织和机构，效仿关云长千里走单骑的故事，独自背负着一个个老兵的骨灰，开始了让他们魂归故里的行程。这期间，他的足迹从广东、福建一直到山东、河北、安徽，甚至走到了祖国的大西南云、贵、川三省。随着年龄的增大，他从每次背两三个到现在每次只能背一个骨灰罐。这期间，他也辗转到过长官的故乡平海市寻找，可每次都无功而返。这次也许是他最后一回来大陆了，为此还带上自己的儿子随行，想的是如果以后他走不动了，让孩子继续他的理想把老兵们送回家，没想到还是没有达成心愿，所以才不住地惋惜叹气。

听完老人的叙述，常胜也忍不住有点眼眶发热，他想宽慰老人又没有合适的词语，只好伸手给老人轻轻地顺着后背，缓解一下他激动的情绪说："老先生，这么多年沧海桑田变化很大，找不到确切地址也正常，您还记得他亲人的名字吗？"

郑思家点点头说："长官临终的时候跟我说过，他老母亲叫张陈氏，你也许知道那个年代妇女都没有名字，这个线索不提也罢。"

常胜问道："难道就没留下书信、照片之类的东西吗？"

郑思家说："没有书信，只留下半张他穿军装的老照片。"

常胜不解地追问道："怎么会是半张照片呢？"

郑思家答道："撕开的那半张是他哥哥，这老哥儿俩从年轻的时候就吃不到一个锅里。唉……也不知道这个老哥还在不在世啊。"

常胜表示理解地点着头随口问了一句说："他哥哥叫什么名字呀？"

"张望山。"

"什么？！你再说一遍？"

常胜一把抓住郑思家的胳膊，力量之大掐得老人直皱眉头，嘴里不停地往里吸气说："就是叫张望山呀。"

"那我问你，他说没说过自己的家乡是在山里？"

"说过呀，可名字我记不住了，只记得归平海市管辖。"

"你这个长官是不是叫张望海？"

"是啊，你怎么知道的？"郑思家有些奇怪地盯着眼前的警察，"他以前是叫张望海，我们到台湾以后改的名字叫张光复，就像我以前叫郑二旦，现在叫郑思家一样。"

"我靠！我靠！"常胜连声叫着猛地从椅子上蹦了起来，往前蹿出两步之后回转身朝郑思家说道，"您说的张望山我认识，他还活着！他就在狼窝铺，现在他的名字叫张跃进，就在我的管界里！"

"警察先生，你不会是哄我开心吧？"

"老先生，我现在就带您去！"

"是吗，哎呀！这可太好了！老天有眼啊！老长官您回家了！"郑思家被这突如其来的幸福打蒙了，抓住常胜的手语无伦次地说着。

两人正兴高采烈地握手相庆，旁边走过来个四十多岁长得圆圆滚滚的中年人，郑思家一把抓住他说："儿子，儿子，快谢谢这位警察先生，他帮咱们把老长官的亲人找到了。让老长官回家了！"这个举动开始吓了常胜一跳，认为是老人惊喜过度脑子一时糊涂拽过来个旅客就喊儿子。但当这个中年人边安慰郑思家边向他表示感谢时，他仔细端详了一下中年人，你还别说，眉眼之间还真有几分相似。郑思家当即让儿子去退票，飞机票改签，现在就跟常胜去狼窝铺。

看到老人真要立即和自己去狼窝铺，常胜又有点犹豫，郑思家看出常胜为难的神色，问道："警察先生，您是不是不方便呀？"

常胜马上回答说："老先生，不是不方便，只是……只是我的车有点破，还要拉东西，再说山里路也不好走，怕您受不了这个颠簸。"

郑思家听完常胜的话，呵呵笑了起来说道："警官，这些年我都是这么漂泊过来的，还怕这点路程吗？放心吧，我身体吃得消。"

常胜拉过郑思家老人的行李箱说："老先生，那您就跟我走吧。"

三个人拖着行李箱来到常胜的蓝白道警车前面时，张彦斌和小于已经把防爆罐装进车里了，看见常胜又带过来一老一少两个外地人就问怎么回事。常胜回答说："我带台湾同胞认祖归宗去。"没等张彦斌他们反应过来，常胜拉开车门先请郑思家上了车，然后把行李箱塞进后面车厢里，从门边上抻出一个马扎对着郑思家的儿子说："你受点委屈凑合着坐这个吧。"然后麻利地钻进驾驶室，冲张彦斌一扬手说："彦斌，这是两位重点旅客，我带去狼窝铺，麻烦你跟所里汇报一下，我赶时间先走了！"说完猛踩油门将车开出了广场。

望着远去的蓝白道，张彦斌推了身边的小于一下说："他说这两个人是哪的？"

"台湾同胞。"

"他怎么不说是美籍华人呢。"张彦斌嘴角往上撇了撇说，"搬东西干活找不着他，拉关系套瓷倒是有一套，这个常胜真是能折腾。你可不能学他这个呀。"

小于敷衍地点点头没再搭腔。

蓝白道的汽车在山路上飞奔着，常胜的心里是既兴奋又激动，嘴里还不停地给郑思家他们爷俩介绍着沿途的风景当着免费的导游。郑思家在感慨着大陆各地飞速变化的同时问起张望山老人的近况。这个话题倒是给常胜提了醒，他掏出手机拨出王冬雨的电话，不一会听筒里就传出来王冬雨的声音："喂，常胜，你准是又开着车给我打电话。"

常胜按了两下喇叭说:"你猜对了,不过还有一个事你准猜不对。我不是一个人!我不是一个人!我现在带着两个重要的客人回狼窝铺。"没等王冬雨回答,常胜就像连珠炮一样地介绍了郑思家的情况,听得话筒对面的王冬雨喘不过气来,最后常胜特意嘱咐王冬雨一定要先去跃进大爷家看看,看他有还没有那半张撕开的老照片。王冬雨边在电话里答应着边说:"你一定要小心点,山路不好走,别像颠荡我似的让客人坐轮船。"常胜说:"你放心吧,我驾驶技术一流。"话音刚落,就听见"咣当"一声,常胜又把副驾驶的位置开坑里去了,颠簸得郑思家的脑袋差点撞在顶子上,他急忙双手紧抱住胸前的骨灰罐生怕甩出去。而车厢里的胖儿子却从马扎上摔下来,叽里咕噜地滚到后面。慌得常胜急忙放慢车速说:"不好意思老先生,您看我这刚吹完牛就进坑里了……"

郑思家哈哈地笑着说:"没关系,没关系。我以前舟车劳顿长途奔波,比现在晃悠得厉害多了,没事的,我承受得住。"

常胜往车厢后面撇撇嘴说:"您还好点,可小郑先生变成葫芦娃了。我说你用手拽着点横杆上的铁环,那是我铐人用的,特结实。"

葫芦娃小郑先生本来想伸手抓铁环的,听见常胜这么说又尴尬地把手缩回来。郑思家朝常胜摇摇手说:"常警官,你不用管他,让他感受一下挺好。你快开,现在的我心早已到狼窝铺了。"

王喜柱带着村两委的人和几位年长的村民都聚集在村口正翘首以盼呢。接到台湾来人的这个消息后,如果按照王喜柱的想法就得锣鼓喧天鞭炮齐鸣,摆开个热烈欢迎的架势,可这个说法一提出来就让跃进大爷和王冬雨给否了。跃进大爷就一句话很简单:"来就来呗干嘛还折腾,我就在家里等着。"王冬雨则是说:"时间紧,容不得您像迎接上级领导检查工作那样布置,不如抽出工夫干点实事,给两位海峡对岸的同胞收拾住宿的房子,找村里最好的厨师刘叔预备好山里特色的饭食,实实在在热热闹闹比操持花架子强。"这个观点赢得了张校长的认可,他也认为既然是自己人来了,何必这么见外呢?招待人家看实际,越朴实越好。王喜柱一想这个办法挺好,于是嘱咐王冬雨陪着张跃进大爷,自己带着几个人在村口迎接常胜带来的郑思家父子。

常胜的蓝白道驶过车站按了几声喇叭直接往村里开去,他是通知郑义和贾站长自己回来了,让他们也去村里集合。车子开到村口刚停稳,郑思家就被一张张热情洋溢的笑脸感动,他急忙走下车和王喜柱等人寒暄。常胜如数家珍般地向郑思家介绍着村里的人们,谁是村支书谁是村主任,哪个是辈分最高的爷,哪个是学校的张校长,把郑思家和葫芦娃儿子听得连声感慨。提到去看张望山将他兄弟望海的骨灰送回家的时候,郑思家执意要步行前去,常胜和王喜柱等人给他引路穿过村庄来到张望海,也就是张跃进大爷的家门口。

跃进大爷今天的穿着格外整齐,就像上次狼窝铺车站开通旅客列车和自己的寿宴一样。他在王冬雨的搀扶下走到院子里,迎面就见到捧着骨灰罐进来的郑思家。两位老人相视良久,郑思家从口袋里掏出那张撕开的老照片,跃进大爷颤颤巍巍地从怀里摸出个红布包,他慢慢地打开,从里面拿出另外半张照片。两个半张对在一起严丝合缝,从对接好的整张照片上看去,当年的张望山和张望海这对兄弟同样地雄姿英发年轻俊朗。只是从中间花架上撕开的那条缝隙就宛如是那台湾海峡,将兄弟两人硬生生地分开。经历多年的沧桑风雨世事变迁,现在这张照片合拢了,兄弟两人终于又能站在一起了。

而能让这张照片合拢的,恰恰是旁边那个不起眼的驻站公安民警常胜。

跃进大爷举着照片说道:"是他,是望海……"

郑思家颤抖着将骨灰罐捧向跃进大爷说："老大哥，我把老长官送回来了。"

跃进大爷接过骨灰罐慢慢地摩挲着，嘴里喃喃地说："走的时候这么高的个子，怎么回来就剩下个罐子了。兄弟……他临上路的时候跟你念叨过我吗？"

郑思家不停地抹着泪水说："说过，说过，老长官临终时只惦记两个人，一个是老娘，一个就是你。"

跃进大爷动情地问道："他没告诉过你……我以前打过他一巴掌的事吗？他还记恨我吗？"

郑思家走过去扶住跃进大爷的手臂说："老长官说过这件事，不过他还说，外房若打我一掌我定睚眦必报。自己兄弟之间打也就打了，打断骨头还连着筋呢，他说他不恨你。"

"我的傻兄弟啊……"

跃进大爷紧紧地搂住骨灰罐老泪纵横，他的哭号听起来更像是倾诉。这个时候他在周围人的眼里看来就像个孩子，抱着自己的亲人用抽泣诉说着思念之情。这个情景让所有人都为之动容，就连常胜也忍不住眼圈微微发热，他看了眼身边的王冬雨，王冬雨早已经是泪流满面了。

山村里的欢迎晚宴是朴实又火热的。郑思家和葫芦娃儿子被大家让到了首席就座，两人知道入乡随俗没有太过推拒。其实平海的风俗礼仪是很讲究的，在山里的狼窝铺村更是顽强地将这种传统继承下来。就拿各种宴席来说，主、次是很有规矩的，首席一般都是主人陪主客，主人落座后，主客坐在对面的位置上。跃进大爷理所当然地坐在主位上，在谁坐第二位的位置上时，常胜和王喜柱互相谦让争执了半天。王喜柱坚决让常胜第二，理由是如果没有常胜就没有今天的局面，也就没有张望海骨骸归乡的事情，理所当然常胜第二。可常胜说："大哥你是村两委书记，又是村里的大辈儿，还是创业带头人，怎么能坐我下首呢，还是王喜柱你二吧。"眼看着王喜柱这个座位排不下去，跃进大爷蹾了下茶杯说："让常胜坐我旁边。"得，这下都没话说了，常胜只好挨着跃进大爷坐下享受这个荣誉。

后面的座位就好办多了，大家依次按照王喜柱的安排就座，听完王喜柱激情洋溢的欢迎夹杂着感谢的话语后热烈鼓掌。这个时候跃进大爷手扶桌面站了起来，大家以为他要即兴说几句话，都凝神屏气地看着他。只见跃进大爷先是朝郑思家父子两人点点头，然后转向身边的常胜缓缓地说道："常胜，常警官，按说我也是个老兵了，想当年打日本、打老蒋得过很多军功嘉奖，我也没有像今天这么畅快过啊！我没什么文化不会说说道道，我代表我们张家全家给你敬个礼，我们谢谢你！我们感谢你啊！"

话音落地，跃进大爷颤抖着向上举起右手，慢慢地靠近脑际朝常胜行了个标准的军礼。与此同时，郑思家也立起身形冲常胜说道："常警官，你帮我圆了多少年的梦，让老长官落叶归根，也请你接受我这个老兵的敬意吧。"说完话也举起手臂向常胜敬礼。

这个场面太出乎常胜和所有人的意料了，如同影视剧里面的情节反转，一下子把常胜推到了男一号的位置上，慌得常胜急忙站起来，他顾不得去扶住被自己碰倒的椅子，挺直身形向两位老人还了个标准的敬礼，然后赶紧伸手去扶跃进大爷，嘴里不停地说着："这是我应该做的呀，您老人家快别这样，您这不是折我的寿吗？"

跃进大爷扶着常胜的胳膊，看一眼满座的人们说道："在座的老少爷们儿，我今天再唠叨一句。常警官以后就是咱们村里的人了，他需要做什么大家伙都得帮忙，他的事就是你们大伙的事！柱子，我说的这话可行吗?"他说完话把脸转向王喜柱,旁边的王喜柱早就跃跃欲试了,立马端起酒杯说:"太行了! 常胜他本来就是我兄弟,既然跃进大爷都认可,那以后常警官的辈分从我这论,你们都自己掂量着怎么称呼吧。"

"好,好!"跃进大爷拍着常胜的肩膀开心地称赞着。

"咱们大家伙举杯,干了这杯!"

常胜被大家簇拥着举起酒杯,这一刻他心里真是五味杂陈各种情感交汇在一起。他想起开始单人独骑进村时,村民们冷漠与怀疑的目光,想起自己黑更半夜面对飞来的砖头,喊破嗓子孤立无援时的窘迫,想起自己坐在驻站点的屋子里,手捧着方便面用口琴吹着苍凉的《鸿雁》时的感伤,想起自己顺着长长的铁路沿线,迎着山风磕磕绊绊行进时的坚持。再看看现在众多流淌着热情与温暖的话语和目光时,他的心化了,他的眼眶湿润了。

他没有推拒也不会再拒绝,高举起酒杯一饮而尽。

回驻站点的时候是王冬雨开的车。常胜坐在副驾驶的位置上被山风吹得好几次探出身子去,王冬雨边手扶方向盘边给他捶背说:"喝这么多肯定难受呀,想吐就吐出来吧。"常胜摇摇头说:"都是好吃的,平时我都吃不着,我才不舍得吐出来呢。"

这话把王冬雨气乐了,她笑着对常胜说:"你生活没这么悲惨吧。好吧,以后我给你做饭不收你钱了,省得你天天吃得跟难民似的。"

常胜听罢立刻猛地拍了下车门说:"好!这可是你说的啊,咱一言为定!"

汽车开进火车站的时候,常胜借着灯光老远就看见郑义站在院子中间,他用胳膊碰了下王冬雨说:"郑书记是在等你吧?"王冬雨看了一眼说:"谁稀罕他等。"车停到驻站点屋子门口,常胜一下车,屋里的赛驴就连声叫了起来，常胜跟跄两步转过车头挡住要下车送他的王冬雨说："行了，大侄女，我到站了，你回去吧。"

王冬雨翻个白眼说："你没完了？从吃饭时你就大侄女、大侄女地叫着。你不是说过咱俩单论吗？"

常胜摆摆手说："行，单论。王主任，天不早了，你赶紧回去吧，还得照顾你爸爸呢，他今天可是喝多了。"

王冬雨手扶着车窗边朝常胜说道："你别总没事充大辈，留神老得快。对了，跟你说个事吧。你知道郑老先生的那个儿子是干什么的吗？"

常胜眨了眨眼："就那个葫芦娃？"

王冬雨点点头："就是他。人家可不像你说的，是富家纨绔子弟养尊处优的吃货。吃饭时我们聊了很多，他是美国麻省理工学院毕业的，他学的是生物制药专业。而且人家自己还开了好几家公司和药厂呢。"

晚风轻轻吹过车站的空地，这阵风让常胜使劲晃了晃脑袋说："我没听明白你的意思，大……那个冬雨。"

王冬雨哼了一声说："你再喊大侄女我跟你急眼。你先回去睡觉吧，明天再说。但有一点我可以先透露给你，你这次有可能给山里带来个财神爷。"

王冬雨的汽车打着大灯响着喇叭开出车站，经过郑义身边时连停都没停，常胜朝远处的郑义招招手转身走进屋子里，只留下了站在那里的郑义。郑义看了看远去的汽车，又看了看常胜驻站点的屋子和立在那里的旗子，无奈地摇摇头叹出一口长气。

常胜走进屋子里先抱抱迎面扑过来的赛驴，像抚摸孩子般地将了将它后背和脖颈下的黑毛，然后像是对赛驴又像是喃喃自语地说道："把你关起来也是为了把你的心关起来，你长大了，不能随便搞对象。

你是警犬要有纪律约束，我还得把你完整地交还给犬队呢。"赛驴似乎不情愿地在他的怀里来回地拱蹭着，常胜拍拍赛驴的头继续说："我知道，你长得这么帅肯定会有异性喜欢你，我是担心呀，万一你把持不住把别人家的母狗给睡了，那样你的战斗力就会下降，也会变得习惯温柔没有烈性，你明白吗，赛驴？"

赛驴似懂非懂地用黑漆漆的眼睛盯着常胜看，既不眨眼也不摇头。常胜咧嘴朝赛驴笑笑说："你别跟我装，你是我的战友，你懂的。"

他确实懂得王喜柱在酒席上跟自己说的悄悄话。那是王喜柱借着酒劲跟他咬的耳朵。王喜柱说："冬雨这孩子见过世面，你又是平海市里来的人，所以她愿意跟你近乎。你可得替我把着点她，让她好好地教孩子们念书，别又心里长草总惦记着跟自己不相干的事。"听完这番话他当即表示："我跟大哥是兄弟，冬雨就是我大侄女，你放心吧，我得让她听你的话扎根乡村给你养老送终。"几句话说得王喜柱直翻白眼，咽到嗓子眼的酒差点没吐出来，急忙摇着手说："不是这个意思，兄弟你弄拧巴了。我的意思是说，有机会你得多劝劝她，让她还回城里去工作，要不然这么多年的学不是白上了吗。再说，城里有知识有文化的小伙子也多，不愁找不到个顺眼的男朋友。"他拍着王喜柱的肩膀答应下来。

看着赛驴晃动着尾巴去了门口，常胜从口袋里掏出手机想给周颖打个电话，屏幕上的时间已经指向二十三点了，他犹豫一下没有按出电话，改用微信的方式写了一句话："这两天你怎么样？咱妈身体如何？孩子好吗？"写完按下发出键，对话框没有显示不停旋转的图标，而是很快发出了。"哎，是不是刮风刮的呀，今天发信息像是坐火箭。"常胜心里这样想着。"叮咚"一声，周颖回复的信息很快顶进来："均好，不用挂念，你在驻站点如何？"

　　常胜举着手机躺在床上发出一条信息："告诉你个好事，我今天帮两个台湾同胞找到家了，确切地说是帮他们送老兵的骨灰回乡，这个老兵就是我管内狼窝铺的人。"

　　等了好一阵周颖才回信："是好事，你们领导知道吗？"

　　"做好事还用告诉领导吗？"

　　"我认为说一下好，毕竟牵扯到台湾同胞，你还把他们带进山里，万一出什么意外，你负不了责任的。"

　　周颖这句极像上级指挥下级的官话。这是常胜平日里最反感的语气，他感觉有股无名火"腾"的一下从腹腔直顶到脑门，把自己想温馨想显摆想得到赞扬的愿望冲得一干二净。他索性不写信息按住语音键大声说："这么点事能出什么意外？就算有突发问题处理不了要我这个警察干嘛？你别总拿机关里那套教条的腔调跟我聊天，坐在办公室里拍脑门想一出是一出。我是想跟你分享成就感，可你却专门给我浇冷水。真是我说城门楼子你说胯骨轴子。"说完这话一撒手，对话框里却转悠半天显示出个红圈，信息没发送出去。再重发，还是发不出去。气得常胜一把将手机扔出去老远。

　　常胜睡醒的时候天已经大亮了，他揉揉有些酸涩的眼睛，猛然看见手机和赛驴都在自己的床前，这肯定是赛驴把手机给他捡回来的。他连忙拿起手机翻看着信息，自己晚上的语音发送出去了，周颖也回了一条信息。

　　"我是为了你好！"

第十一章

　　老兵张望海骨灰归葬的仪式隆重肃穆又传统，除了村里的人们来参加外，狼窝铺火车站的贾站长和书记郑义代表铁路车站方参加，让常胜没想到的是，镇长和副乡长陪同着一个看着模样比他们俩官还要大的中年人也来参加仪式。由于张望海没有子嗣，跃进大爷指定自己的儿子做孝子代为祭祀，为叔叔完成了一系列的殡葬程序。

　　盘桓一天之后，郑思家和他的葫芦娃儿子要离开狼窝铺了。来接他们的竟然是平海市里开来的车，常胜虽然感觉有点奇怪可也没太在意。临行时，郑思家紧紧握住常胜的手嘴里不住地说着，"有时间来台北，有时间来台北"。常胜笑呵呵地回应着说："您等着我，您硬硬朗朗的，我一定带着狼窝铺里的山货去看您。"当常胜与葫芦娃握手告别说"欢迎再来"的时候，对方则笑眯眯地说："我一定会再来，再来还请你给我当向导。"临上车的时候他转过头来对常胜小声说："常警官，我不叫葫芦娃，我的名字叫郑念祖。"

　　目送汽车载着郑思家父子走远，常胜回过头来朝王冬雨问道："他怎么知道我叫他葫芦娃的？准是你泄的密。"

　　王冬雨哈哈笑着说："还用我泄密呀，那天晚上你端着酒杯拍着人家肩膀喊葫芦娃，这事你都忘了？"

　　常胜不好意思地胡噜下后脑勺说："真给忘得死死的，敢情是我自己说秃噜嘴了，以后得注意，不能嘴上没个把门的胡吣。"

王冬雨说："嗯，你知道就好，以后也少充大辈。"

常胜知道王冬雨又想说喊她大侄女的事，赶紧岔开话题问道："这个郑念祖到底是干嘛的？我看你这两天领着他满山转悠，不是会国军派来的探子吧？"

王冬雨说："喊，我真佩服你的想象力，告诉你吧，人家可是个身家过亿的大老板。"

这个时候，常胜口袋里的手机铃声不知趣地响了起来，他掏出手机看见屏幕上显示的是所长大刘的电话，他急忙把手指放在嘴上做出个嘘声的动作，然后按下接听键。没等他开口手机里就传出来大刘的呐喊声："常胜你在哪了？不管你在哪马上给我回所里来！"说完没等常胜回答就把电话挂断了。

常胜不知道在这两天里所长大刘和李教导员的心如坐过山车一样上下起伏颠簸，一会被扔到谷底，一会又被抛到了天空。今天刚落地儿，大刘就一个电话把他召回所里问询。其实这件事情的起因就是葫芦娃郑念祖，本来他不想让老人家这个年纪再往返大陆与台湾了，可郑思家固执地坚持要把张望海的骨灰送回平海。郑念祖一想反正平海也有自己的公司，便答应老人陪他走一趟。可又顾虑老人家不喜欢前呼后拥的排场，于是就叫上一个私人医生一个秘书悄悄地随行，一是能随时关注老人家身体上的不适，二来也能为他们打理一些事务。郑念祖通过自己在平海的公司事先联系了寻找张望山的事宜，可是他们不知道张望山早已经改了名字，过去的户籍底档根本显示不出来，按照地区查询依然是没有结果。他们正要坐火车离开平海的时候常胜出现了，给他们带来了柳暗花明，郑念祖急忙安排秘书去退票，然后与老爹和常胜驱车直奔狼窝铺。

　　事情到了这个阶段都很顺利，可是平海的公司有事情要请示老板，秘书打郑念祖的电话却怎么也无法接通了。这一下可麻烦了，老板和老板的爸爸跟着个警察走了，一去杳无音讯，公司里的人们如热锅上的蚂蚁满处乱爬，打110报警的报警，找关系寻人的寻人，闹得不亦乐乎。现代的资讯十分发达，信息很快就由公安处传到平海北站派出所，上级来人调站区监控观看，明摆着是常胜把郑家父子两人带上了蓝白道的警车，再加上有副所长张彦斌和民警小于证明，的确看见是常胜从车站带走一老一少两个人。大刘急忙拨打驻站点的电话，没人接听，再打常胜的手机，也是无法接通。上级领导当时把眼睛瞪起来了，鼻子不是鼻子脸不是脸地冲着大刘和李教导员一通训斥，什么关键时刻找不到人了，什么这个民警为嘛不请示报告就带人走，什么出了事情谁来负责任，你们两个人这个所长、教导员还想不想干了？说得大刘和李教导员如同凉水浇头怀里抱着冰，立马备车准备去狼窝铺找人。可就在这个时候郑念祖的电话打回来了，他告诉秘书山里信号不好手机打不出去，简单地讲了一下情况后说公司的事情等他从狼窝铺回来再说。秘书不甘心地问了一句："那个警察没有找您的麻烦吧？"此言一出就招来郑念祖的申斥，他告诉秘书常警官是个好人，没有他，自己和老父亲就找不到狼窝铺，也就不能了却老人家多年的心愿。并特意嘱咐按照大陆的习惯，赶紧去制作锦旗，越大越好，送到常警官供职的派出所，以表感激之情。

　　峰回路转拨云见日，郑念祖的一个电话让满天的云彩都散开了。上级领导悬着的心又回到了肚子里，长方脸变圆乎脸不再训斥大刘和李教导员，语气也和蔼可亲了许多。在肯定常胜做了一件好事的基础上善意地提出了批评，比如："这样的事情为什么不先向所里汇报一下呀，所里要是掌握了这个情况肯定会加强保安措施，保证通信联络畅通吧，也就不会发生这样的误会了吧？你们两个人干了这么多年的所长、教导员如果知道这个情况，也肯定会逐级上报的，这样我们公安处也不至于被动吧？这也暴露出来你们管理上的漏洞吧？所以还是要对沿线的驻站民警进行一次面对面的教育，不光是常胜，所有的驻站点民警都要说到。要养成勤请示勤汇报的好习惯，不要总有将在外军令有所不受的想法，遇事不依靠组织个人单打独斗能行吗？"

领导走了以后，大刘和李教导员四目相视，面对面看了半天谁也没言语。抽了一阵子闷烟，大刘终于憋不住说了一通："好话都让他说了，明白人的事都让他干了！驻站点就一个民警，派出所离得又这么远，遇上点事不临机决断行吗？都跟以前老孙似的有情况等着支援，真要那样的话，狼窝铺保留列车上的货物早丢八百回了，犯罪嫌疑人带着的炸药也他妈的早响了，这个台湾来的老人家怎么背来的骨灰还得原样怎么背回去……"

这要是放在往常，对大刘的一通牢骚，李教导员肯定会发表不同意见，可是这次他没说话，因为在他的心里也觉得常胜做得对，作为领导如果对办事得力的下属提出训诫好像有点说不过去，可上级领导的指示也要贯彻执行，所以他想了想，站起来给大刘倒了一杯水端过去说："平心而论，常胜这件事办得挺出彩，要没有深厚的群众基础和对管界内人员的了解，是不可能做到的。可仔细想想常胜也有不足之处呀，这么好的事他怎么也应该向所领导打个招呼啊？所以我建议还是把他叫回来当面说说，不是批评，就算是给他提个醒儿，你说呢？"

李教导员这番八面见线且立体感较强的话打动了大刘，他不由得点头同意了对方的观点。这才有常胜接到大刘的电话让他马上赶回所里的事。

派出所的几位所领导又聚拢在所长室里了，这回是按照上级领导的要求，讨论沿线驻站点请示报告的长效机制。几个人又开始喷云吐雾地制造污染装大尾巴狼，谁也不先开口发言，大刘咳嗽一声说："议题李教导员已经告诉大家了，都别闷着，有什么想法就说出来。你们先说说对常胜这件事的看法。"副所长耿建军抖了个机灵用胳膊碰碰身边的张彦斌，意思是说你主管沿线还是你先发言。张彦斌眼皮也不抬地把脸扭向一边，依旧抽着烟没搭理他。另外两位副所长也是低头各自盘算着如何表态，没有开口说话的意思。李教导员看看大家说："还是我抛砖引玉吧，关于这件事情我已经和刘所交换过意见了，虽然常胜此事做得鲁莽了点，但出发点是好的，结果也是好的……"

话说到一半，门被从外面猛地推开，常胜像紧急制动后仍有惯性的列车风风火火地冲进来，直到大刘的办公桌前才刹住车，慌得大刘急忙把水杯端起来说："看着点，看着点，别给我碰洒了。"

常胜定睛看看发现所里的几位领导都在，他才意识到这是开所务会呢，连忙摆手示意说："不好意思啊，没敲门就进来了，几位领导继续开会，我二堂等候。"

李教导员连忙拦住他说："说常胜，常胜就到。你既然来了就先别走，正好有事要问问你。"他边说边示意有点疑惑感的常胜坐下，继续说道："根据公安处领导的指示，所里要重新修订下驻站点的请示报告制度，你驻站的狼窝铺离派出所最远，线路环境治安环境也不是很好，所以想听听你对加强请示报告制度有什么想法。"

常胜胡噜几下脑袋说："我能有什么想法，领导怎么说我就这么干呗。"

李教导员说："这可不是你常胜的一贯作风，你是属于头脑灵活有思路，经常能创造性地开展工作的同志。用现在时髦的话说，你时常能脑洞大开。"

这句话把常胜夸得有点不好意思，争强好胜的心又从胸腔里升腾起来，他摆摆手说："我没李教您说得这么聪明，不过要是我看沿线驻站点的状况，就算加强请示报告制度有时候也是远水解不了近渴。"

"哦，说说你的想法。"

"要我说一个是给驻站点增加人手，一个班两个民警再配上保安、协警，有事情能互相照应。一个是增加高科技投入，全面上监控做不到，那就在重点部位、区段上监控。比如，车站的货场和易发案的沿线区段，这样发现情况就能及时呼唤应答，尽快处理警情。"

李教导员点点头："说得好，你这个建议的确是动脑子了，尤其是增加高科技投入这个想法，我们会向上级汇报的。可是发现情况及时向所里汇报，及时进行有效的沟通还是必要的嘛。"

"就是嘛，李教说的观点我同意。"大刘放下杯子说道，"不要总是个人英雄主义，遇事脑子一热就招呼，就拿前两天你办的这件事来说吧，帮助台湾同胞送老兵的骨灰还乡，还促进了村民和外界的交流，挺好的事为嘛不事先汇报一下呢？上级领导问起来，我们也好有思想准备嘛。"

大刘的这番话把常胜给说晕了，他定下心神想了想说道："刘所，我向所里汇报了呀，张所，张彦斌，我当时不是跟你说的吗？"

躲在角落里的张彦斌听到常胜这话浑身一颤，真是怕什么来什么，越担心常胜反应过来提这件事，他还是越当着众人说出来了。其实张彦斌心里清楚，常胜确实告诉过自己这两个人是台湾同胞还是重点旅客，让他代为向所里汇报，可是他当时压根没往心里去。当人家郑念祖的下属满世界找人，上级领导训斥大刘和老李的时候，他就更不敢把这件事说出来了，目的很简单，怕担责任也怕领导这股火气转嫁到自己身上。他本来认为这件事情忍忍就过去了，谁想到在对待常胜的问题上，这次大刘和李教导员的意见出奇地一致，都认为应该表扬安抚常胜不应该批评。所以他从一坐到所长室屋子里就开始犯嘀咕，生怕和常胜对局撞车，结果该来的还是来了。

屋子里所有的目光一下子都转到张彦斌的身上。

"你当时跟我说的是带走两名旅客，没听见你说是台湾同胞呀。这事上级领导询问的时候我已经给你证明过了。"张彦斌答道。

"我当时明明地告诉你了啊，是两个台湾同胞，还让你帮忙向所里汇报说一声的，你怎么能没听见呢？"常胜有点不解地回应道。

张彦斌依然是不紧不慢的腔调说："常胜，你好好想想，当天公安处配发警用装备防爆罐，你没在场还是我和小于给你搬上车的，我们只看见你和两个人回来开车走了，没听见你说是台湾同胞啊。"

对方言之凿凿的语气把常胜激怒了，他"腾"地站起来指着张彦斌说："你要这么说就别怪我不给你面子，当时不止我一个人在场，我说的什么话不是你说没听见就死无对证的！"

常胜的话好像提醒了张彦斌一样，他也站起来对周围的人说："当天值班警长小于也在场，咱们可以把他叫来当面询问，看你说过没说过这样的话。"

常胜说："好啊，三头对面问明白了，看看到底是我没说清楚，还是你耳朵里塞驴毛了。"

随着两人争吵的升级，屋子里的气氛立即紧张起来。大刘拿起茶杯朝桌子上一蹾，这个响声好像是按了停止键，正开口说话和想要开口说话的人都不言声了。"去把小于叫来，问问当时到底怎么回事。"

小于被传到了所长室，一进门他就被眼前的阵势吓了一跳。先不说满屋的人眼光都盯着他看，就说常胜和张彦斌两人对峙的架势就让人感觉到充满了烟熏火燎的味道。"小于，十月二十四号，也就是大前天，副所长张彦斌和常胜在交接防爆罐的时候你在场吗？"大刘看着小于问道。

"我，我在了。"

"哦，你把当时的情形说一下。"

小于看了看周围的人们说道："当时我和张所把配发给狼窝铺站的防爆罐搬上车，看见常胜师傅领着两名旅客过来后，上他的车走了，事情的经过就是这样。"

"不问你这个，问你当时常胜和张所说的什么话？"大刘追问一句。

"就说是两名旅客……"

小于的话像一记重拳一样击打在常胜的脸上，他眨了眨眼睛盯着小于说道："小于，你当时在旁边站着，我说是两名台湾同胞带去狼窝铺，让张彦斌向所里说一声，你难道没听见吗？"

"师傅，我，我真的没听见……"

"你说什么？你再说一遍！"常胜仿佛有点不相信自己的耳朵，直愣愣地看着小于问道。

"常胜！小于警长都说没听见你说的话，你怎么还强词夺理呢？"张彦斌适时地走过来挡在常胜和小于的中间。

"小于，你再说一遍！"

"师傅……我没听见……"

常胜此时感觉到满胸腔的憋屈和愤慨，还夹杂着一股说不出的难受，这种感觉用任何词语都无法形容得全面与透彻，就好像你自认为很清楚很明白，到头来却是最糊涂最像二傻子似的，关键是还让你哑巴挨骂再挨打，言不得语不得。

"于涛，你别喊我师傅，你不是我徒弟。"常胜从牙缝里挤出这句话。

"师傅，我……"小于尴尬得有点手足无措。

"滚蛋！"常胜的喊声让屋子里的人为之一震。

"常胜，你大呼小叫地吓唬谁呢。人家小于警长说没听见，你干嘛骂街啊？"张彦斌这句话看似是在谴责常胜，实质上起到的作用却是火上浇油的效果。

果然，一肚子委屈加怒火的常胜爆发了。所长室里的气氛也随着他的爆发，由原来波澜不惊的剧情片切换成武侠片开局之前的模式，让所有参与演出者意想不到的是，这个爆发来得既突然又迅猛，以至于"长老们"还没明白怎么回事，常胜已经发大招了。"张彦斌，你小子别跟我装孙子，我看你是老毛病又犯了。遇到点事就先缩脖子找下家替你扛责任-，是不是上面的大脑袋又数落你了，你要是害怕担事就明说，常伯伯替你扛着，别弄这些下三滥的玩意儿！"

"常胜！你说谁下三滥呢，我有什么事用你替我扛着。"张彦斌也没含糊，往前一步做出迎战的架势面对常胜。

"我替你扛的事还少吗？当初你带班解决不了的纠纷我接班替你擦屁股，你审查不出来的犯罪嫌疑人交给我，我审查出来成绩算你的。这些都不说，韩婶在车站广场里丢小孙子的事你还记得吧，当时要不是李教硬拍给我让我破案，你背黑锅去吧！你现在还人五人六地装大个，我看你就是记吃不记打。"

这话说得太狠了，如同早年间义愤填膺的"揭老底战斗队"当着众人的面一层一层地撕张彦斌的脸皮，就连坐在旁边的李教导员也感觉到脸上有点发热。张彦斌的脸更是挂不住了，他气急败坏地指着常胜说道："你，你别胡说八道。我是你的主管副所长，你当着这么多所领导的面信口雌黄满嘴喷粪，你这是诬蔑上级不尊重领导，不服从指挥！"

"你这个德行还想让别人尊重，一边待着去！"常胜说道。

"我，我他妈的处分你！"张彦斌此时做出个极端不理智的举动，他想挥手加大自己说话的力度，但是他离常胜的距离太近了，这个动作实实在在地打到了常胜的胸前。常胜没想到张彦斌会朝自己动手，他一个趔趄退到大刘的办公桌前，本能的反应让他顺手操起大刘的茶杯。就在这个时候，旁观的"长老们"醒悟了，再不阻拦就真的变成武侠片了。大刘猛地站起来喊道："常胜。你想干嘛！把杯子给我放下！"

喊声惊醒了盛怒中的常胜。屈辱、背叛、不理解和不被信任，多重情感交织在一起让他无处发泄。他如同暴怒的狮子猛地举起杯子朝地上砸去，"咣"的一声，茶杯如天女散花般四分五裂。

"我请求调离狼窝铺驻站点，我不干了！"

说完这句话，常胜在众人惊愕的目光下推开门冲出去，连后面大刘不住地叫喊着"常胜你给我站住！站住！"的声音都没有听见。

屋子里的人都愣住了，谁也搞不明白原本应该平静的所务会，怎么会在瞬间变成现在的火爆场面。小于知趣地跑出去拿来扫帚和簸箕打扫着满地狼藉，张彦斌则气鼓鼓地朝大刘和李教导员说道："刘所，李教，你们可都看见了。常胜这是典型的无组织无纪律，目中无人不服从领导不听从指挥。我请求所里上报公安处，对他这种行为给予严肃批评和严厉的处分！"

大刘和李教导员相互看了一眼，都没有作声。

常胜顶着一脑门子的官司揣着一肚子的火气冲出所长室，头也不回径直地走出车站，路过老胡的门脸店面时连人家向他招手，喊他进来歇会儿都没听见没看见，自顾自地上了公共汽车，坐了两站才发现坐反了。他下车走回到对面的马路上等车时看了看手机上显示的时间，很快就要到放学的时间了，他想起自己的儿子常勇，自从去了狼窝铺驻站已经好久没有去接孩子放学回家了。

公共汽车站在小学两个路口以外，这个地方以前常胜最熟悉。当初把儿子常勇送到这所平海中心小学是周颖的主意，她的观点很明确，中心小学师资能力高设施一流校舍一流，教育出来的孩子也肯定是一流。看看每年小升初的业绩就能说明一切，再看看学校周围的环境，地处市中心幽静的地带，文化氛围浓厚，这样的学校里培养出来的孩子不上重点中学、名牌大学才怪。常胜同意了周颖的看法，可小看了孩子的顽劣和反叛，结果是三天两头让老师请家长，请得周颖都不好意思去挨老师的教育了，两人最后经过商量，决定把这个荣誉落在常胜头上，反正男人脸皮厚经得起数落。所以，常胜每隔一段时间就得来一趟学校接受再教育，这个公交车站就是常胜经常下车步行到学校的站点。

学校周围几条街的环境常胜都烂熟于心，就连接孩子的家长们经常把车停在哪个位置他都清楚。今天没赶上堵车，他到得早些，看着校园外三两成群准备接孩子的人们，他没像以往那样凑过去和人家闲聊，他也没那个心情，索性在附近的几条接上溜达起来。

街边上基本都是家长停放的车辆，一个挨着一个没有规则地排列着。无聊中的常胜边走边在心里默念起路边的车辆和车牌照号："这个是速腾，平56710，那个是宝马，平66478，这个是宝来，平33529，这个是……周颖的车！"周颖的老款威乐就停在一辆奥迪的后面。自打孩子到中心小学上学，他和周颖两口子一起来接常勇的时候屈指可数，经常是周颖下班接孩子，两个人都没时间，姑姑常虹才来接常勇。这个时候看见周颖的车，常胜自然很开心，他忙凑过去向车里张望，车里空空的没有人。"也许是在附近的咖啡馆里坐着耗点儿呢。"常胜心里想着，脚底下转向，朝另一条街上走过去，他知道周颖有着咖啡阅读书报的习惯，而邻街就有一家精致的咖啡馆。

咖啡馆的名字叫"五月花"，位置正好坐落在街道的中间。常胜兴冲冲地奔着这家咖啡馆走过来，刚来到临街的窗户边上时，透过橱窗，里面的一个情景让他猛地停住脚步，两只眼睛也如灯笼般瞪了起来。他看见在橱窗里的周颖正和一个年纪相仿的男人相对而坐，那个男人的手放在周颖的手上，而另一只手正抬起来去抚摸周颖的头发。

事情的发生总是出人意料，不要说在窗外的常胜感到惊诧，就连坐在桌旁的周颖也有点不知所措。周颖对面的男人是她警校时高年级的师兄，现在是平海公安局宣传处的处长，叫王昌平。毕业后，他们相差不到两年来到平海市公安局工作，因为是警校的同学又有学兄学妹的关系，所以王昌平在许多事情上给予了周颖帮助。就连当时儿子常勇选择学区进入中心小学，王昌平都找人托关系联系。周颖对这个学兄除了感谢就是敬佩，自然会有一些正常的好感，可王昌平却怀着另外的心思。原来王昌平在仕途上一帆风顺，可个人生活上却是不怎么和谐，也许是因为职业的关系，也许是因为个性太强，他和自己老婆离婚之后始终没有再结婚。这期间也有人给他介绍过不少女朋友，但不是相处几天不欢而散，就是聊着聊着没了下文无疾而终，这其中有一个他无法言明的缘由，那就是他每每总是拿周颖当标尺来衡量对面的女人。

虽然周颖人到中年却天生地端庄秀丽，再加上那骨子里透出来的书卷气和任劳任怨的性格，在外人眼里看来就是典型东方优秀女人的组合体。周颖工作上认真且有担当，对上级负责任对下级宽厚谦和，这样的女人打着灯笼都不好找。有时候王昌平会暗地里抱怨，像周颖这样的女人怎么会落到一个铁路公安的小民警手里呢？看起来当时不是周颖吃错了药，就是这个小子使了什么阴谋诡计，以至于周颖能这么死心塌地地跟着他过日子。王昌平不是傻子，他懂得不能主动去破坏别人家庭的道理，更何况自己还担任着领导职务，更不允许他干出第三者这样的事情。但是他可以慢慢地接近周颖，用各种办法赢得对方的好感，同时等待她自己后院起火然后再展开追求。他断定周颖和那个小民警不会有太多的共同语言，即使两人能勉强生活在一起也不会幸福。于是他有意识地找个机会和平海北站的李教导员建立起联系，不经意间打听常胜的工作状况，当得知常胜和周颖两人现在的状况后，终于忍不住向周颖发起攻势。

各种巧合都可以安排，况且他自己的孩子也在中心小学就读呢。于是他借放学接孩子的机会和周颖在咖啡馆碰面，聊了几句闲白之后，他拿出早已准备好的一副镶钻的耳环，边一把拉住周颖的手边想拂开她的头发给她戴上。这个举动让周颖始料不及，她想抽出手去却被对方紧紧抓住，想躲开对方伸出的手却又没有空间，正在这个时候，一声暴喝震得满屋乱颤。

"干嘛呢！把手松开！"

随着喊声，常胜已经一把抓住了王昌平的手，另一只手指着对方的鼻子说道："你是谁啊？敢动手动脚的！"

王昌平被突如其来的冲击吓了一跳，当他看见穿着警服的常胜时瞬间明白了一切。这个人也许就是周颖的丈夫吧，看上去最多是个不出彩的小警员。不知是出于什么原因，他做出了个愚蠢的举动和解释，站起来挣开常胜的手说："把手拿开，你是哪个单位的？没看见我们在谈事情吗？"

"你会说瞎话吗？谈事情拽着我媳妇的手，我看你是想谈谈怎么住院吧。"常胜抑制不住心里的火气抬手就要打过去，没想到手在半空中被周颖的胳膊紧紧地抱住。

"常胜，他，他是我同事。"周颖急切地想和常胜解释，可说出的话却是那么地苍白和无力。

"你给我闭嘴！"常胜使劲想挣脱开周颖紧抓住自己的手。

179

"周颖，这就是你丈夫吧，你看看他就是这个样子，难怪人家都反映基层民警素质低……"王昌平也不知道是平时说话就这个毛病，还是想挑起周颖对常胜的反感，可他竟然忘了自己置身何地。果然，这句话一出口他就觉得自己飘了起来，而且所有的景物都随着自己的飘移急速向后飞驰而过，等他明白过来的时候，屁股已经挨到了地上，并且在地板上滑出去老远。

常胜挣不开周颖的手，抬腿结结实实地给了他一脚。

王昌平挣扎着站起来还想往上凑合，这时周颖已经挡在常胜的身前冲他大声喊道："王昌平，你想让我爷们儿真打你一顿吗？还不快走！"

看着王昌平屁滚尿流地跑出咖啡馆，常胜猛地甩开周颖说："你干嘛拦着我？你跟他是什么关系！"

周颖："常胜，你要相信我，咱们回家说……"

常胜："不行！就在这说，这个人是谁？他和你什么关系！"

周颖看着眼前暴怒的常胜和咖啡馆里人们惊讶疑惑的目光，她忍住羞愧和难过朝常胜说道："常胜，我和你生活这么多年你应该了解我，我一直忠于自己的爱情，忠于家庭，忠于你，请你不要在这个场合让我们都难看。"

"我他妈的……我找那个孙子去！"常胜说完话转身就要往外冲。

"常胜你站住！"周颖再次站到常胜的面前说，"你现在穿着警服呢，你是个警察啊！"

常胜猛地怔住了，直到周颖冲出咖啡馆他才醒悟过来。等他追出咖啡馆的时候早已看不到周颖的影子了。

常胜带着儿子常勇回家的时候桌上已经摆好了饭菜，他问老娘周颖回来了吗？老娘回答说："周颖不回家谁给你做饭吃。"常胜又问周颖人在哪了？老娘说："做完饭不舒服在屋里躺着呢，你去看看是不是生病了。"常胜哼了一声让常勇先去吃饭，然后朝卧室走过去，可走了几步又停下来，他不知道怎么去和周颖说，也不知道怎么开口。本来自己好像很有道理发火的事情，可他就是发不出来，归根结底是周颖的话深深地打动了他："我和你生活这么多年你应该了解我，我一直忠于自己的爱情，忠于家庭，忠于你。"在他的心里，无论和周颖怎么较劲如何使性子，都没有想到过要背叛对方，也没有想过要放弃这段感情，就算是他对周颖平时的埋怨和调侃，也都属于夫妻双方拌嘴的范畴里。但今天这个如"天外飞仙"般的遭遇让他无法平静下来。

周颖最终没有出来吃饭，常胜收拾完碗筷让常勇去复习写作业，自己静静地坐在厅里，手里不停地揉搓着那只口琴。他想起和周颖初相识的样子，想起两人约定的鸿雁传书，想起来他给周颖用口琴吹奏《月亮代表我的心》时她双颊泛起的红晕，想起来这么多年周颖对家对老娘的关心和照顾。这一段段对往事的记忆让常胜无论怎样也不相信今天的情形。"是不是我在狼窝铺山里撞邪了？"这个念头一闪现立即又被他推翻，自己在山里的这段时间里虽不能说是水乳交融，但也和周围的人们打成了一片，他已经感觉到狼窝铺需要有他这样一个人。可是，家里边也需要有他这样一个人啊。

常胜的脑子有点混乱，许多影像如碎片一样地在眼前掠过，最终这个碎片在周颖和王冬雨两人身上定格。常胜使劲眨了眨眼睛，感觉还是模糊不清。他不由自主地把口琴放到嘴边，缓缓地吹出了那首《鸿雁》。随着悠扬的旋律，他感觉自己眼前的景物清晰了，王冬雨这个清新单纯小妹妹的形象离自己越来越远，而那个端庄秀丽的女人却款款地靠近自己身边，他知道那个人就是周颖。

　　周颖是被常胜用口琴吹奏的《鸿雁》打动了，从这如歌样的倾诉里听到了常胜的声音。她从卧室里走出来，想像以前那样坐在对方身边听他吹口琴，毕竟两个人已经很久没有这样的浪漫气氛了。常胜也看到迎面走来的周颖，就在他用力吹完最后一个音符，口琴离开嘴边想开口的时候，忽然感觉周颖的身形晃动了一下。他想伸手去拉住对方，结果自己却被再一次的晃动摇得跌坐在椅子上。

　　"常胜，地震了！"周颖惊愕地说道。

第十二章

周颖说得没错。这次能让平海感受到震感的地震，它的震源在1700多公里之外的青海，震级达到7.3级以上。

夜晚的山路真是不好走，山道上没有城市里公路两侧的照明和指示牌，也没有往来交会的车辆和灯光。常胜把蓝白道的警车所有的灯光全打开，全神贯注地把握着方向朝盘狼窝铺开去。此时常胜心里复杂得像那个山货编篓，横缠竖绕搅和在一起。他说不清是周颖接到了局里的电话赶忙去开紧急会议，临出门时把那个装满换洗衣服和钱的背包放到桌上，只说了句"你要回去，路上一定注意安全"，还是他潜意识里惦记着狼窝铺车站的驻站点，那面由他升起来后从没降下过的旗子，还有托付给王冬雨、赵广田照看的赛驴，还有山里的那些人们。总之，他给妹妹常虹打了个电话托付一下家里，然后跑到平海北站开着车直奔驻站点。

狼窝铺之所以能有这个四等小站，是由它特殊的地理环境和车站附带的货场决定的。当初因为周转物资和战备的需要，铁路方面将离城市较远，能吞吐转运的货场设置在这里。其中有一个重要的因素，就是在其他货场呈现饱和状态时，狼窝铺担任分流和周转的功能。这个功能平时显现不出来，但如遇重大自然灾害时狼窝铺的货场就会热闹起来。而保护运输货物安全的责任，是驻站公安民警重要的职责。

熟读驻站条例的常胜自然明白这个道理。

常胜回来没有直接去车站办公室和值班人员碰面，而是先来到自己的驻站点。屋子里的赛驴见常胜回来连忙跑过来昂起头盯着他看，常胜习惯地用手抚摸一下赛驴的头和脖子下面茸茸的毛，然后指着门外说道："赛驴，放风了，跑一圈回来！"这是他每次给赛驴强制性的指令，赛驴听到命令扭身冲着货场方向跑了出去。

桌上的座机电话铃声急促地响了起来。常胜放下手里的背包一把抄起电话说："你好，狼窝铺驻站点常胜。"

"常胜，我就知道你在！你看看你的手机，我给你打了多少次电话。"电话里传来所长大刘的声音，常胜掏出手机看屏幕上显示着十几个未接电话，"你到了就好，到了就好……"

"刘所，手机静音没听见，我刚到狼窝铺你电话就追过来了。"

"常胜，你肯定是没看电视也没听广播，告诉你，青海发生了大地震。你这段时间一定要坚守在狼窝铺车站，按照惯例很快就会有众多救灾物资在这里中转，种类繁多，物资庞杂，你得把这个阵地给我守住。"短短几句话，大刘连续说了四个"你"字。

常胜顿了一下没有立即回答，其实他本来想说"没问题，一定守住狼窝铺这个中转枢纽"。可是话到嘴边又咽了回去，所长室里发生的事情还历历在目，让他一时不知道如何表达。

"怎么了？哑巴了？说话呀！"大刘焦急地询问着。

常胜咽了口唾沫对着话筒说道："我也是没脸没皮没志气，刚在你那里说完不干了，这不又颠颠地跑回来了吗。"

大刘在电话那端沉默了一会说："兄弟，嘛话也别说了。我知道你是只老鹰，落到哪里都占地方，落到哪里乌鸦麻雀檐末虎之类玩意你都能镇得住。先把别的事情都放下，也别跟我提困难提要求，给我守住狼窝铺车站。"

"行!"常胜就这么简单地回答了一个字。

"家里边有什么困难直接说,我和李教导员负责安排照顾。"

常胜撂下电话就去抓武装带和警棍,不一会儿的工夫穿戴整齐了。他对着镜子照了照整理好警容,然后走出门口冲远处打了个呼哨,老远就看见赛驴像箭一样地飞奔过来。常胜抚摸了一下赛驴的脑袋,看着它黑黑的眼睛里闪出的亮光轻声说道:"赛驴,要打仗了,到时候你可得给我警醒点。走,跟我去车站!"

车站会议室里灯火通明,郑义和贾站长正在招呼着车站的几个党员骨干准备开会,看见全副武装的常胜推门走进来,急忙站起来迎接。常胜摆摆手拉过把椅子坐下说:"不管你们开是党支部或者是业务上的会议,我都要求列席一下。贾站长、郑书记,你们俩没意见吧?"

贾站长和郑义相视一眼说:"我们欢迎常警官来参加会议。不瞒你说,刚才还让人去驻站点叫你呢,可是你没在。现在来了正好,咱们也效仿人家开个联勤会议吧。"

郑义说:"对,我们也是刚接到办事处的通知,正好大家开会商量一下。"

来狼窝铺这么长时间,这是常胜第一次正襟危坐地参加车站的会议。但凡是属于铁路的部门和单位都有这么个惯例,那就是半军事化管理,每个部门都遵循着严格的纪律和时间观念。如果仔细想一下,对于铁路这个庞大的交通运输行业,没有严格的组织纪律性,没有准确的时间观念,那还不真应了一句俗话"煎饼果子翻车——乱套了"吗。其实以前车站开会从来没有招呼过老孙参加,虽然作为驻站公安老孙有这个列席的权利,但属于有你不多没你不少的范畴。可是这回常胜却像模像样地找了个显眼的位置坐下了,这个架势在参加会议的人们眼里看来不像列席，倒像是主持会议一样。

贾站长传达了平海铁路办事处的通知，总体的意思是让狼窝铺车站做好抗震救灾的准备，具体点是做好调度、运转、货场吞吐的预备工作，实施承接中转、转运救灾物资的预案。贾站长说完通知，指着狼窝铺车站、货场的平面图进行了一系列的业务分工，你还别说，看着平时嘻嘻哈哈的贾站长安排起工作事项来却有条不紊思路清晰，听得常胜都不由得暗自佩服，不愧是老业务虫子，像隐在树叶里的螳螂，寻常看不见，看见就龇牙。贾站长说完之后，大家伙都把目光聚焦到郑义身上，郑义清清嗓子说："我补充两点，一个是咱们狼窝铺除去4481次旅客列车以外，现在又增加了两趟客车的停点，客运人员虽然不多但也要加强值班，随时准备着参与货场的工作。第二是为了加强值班力量，从现在开始全体人员改成两班倒，二十四小时一轮换。我和贾站全天候值班。"

郑义的话刚说完，屋子里的人都不言声了。常胜心里很清楚，郑义这是玩人海战术。可话又说回来，按照狼窝铺车站的编制就算是改成两班倒，一个班也超不过二十个人，正常的一个四等小站这个人数没什么话说，可要面对接踵而来的繁忙工作就会显得捉襟见肘。"常警官，你说两句吧。"随着郑义的声音，人们又把目光集中在常胜的身上。

常胜先从口袋里掏出烟卷给在座的人轮流发了一圈烟。这是他平时和工人老大哥套近乎的习惯，狼窝铺车站职工基本上都抽过他的烟。看着大家都点燃了香烟他才说道："我不懂车站调度运转这些业务，但我知道从今天开始大家肯定是很辛苦，其实我也挺辛苦的，你们值完班能回家我回不了，这段时间我肯定就像用焊枪焊在这里一样。不信你们下班回家转天上班来看，看见'狼窝铺车站'五个字准还能看见我。"这个开场白让在座的人们脸上有了点笑容，他自己也苦笑了一下抽了口烟继续说："刚才贾站长和郑书记都说了，也都有了分工，你们能分工我可分不了，我就自己一个人。所以在工作中还请大家多支持，多帮助我。"

在获得了几声人们"没问题""肯定支持"的回答后，常胜转过脸来朝贾站长和郑义说道："二位领导，我有个想法提出来看看能行吗？"

贾站长和郑义同时点头说："你提吧，只要我们能办的都行。"常胜笑笑说："我提议咱们办个职工食堂。本来我平时吃饭就凑合，可你们车站这边也不开伙，大家上班值班不是从家里带饭要不然就是泡方便面。一天两天还行，可是时间长了受不了，所以我给你们提个建议，咱们办个职工食堂。"

这个提议让满屋的气氛活跃起来，大家都开始议论食堂这个话题，郑义皱皱眉头说道："你这个想法以前我和老贾商量过，咱们狼窝铺车站的确是应该有个职工食堂。可眼下也有实际困难啊……"

"没地方还是没钱？"常胜不解地问道，"要说没地方，车站闲置的房子收拾出来一间不就可以吗，没钱可以大家凑嘛。"

郑义连忙摇摇手说："不是没地方也不是没钱，关键是人啊。你看看咱们这帮人里面谁像会做饭的样？就算是会做能做还要采买收拾，咱还得上班工作呢。总不能抽出一个人来专门管做饭吧。"

郑义这番话说到裉节上了。常胜沉吟了一下，忽然眼前一亮说："咱们自己没有人做饭管食堂，雇个人总行了吧。"

贾站长听罢点点头说："这个办法好是好，可就是……"

郑义则摇摇头说："往哪里找人呢？村民们都有自己的事情不会愿意来做饭的，再说做的饭菜兴许不适合大家的胃口呢。"

办个职工食堂的议题搁浅了，可常胜还是有点不死心，他等到散会后单独叫住郑义和贾站长问道："两位，我听出来你们话里有点味道不对，是不是车站以前开办过食堂，雇过村民做饭呀？"

郑义点点头把目光瞥到贾站长脸上说："常警官，这事你得问老贾，当时我还没调过来呢。"

贾站长叹了口气说："以前车站是有过一个职工食堂，也是从狼窝铺村里雇的村民做饭。可没几天咱的职工就不干了，说村民做的饭像喂猪，干的稀的都往一个锅里搅和。我也观察了两天，结果发现问题更大。"

"怎么了？不至于给你们下药吧？"常胜用略带调侃的口气问道。

"下药倒没有，不过把食堂里的东西搬回家倒是经常的。"贾站长无奈地撇撇嘴说，"那个时候村里也不富裕，所以就拿车站里的东西，一个月下来除去给工钱支出，伙食费都够养活几圈猪了。更甚的是我们有时候吃得还不如猪呢，你说说，还怎么开伙做饭？"

贾站长的话把常胜逗乐了，笑过之后他忽然间像想起什么似的朝贾站长挤挤眼说："我想起来一个人选，素质高有文化能说会道会算账还挺财迷，手脚麻利饭菜做的也能凑合吃，关键的是她不会往家里搬东西。"

"你是说……"

常胜看着贾站长朝郑义努努嘴说："你再仔细想想这个人选。"

贾站长真不愧是老江湖，瞬间明白了常胜的意思："噢，你是说王冬雨王主任吧，她能行吗？就算能行她也不见得会做饭呀。"

"她怎么不会做，平时学校里上学的孩子们吃午餐都是她给做。"一旁的郑义忍不住插嘴说，"再说她不也给常警官做过饭吗。"

常胜点点头说："车站要是同意这段时间把食堂办起来，我就找王冬雨说说看。让她暂时先帮忙，在咱这里连孩子们的饭一块做，还能给学校省点钱。咱们值班加班的人员也能吃上热乎的饭菜，一举好几得。"说完这话，他朝郑义挤挤眼，弄得郑义有点不好意思，急忙把眼神挪到窗外。

车站办食堂这件事定下来了，贾站长和郑义都让常胜去找王冬雨商量。原本以为提出来这个事情王冬雨会和自己讨价还价，没想到对方竟满口答应下来，这个结果有点出乎常胜的意料。

"你不再想想了，或者提出几条无理要求什么的？"

"我有这么胡搅蛮缠吗？再说你开出的条件都很合理，我干嘛不答应呀。"王冬雨一本正经地看着常胜。

"你不嫌车站给的钱少？"

"差不多就行了，主要是能供得上开销就好。"

"去食堂做饭不会耽误你上课吧？"

"不会，和张校长与其他老师调整下课时就行。"

请狼窝铺小学教导主任王冬雨来车站食堂这件事就这么敲定下来。王冬雨果然手脚麻利厨艺不错，第一天收拾好厨房灶具起火做饭就让大伙吃了个盆干碗净，并且很多菜品都是就地取材，山蘑菇炒肉、大葱木耳烩豆腐、鸡蛋炒西红柿外加个菜叶汤。车站职工们都赞不绝口，表示以后不带饭了，不仅不带饭还得让自己家的媳妇到狼窝铺来学习。常胜没忘记学校里的孩子，每次王冬雨把饭做好后他都让赵广田骑车送过去，还特意嘱咐给他的老娘送去一份饭菜。

事情的发展如预料中一样，狼窝铺车站刚做好准备工作，大批量的转运物资蜂拥而至。这其中有救灾物资也有平时储运的货物，整个货场都被排列得满满当当，成列的车皮停放在铁道上等待分解、结合再编组发出，老远望去黑压压的一大片。

常胜像风车似的转动起来，每天巡查线路回来把车交给赵广田冲洗，然后又马不停蹄地牵着赛驴奔向货场巡逻。这个节奏看得王冬雨、贾站长和郑义都有点眼晕可又帮不上忙，只能是把预备好的饭菜多热几遍，等着他巡逻回来吃。其实常胜这么连轴转似的巡控，是因为他有种无法言明的隐忧，而且如梦魇般时时困扰在他的心头，那就是隐匿在这里的那个货盗团伙。虽然上次他设计抓了几个盗窃嫌疑人，公安处刑警队也根据线索抓获多名盗窃人员打散了这个团伙，可毕竟没有连根拔掉，团伙主犯还在逍遥法外。别的不说，赵广田家里的猪被人毒死这件事就能说明问题。车站此时停放着这么多救灾物资和货物，货场又是个敞着口的大仓库，谁能保证这个时候盗窃团伙不见财起意，把手伸向这些货物呢？

他的担心不是多余的，连着两个晚上在巡视货场时赛驴都竖起耳朵，向着远处在喉咙里发出呼噜、呼噜的声音。常胜知道这是赛驴发现了可疑的目标，但当他们来到此处时却没有任何踪迹。他认真地勘查了现场，没有发现遗留物和明显的痕迹，但从杂乱的脚印和踩倒的草丛上看，这个地方确实有人来过。常胜试着从这里朝远处望去，猛然发现整个货场几乎尽在眼底，假设有人拿着个高倍望远镜从这里张望，就能清楚地看见每节列车上的货物编号。

常胜在心里确定这个地方是经过精心选择的，从窥视的角度上来说，它便于隐蔽机动性强，有个风吹草动就能尽早溜号。也许是对方早就看见他带着赛驴寻过来，但人家却不慌不忙地消除掉痕迹从容撤退。印证这个观点的证据是附着在草丛上的点点烟灰，还有通向路边的那条踩踏出来的小道。"看来真是有人惦记上货场了，他们在暗我在明，得想个招……"他找到贾站长和郑义将这个情况详细地说了一遍，然后问他们能不能想个办法增加盗窃的难度。

"常警官，我没听明白你这话的意思，增加盗窃的难度？"贾站长疑惑地看着常胜问道。

常胜说："按照偷东西做贼的心理，肯定是哪个轻便易于搬运、哪个价值高好变现才偷哪个。况且这帮家伙对铁路上的物流还很熟悉，他们能认出来车皮里装的什么货物。所以我想能不能在列车调度上下点功夫，把药品、营养品、食品、医疗器材还有简易帐篷之类的货物往货场中间的股道上摆，把粮食、煤块、大电器这样的东西摆在外层。这样即使发生盗窃活动，也不便于他们向外搬运。这就是我说的增加盗窃的难度。"

贾站长听罢皱起了眉头，他看了看墙上挂着的货场平面图说："这么做不是不行，但调车作业的程序和难度就增加了，而且整列车的分解编组也会增加难度。得考虑考虑……"

常胜语气坚定地说："防患于未然还是必要的，我的建议如果能做到，还请贾站和郑书记支持。"

在旁边一直没搭腔的郑义此时走过来说道："老贾，我觉得常警官说的有道理，这些物资种类繁多数量庞大，都聚集在狼窝铺车站，安全是最重要的。咱们给调度和工务两个部门做做工作，尽量按照常警官说的办。另外也要增加一下货场的照明，便于调车作业，我负责找电工把坏损的灯修理好。"

贾站长沉吟一下终于答应了，常胜则向郑义点点头投去感谢的目光。

王冬雨答应来车站食堂做饭纯属是为了接近常胜，这和当时常胜想撮合她与郑义重归于好的想法背道而驰。王冬雨是个敏感的女孩，她能从常胜的眉宇之间读出他的心理活动，尤其是常胜这次从市里回来，她能感觉出对方言谈举止中流露出来的烦躁和郁闷。虽然她也借送饭的机会几次进行了试探，可都被常胜顾左右而言他地顶了回来，这也让她心里更不舒服。这种不舒服转化成了打击郑义的负能量，面对郑义三番五次的献媚她都置若罔闻。有一次郑义来食堂吃饭顺口说了声"饭菜真好吃",这本来是句捧臭脚的好话,王冬雨却把盆里剩下的菜都装到一个碗里递给郑义,告诉他"好吃你都吃了吧"。弄得郑义看着一大碗的折箩直愣神儿,不知道怎么下嘴。

连着十多天过去了,车站和货场的忙碌景象有增无减,人们都被繁重的工作拖得疲惫不堪。常胜虽然也是满脸的倦容,但心里还算踏实,因为在这段时间里他所担心的事情没有发生,不仅没有盗窃货物的迹象,就连他纳入视线的那个敏感地点也没有人再去过。常胜有点暗地笑话自己是否太敏感,也太高看了这帮山里的土鳖蟊贼,兴许他们根本没有这么高的智商,先侦查判断然后再制定个偷盗的计划,可能是自己把他们想得高大上了,甚至是有点草木皆兵。想是这么想,可常胜依然没有间断每天晚上的巡视。

天渐渐地黑下来了,山里的夜晚如果没有灯光照明,仅凭着月色是看不清楚任何景物的。在狼窝铺能和村庄里点点繁星样的灯火交相呼应的,就是火车站上的灯光了。常胜照例给派出所总值班室打个电话,按规定报了平安,然后嘱咐赵广田盯着传真电话,如果有紧急情况马上联系自己,刚要出门时看见王冬雨举着个手电站在门口。

"这么晚你不回家干嘛?"常胜问道。

"跟你一起去巡逻呀。"王冬雨回答他说,"省得你一个人不安全,多我个人多份力量呀。"

常胜摆摆手:"你赶紧回家去吧,你跟着我还不够添乱的呢。"

王冬雨把手电筒朝常胜晃悠一下说:"说话别没良心呀,我给你帮了多少次忙啊,怎么成给你添乱的了。别用人朝前不用人朝后的,你是不是非挤对我找你要账你才高兴呀。"

常胜急忙说:"得,得,我惹不起你王主任。你愿意跟着就跟着吧。"

王冬雨对常胜在心里有一股说不出的滋味。她喜欢常胜，喜欢他男子汉说干就干义无反顾的脾气，喜欢他不拘小节爽快洒脱的做派，还有时不时从他嘴里流露出来的那些俏皮的语言。俗话说得好，不怕不识货就怕货比货，常胜这样的男人形象是她从来没有接触过的，如果用他和自己周围的男人们一比较，不用说话，常胜的各种优势立即显现出来。王冬雨是新潮的女孩子，她敢于暗示也敢于表白，更敢于争取。虽然他爸爸王喜柱明里暗里说过很多次，让她别有事没事地总跟常胜叔叔腻乎，但她根本就没往心里去。让她懊恼的是，自己热情洋溢的落花有意，每次都让常胜的装傻充愣变成了流水无情。

两人带着赛驴在手电光的照射下一前一后地向货场方向走去。走了一段路，王冬雨忍不住说道："常胜，快到货场了吧，前面闪着灯光的地方就是货场吧。"

常胜边走边说："是，这个得感谢郑义，最近货场里车皮这么多而且流动量大，是人家叫电工把以前不亮的灯泡和照明都恢复了，既方便工人干活又方便我巡视检查，要不然哪能看得这么清楚呢。"

"哦，他还能办点好事呀。"王冬雨不屑地回应着。

"冬雨，你干嘛总对人家郑义这种态度呢？"常胜停下脚步回头朝王冬雨说道，"就算是他可能在以前做过对不起你的事，但人家现在对你挺好的。关键是还能跑到山里来上班，说心里话，像你们这样的有文化、有学问的人能主动来山里工作、生活我挺佩服的。"

王冬雨看着常胜的眼睛略带调侃地说道："哟，常警官什么时候这么正规了。瞧你这话说的，腔调有点像我上大学时的教务主任。"

常胜："你看你这个人，我跟你好好说话你又挤对人，是不是咱俩说话非得戗着来，回回烟熏火燎的你才觉得带劲呀。"

王冬雨摇摇头说："我不是这个意思。我是说你不了解郑义这个人。你别看他天天谦逊有礼也很支持你工作，其实他内心里并不看重这里。他看重的是钱和权势，这点我比你了解他。"说完，她幽幽地叹了口气，这个情形在常胜看来倒是很新鲜，他是头一次看见这个爽朗飒利的王冬雨有如此表情。虽然有点早在意料之中，但现在听起来还是感觉有些微酸，也让他找不到合适的话来宽慰对方。原本提出叫王冬雨来车站帮忙做饭是想让郑义和她融洽关系，可谁知道来了个弄巧成拙，郑义在王冬雨的眼里是那么地猥琐不堪。

"哎，你们警察管犯过错接受过处罚的人怎么个叫法？"王冬雨冷不丁地问了常胜一句。

"噢，那个叫受过公安机关打击处理。"常胜不假思索地回应道，"你问这个干嘛？"

"那接受过教育不思悔改再犯错的呢？"

"累犯。"

"嗯，他在我这里就是累犯。所以你别打让我们能和好的主意。"

王冬雨说完这句话，常胜又没话了，两个人默默地走进了车站货场里。常胜不经意间抬头扫了眼停放在铁道上的车厢，车厢上的编号引起他的警觉。他不由得靠近车厢门口的连接处，举起手电借着灯光观察车门上的铅封，铅封上标明车厢里装的是药品。他又朝前看了几个车厢的铅封，不是药品就是医疗器材，他再仔细辨认一下车厢停放的位置，是紧挨在铁道边的地方。"这是怎么调度的，不是说好贵重的车皮往道里边摆放吗？"常胜边琢磨着边掏出手机拨通车站的值班电话，本来他想找郑义询问情况，接电话的却是贾站长。

"常警官，你说的这一列车皮今天晚上就编组拉走，放在外道是为了调车的时候方便。"贾站长在电话里回答着常胜。

"贾站长，整列拉走的时间是多少？"常胜问道。

"不会超过二十三点。"

"郑义郑书记在吗?"

"哦,他今天家里有点事回市里了。"

挂断电话,常胜朝身边的王冬雨说:"你先回去吧,这列车要到十一点才能走呢,我得盯着点。"

王冬雨摇摇头:"我还是陪着你吧,省得你太晚回去饿了没人管饭。"

常胜刚想找个借口拒绝王冬雨的好意,突然间他感觉周边黑了下来。这个瞬间的变化让王冬雨浑身颤抖了一下。货场里的照明灯光灭了一大半,而且都是在靠近停放车厢的外道边位置上。这个突如其来的情况让常胜的心猛地紧缩一下,他马上又拨通了贾站长的电话:"贾站,货场这边的灯怎么一下子灭掉好多啊,你看看是不是掉闸了。"

"没有啊,我这调度室里显示都是正常呀。"

再次挂断电话的常胜心里涌起股不祥的预感。他急忙拨打驻站点里的电话,可是,铃声响了十几次就是无人接听。

其实他不知道,此时的赵广田已经像粽子似的被捆在屋子里不能动弹,捆绑他的人就是这个盗窃团伙中的歹徒。他们觊觎车站货场已经有一段时间了,目标就是那批救灾物资中的贵重药品和医疗器材。这个团伙兵分几路,有的去破坏照明设备,有的准备撬车门走货,有几个人则跑到驻站点绑住了赵广田。常胜的预感应验了,只是他想不到的是,自己即将面对的是一个十分凶残的货盗团伙,他们为了对付常胜和警犬赛驴,已经早早地准备好了工具和凶器,一场隐匿在夜色中的较量就要拉开帷幕,只是较量的双方力量很不均衡。一方蓄势待发磨刀霍霍,一方还茫然不知危险的临近。

常胜的大脑飞速地运转着,就眼前发生的情况推断,今天晚上极有可能会发生案件，但有可能不能作为依据叫所里派人来增援，况且所里的警力长途奔袭赶到这里，如果没有情况岂不是又唱了一出"狼来了"吗？没容他再想得过多，身边的赛驴就做出了反应，它猛地竖起耳朵不时地向远处张望，喉咙里发出轻微的吼声。常胜伸手按住赛驴示意它不要出声，然后拉过来王冬雨小声地说道："你点儿真够背的，怎么我一遇见你就有事呢。"

王冬雨被常胜的表情弄得有点迷糊，也小声地说："我怎么背了？"

常胜指着身后说："你没见赛驴的样子吗，有情况。你现在赶紧从这回驻站点，别再跟着我。"

王冬雨执拗地摇摇头说："不行，有情况我更不能走了，多个人手不是还能多份力量帮你吗。"

常胜还想劝阻王冬雨不要跟着自己，话没出口就看见远处几个黑影闪动而过，他急忙按住王冬雨伏下身子，伸手示意赛驴不要出击。然后慢慢地退到铁道线外面一个废料堆旁边。这个地方是常胜白天就已经观察好的，他们潜伏在这里能借助微弱的光亮看见铁道上的动静。先是一个黑影闪现出来，他借着幽亮的手电光看车厢上的铅封，看过之后又举起手电向远处不停地闪烁。"这是给同伙信号呢。"常胜小声地说道，"看意思还得有两三个人。"但是远处随着手电筒应和的光亮，他不由得把眉头皱了起来。

"一个，两个，三个……"黑影的人数远远超出了常胜的预料。当他数到第十四个的时候，他感觉到握着警棍的手有点湿滑。对方的人太多了，这样的规模对于一个盗窃团伙来说，可以讲是倾巢出动。按照团伙盗窃的规律，这还不是他们的全部，肯定还有两三个人在外面有交通工具做接应。常胜的心提到了嗓子眼，自己最担心的事情发生了。他急忙掏出手机轻轻地拨打派出所的值班电话，接通之后没等对方说话就压低嗓门说道："我是常胜，狼窝铺车站货场发现盗窃迹象，请所里马上派人来增援我。"

"常胜，现在情况怎么样？他们有多少人？"听筒里传来大刘急促的声音。

"十四五个，天太黑，我判断不好。"

"常胜，你给我听着……"

手机里传来一阵阵模糊且断断续续的声音，大刘说的话他一句也听不见。常胜使劲地在腿上拍打着手机，但还是断线了。他举起手机看屏幕，显示屏上没有任何信号发送的模式。

常胜按下电话对王冬雨说道："冬雨，你顺着这条道往回走，赶紧走！"

王冬雨伸出手拽住常胜的胳膊："我不走，我走了你一个人怎么办啊？"

常胜焦急地甩开她的手说："你在这我怎么办，帮不上忙还添乱。我让你走是回去喊人，咱们俩不能都在这看着吧。"

王冬雨："你打电话叫人来。"

常胜："你当我傻啊，电话能打出去我还让你回去喊人干嘛？你快去车站找贾站长，让他带着值班的人过来帮忙。"

王冬雨使劲地摇着头："我不走，你别又像上次似的支开我。我得留下来帮你！"

常胜喘了一口大气，极力控制住自己的情绪说道："你这个傻丫头，让你去叫人来就是帮我。他们一时半会儿还得不了手，趁着这个时候你去喊人，等你带人回来咱们给他来个瓮中捉鳖。快去啊！"

王冬雨被常胜的话打动了，她不错眼珠地看着对方说："你可一定得等着我回来，不要自己去跟他们硬拼呀。"

常胜点点头说："你放心。快去啊！"

在常胜的不住推搡下，王冬雨弯下身子向车站方向跑去。看着王冬雨的身影消失在黑夜里，常胜轻轻地呼出一口气，然后使劲紧了紧腰带，握紧警棍的握把，伸手抚了抚赛驴头上的毛毛小声地念叨着："赛驴，现在就看咱俩的了，你可别给我丢人。"

危机的爆发往往都是呈连锁反应的，此时的常胜如果知道车站那边也陷入了困境，是绝对不会让王冬雨去这个方向求援的。就在他与贾站长通完电话的当口，车站外勤人员风风火火地跑进站长值班室，向贾站长报告，发现几条调车线路上都有"摆障"的情况，摆放的障碍物还是笨重的水泥石枕，而且自动道岔还被人用石块塞住不能运行。贾站长立即把值班和备勤的人员都派出去，排除这几处危及行车安全的险情，这时他已经没有能力再去支援常胜了。

常胜和他的赛驴在漆黑的夜色中变成了一支孤军。

第十三章

常胜与赛驴潜伏在废料堆后面向远处观察着，这十几个人手脚利索地拧开铅封，打开车厢门不停地向下面抛掷着货物，不一会儿空地上就堆成了小山。其中一个人用手电筒向远处画了几个圆，远处立即出现灯光回应。从灯光的照射亮度上看，常胜判断出这是汽车的前大灯。果不其然，两辆农用小卡车从远处闪着灯光，朝着货物堆积的地方开过来。

无论常胜怎么向外拨打手机，屏幕上都显示没有信号的状态。他清楚这帮货盗嫌疑人的装卸速度，照这个样子用不了几分钟就能把这节车皮搬个干干净净，时间在一分一秒地流逝着，两辆汽车已经快要装满了，不能再等了。就算是没有后援没有人来帮助，他也必须出现。因为这是属于他职责范围内的车站，属于他庇护的货场，即使匹马单枪他也不能后退只能冲锋。常胜打定主意后立起身形，手中握紧警棍，把强光手电开到最大挡，冲着正在忙乱地搬运着货物的黑影们大声喊道："警察！都给我停下！你们被包围了！不许动！"

随着这声喊叫和刺眼的手电光，正在搬东西的歹徒们被吓了一跳，有的甚至把肩上的货物都扔在地上。等他们看清楚眼前只有常胜和一只狗的时候，胆子又大了起来，其中一个人冲常胜说道："我知道你叫常胜，是铁路上的驻站民警，今天咱们井水不犯河水，大路朝天各走半边，你睁一眼闭一眼只当没看见，日后兄弟们肯定报答你。"

"早说啊，现在我都看见了，你说怎么办！"常胜沉稳地回答着。

"常警官，算你一份。"

"一份能分多少？你跟我详细说说。"常胜又想把对方带到自己熟悉的语境当中来，尽量拖延时间拖住他们，可是这次并没有奏效。对方显然是明白常胜的用心，不与他纠缠回答得直截了当："钱回来送到你住的地方，你先放我们走。"

"你没说清楚就走不了！"常胜也是一点不含糊。

"姓常的，你别逼兄弟们动手！"这个人的话音未落，十几个歹徒纷纷操起棍子、扳手和长长的刀子朝常胜围拢过来。黑暗中，常胜看见其中两个人手中的棍子前段还挂着软绳圈，这是山里人套狗用的家伙，看来他们连怎么对付赛驴都想好了。

"土里鳖！"常胜突然间一声爆吓，让打头的那个人禁不住浑身哆嗦一下。这恰恰证明了常胜的判断，这伙盗窃歹徒的带头大哥，就是赵广田以前跟自己聊过的外号"土里鳖"的犯罪嫌疑人。

"你他妈的长能耐了！带着几个废物点心拿着几根柴火棍就敢跟我龇牙，知道你面前站着的是谁吗？警察！我再警告你们一遍，放下手里的家伙排成一队向我投降，要不然我就把你打成你的名字！你这个土里的王八！"常胜的声音在黑夜中传得很远，特别有震慑力。

"常胜，你，你别太狂了！"

"不信就试试！"

"就凭你和这条狗？"土里鳖指着常胜用轻蔑的语气说道。

"还有我！"

王冬雨手持着一根棍子，突然冒出来站在了常胜的身边。

"你怎么回来了呀？谁让你回来的啊！"常胜真想把她一脚踹回去。

王冬雨甩了下头发大声地说道："我喊完人了，他们马上就到。"

这句话让人群中起了骚动，有几个认识王冬雨的歹徒悄悄把棍子收了回去。"你们别听她瞎扯，老七他们早就按商量好的计划办完了，现在整个车站里没人能过来帮他们！"土里鳖气急败坏地叫嚷着，"常胜，我再说一遍，赶紧让开道，否则就别怪我们手黑了。"

常胜没有再回应，他只是朝前走了两步挡在王冬雨的身前。他清楚今天的一场搏杀不可避免，既然无法躲避他只有挺身迎上前去。

"弟兄们，给我打啊！"

十几个歹徒举着棍棒和刀子朝常胜和王冬雨冲了过来。常胜往后面推开王冬雨，面向棍棒和刀锋冲了上去。

常胜喊了声："赛驴，奔车上的人咬！"之后，照着前面冲上来的人迎头一警棍，这一棍子削得太狠了，这个人连声都没吭直接倒在地上。常胜顺势又朝着土里鳖冲过去。"射人先射马，擒贼先擒王。"他明白这个道理。厮打声，狗叫声，棍棒互相碰撞的声音交织在一起，在黑暗中撕裂了整个夜空。赛驴忠实地执行着主人的命令，不顾两个拿着绳套人的击打和阻拦，躲闪过他们手中的绳索，敏捷又迅猛地向发动汽车逃跑的人冲过去，吓得他急忙滚下驾驶室，没等站稳就又被赛驴扑倒在地。

常胜平时在露天健身房锻炼的成果现在彻底显现出来。他舞动着警棍左支右挡，围着他的几个人不仅没占着便宜，还不同程度地挨了他好几棍子，其中一个人想从侧面偷袭，被常胜的一个飞踹蹬出去老远，脑袋直接撞到车厢上开了瓢，顿时鲜血直流，吓得他啊啊地大叫。混乱中，土里鳖趁乱想发动汽车，带着货物逃出货场。常胜不顾歹徒们打在身上的棍棒径直朝土里鳖扑过去，土里鳖没想到常胜会直接奔向自己，手忙脚乱中被常胜扑倒在地，两个人扭打在一起。常胜从土里鳖手里抢过汽车钥匙，冲赛驴的方向扔过去，嘴里喊着："赛驴，咬，跑！"赛驴明白了主人的用意，一个飞跃在空中叼住钥匙，落地之后朝远处跑去。

车钥匙没了，汽车发动不了，货物也运不走。顷刻间发生的一幕，让这伙盗贼所有的努力都打了水漂。土里鳖穷凶极恶地拔出匕首朝常胜刺过去，而正和盗贼纠缠在一起的常胜浑然不觉。

可是他旁边的王冬雨却看见了。

"常胜，小心！"随着喊声，王冬雨奋力地推开刀尖前的常胜，土里鳖的匕首扎在了王冬雨的胸口上。血顺着匕首的锋刃喷涌出来，宛如血珀滴滴晶莹，在王冬雨的眼前散开。常胜被眼前的情景惊呆了，这种惊诧转瞬间成为怒火。他奋力挡开打过来的棍棒，一把抱住王冬雨，王冬雨此时已经说不出话来，只是用眼神示意他放下自己，快点离开这里。常胜像一头狂怒的狮子，一只手抱着王冬雨一只手不停地挥舞着警棍，慢慢地退到车厢边上。

盗贼们举着棍子和匕首把常胜和王冬雨围在中间，他们看着目露凶光的常胜，一时间停住脚步不敢上前。"你们他妈的还等什么！做了他们俩，要不然今天咱们谁也跑不了！"土里鳖歇斯底里地喊叫着。王冬雨双手紧紧地抱住常胜，伏在他耳边无力地说道："你放下我，快走……"

常胜看了眼伏在怀抱里的王冬雨，笑着摇了摇头。

他猛地张开嘴，用牙咬住警棍，伸手解开警服上的武装带，然后用力向前甩去展开长度，借着武装带弹回来的力量往身后一背，另一只手接住，绕过王冬雨的身体，把自己和她牢牢地扣在了一起。"我不能丢下你！"这几个动作快速迅猛一气呵成，没给别人任何的反应时间已经完成。

王冬雨惊讶地看着常胜，"你这是干嘛呀……"

"你替我挡刀，我丢下你逃跑，还是人吗！"

"你怎么这么傻呀……这样……谁也走不了啊。"剧烈的疼痛让王冬雨无力解开扣在一起的武装带。

"我绝不丢下你！更不能丢下属于我的阵地！"常胜咬紧牙关狠狠地看着眼前的盗贼。

"上啊！宰了他们！"土里鳖挥动手中的匕首疯狂地叫喊着。

常胜瞪圆了眼睛一只手搂住王冬雨，一只手紧握着警棍大声地喊道："你们他妈的来啊！来啊！！"

这时的常胜早已忘记了疼痛，他像只狮子一样护卫着自己的同类和领地，愤怒地盯着眼前的猎物。王冬雨则紧紧地抱住这头狮子的脖子，眼神里没有丝毫恐惧，荡漾出来的竟是激动的泪光。

山里的风呼啸着掠过狼窝铺车站，伴随着风声，人们听见夹杂着的呼喊声和狗叫声。盗贼们不由得停下脚步四处张望，他们被这个突然炸开的喊叫声惊呆了。他们看见远处通向货场的道路上闪烁着一团一团的亮光，这亮光里有手电筒，有手提蓄电池灯，还有山里人特制的火把，与亮光交相呼应的是高举着的棍棒、铁锨和锄头。再仔细听听这呼喊的声音，分明是在叫着常胜的名字。常胜也被这呼声吸引向远处望去，他看见在亮光和火光中跑在前面的是王喜柱和赵广田，后面是他熟悉的狼窝铺的村民们。这意想不到的情景让常胜喜出望外，他紧紧地抱着负伤的王冬雨说："冬雨，你坚持住，你看啊，咱们的援兵来了！村里的乡亲们来了！"王冬雨努力地抬起头，看着越来越近的亮光，听着逐渐清晰的呼喊声，脸上泛起一丝笑容，晕倒在常胜的怀里。这时，赛驴"汪、汪"地狂叫着，像刮风似的卷着一团沙土跑到常胜的身边，它在完成了主人交给它的任务后，没有躲避和观望，而是跑回来忠实地保护着主人的安全。

盗贼们被眼前这个情景彻底震撼住，竟然呆立在那里忘记了逃跑。人群前面的王喜柱边指挥着村民边大声嚷道："给我包围起来，一个都不许放跑了。敢还手就往死里打，都他妈的给我捆起来。"他虽然命令发布得有点语无伦次，但大家还是正确地理解了领导的意图，不一会儿就把所有的盗贼都五花大绑给捆上了。领头的土里鳖还想趁乱逃跑，刚跑出去两步就被赛驴扑倒在地，没容他再翻身爬起来，就让追赶过来的人们按住捆了个结实。

王喜柱看见常胜怀抱中的王冬雨身上的血迹，急忙跑过来想问个究竟，常胜朝他喊道："大哥，你快点让人报警！我马上送冬雨去医院！"

县城医院的急诊大夫几乎是被常胜押着跑到急诊室的，当他看见王冬雨的伤势之后，二话没说马上让护士做好准备进行手术。医院的走廊里，焦虑的常胜不停地来回踱步，如果不是墙上贴着禁止吸烟的牌子，估计他早就抽下去半盒香烟了。手机这个时候信号倒畅通了，派出所打来的，车站打来的，还有狼窝铺村里和他熟悉的人们打进来的，把他的手机打成了询问热线。常胜一遍一遍地对着话筒复述着同样的话，最后手机终于没电了，他才像只疲惫的老鹰一样收拢了翅膀，靠在墙边的椅子上坐下来。

"伤者的家属在吗？"急救室的门打开了，里面传来护士的喊声。

"在，我在了！"常胜和王喜柱几乎同时答应着急忙跑过去。

护士手里举着几张纸对他们说："伤者失血过多需要立即输血，现在医院里没有了，得去县城中心血库去取，你是家属马上去一趟吧。"

常胜急忙问道："护士，中心血库离这里多远？需要多长时间？"

护士把手里的纸塞给他："我们医院值班的车都出去了，你不是开车来的吗？你尽快吧。晚了就怕伤者有生命危险。"

常胜听到这句话猛地抓住护士的胳膊说："护士，先抽我的血吧，我是O型血。我身体健康没问题！"

护士看了看眼前这个警服上满是灰尘、汗渍和血迹的警察，犹豫片刻点点头说："你先跟我来吧，就算是万能输血者也要先做一下检测。"

常胜紧跟着护士走进医疗室，把急得转圈的王喜柱留在了门外。等人们都赶到医院的时候，常胜已经为王冬雨抽了400cc的血。此时的常胜才感到浑身无力，被棍棒击打过的地方一阵一阵地疼痛起来，他不得不又倚靠在墙角边的椅子上。这个时候，他才觉得自己的手在不停地颤抖，脚底下像踩了棉花套似的落不到实处。一杯冒着热气的水端到他眼前，他接过来喝了两口才发现旁边坐着的是赵广田。

"广田，是你去叫的人吧？"

赵广田点点头，端起水壶给常胜的杯子里又倒满水："他们把我捆起来了，还吓唬我说再给你点炮儿就烧我们家的房子。我等他们走了以后，把绳子磨断了，赶紧就去找三叔报信了。"

常胜说："怪不得我打驻站点电话没人接呢，广田，让你受委屈了。"

赵广田连忙摇着头说："常警长，我没事，你可别怪我没过去帮你，我是跑回去报信去了呀。"

这时王喜柱走过来，劈头盖脸地给了赵广田两巴掌，打得赵广田直往常胜身后边躲。王喜柱好像还不解气，伸着手就要抓他。常胜急忙站起来拉住王喜柱说："大哥，你这是干嘛呀？你怎么打起自己人来了。"

王喜柱气哼哼地说："窝囊废的玩意儿，我兄弟和我闺女在前面跟人家拼命，先别说保护国家财产，保护铁路上的物资。就说人家打上门来了，你他妈的倒像条狗似的跑回来汪汪，你当时怎么不过去帮忙啊。就知道遇事摆杆子，成天的大米白面都吃狗肚子里去了吗!"

赵广田被打得捂着脸，委屈得一句话也说不出来。常胜急忙挡住王喜柱说道："大哥，你可不能埋怨广田啊。要不是他跑回去报信把你们叫来帮忙，我和冬雨肯定还得吃更大的亏。你不仅不能打他，还得奖励他呢。"

"我奖励个屁！我闺女这一刀白挨了？你血管里淌出去的血就白流了？我想起来就动肝火！"王喜柱依旧压制不住胸口里的火气，"我闺女要是有个三长两短，我饶不了后封台的那帮王八蛋!"

王喜柱说的话恰恰是常胜现在担心的事情，货盗团伙的犯罪嫌疑人多数来自与狼窝铺毗邻的后封台村，而且团伙的头目土里鳖还是后封台村的人。虽然这次王喜柱带着村民们保护了车站的救灾物资，抓获了团伙盗窃犯罪的嫌疑人，但王冬雨却受了重伤。如果狭隘一点看这件事情，那就等于是后封台村的人来狼窝铺寻衅滋事，不仅偷东西还打伤了狼窝铺的人。此事假如处理不好，极容易造成两村之间的械斗。并且据常胜所知，这两个村庄历史上就有多项械斗的记录，虽说各有胜负，可双方也是打得鸡飞狗跳满地找牙。近二十几年，两个村相安无事，平时也能有点互相之间的交往，但要仔细刨根就会发现里面内容很多。打不起来最突出的几个原因，一是没钱，二是没人，三是政府管得严。打架首先打的就是钱，不管是争地，争水，争山坡，争人，说白了还是争钱。打伤了得看病，打败了得赔款，打赢了得奖励，没有一样能离得开钱。前些年两个村都穷得叮当响，谁想动手都得先掂量一下家底够不够折腾，也都怕这一架打下来真应了那句俗话，"辛辛苦苦几十年，一场架回到了解放前"。

村里打群架不是美国打伊拉克，也不是俄罗斯反恐，能隔着老远飞导弹，顶多也就是扔几块砖头。可这砖头也得人来扔吧，打架得靠人多力量大来完成，两个村的青壮劳力不是奔了北上广打工求发展，就是去了平海市里谋个营生，在家里安分种地、收拾山货的人不多。真要动起手来总不能学杨门女将，两边各自派出点留守妇女和儿童，然后再找个高龄的寡妇挂帅，隔着条山里的溪水对着骂街吧。这也不符合打群架的模式。

乡里和县里多少年以来始终对山区进行着扶贫工作，上任的领导都将关心山区人民文化生活建设、物质生活建设当作绩效考核来完成。以往每次对这里发放的扶贫款项都是一等的，既然给了你各种优惠政策，还进行着多种扶持，你还闲着没事打架玩，那就把你贫困地区的帽子摘了，让你脱贫致富一溜小跑地奔小康。山里的村干部心里跟明镜似的，谁也不会去拔这个橛子。

可眼下的环境不同了。狼窝铺和后封台两个村都有强悍的村两委干部，狼窝铺是王喜柱，后封台是杨德明。两个人都有群众基础，都能在本乡本土做到一呼百应，还都是村里的创业致富带头人。要是这二位各自吆喝一声对掐起来，就真会有热闹看了。

常胜此时的脑子里跟灌了铅一样，实在是想不了太远，他拉过来王喜柱说道："大哥，咱先别说其他的，眼下冬雨的伤势重要，你还是踏实地等着里面的消息吧。你坐下，给我来颗烟抽。"

王喜柱真把常胜的话听进去了，他叹了口气坐到常胜身边，从口袋里掏出一盒揉搓得不成形的烟卷，捅出一支递给常胜，自己也拿出一支叼在嘴边。还没点上火，大刘和郑义一前一后脚挨脚地跑进来。两人都抓住常胜焦急地询问情况，常胜说"人现在正在里面抢救呢，我也不知道怎么样"。

急救室的门打开了。大夫和护士把躺在床上的王冬雨推了出来，大家伙呼啦一下子全围了上去。看见王冬雨微闭着眼睛还在昏迷的状态中，王喜柱紧握着她的手嘴里不停地呼喊着："闺女，闺女，你醒醒啊。"王冬雨似乎听到了声音，微微地张开嘴喊道："常胜，常胜……"常胜本来想凑过去看一眼躺着的王冬雨，可是听见她昏迷中仍呼喊自己的名字时，却又猛然停住脚步原地没动。大夫制止住拥过来的王喜柱和郑义，让护士把王冬雨推到观察室输液，并告诉大家伤者虽然现在没有生命危险了，但需要静养休息，无关人员尽量不要打扰她。

大刘把常胜叫到走廊外，给他点上烟，看着他狠劲地把烟吸进去又大口地喷出来的样子，大刘禁不住伸手拍了拍他的肩膀："兄弟，你这次立功了！再告诉你个好消息，盗窃犯罪的嫌疑人都被抓获了，现在刑警队的人正在突击审查，争取把这个团伙一网打尽。狼窝铺的村民们能主动投入到保护国家救灾物资、保护铁路运输安全工作中，这是你平时打牢群众基础的结果，我们一定上报公安处，让上级公安机关上报平海市政府给予嘉奖。"

常胜默默地点点头依旧不停地吸烟，仿佛有很多话堵在心里说不出来。

大刘继续说道："你怎么了？是不是哪里不舒服，赶紧去做个检查！"

常胜摇摇头说："我心里别扭，就是觉得对不起人家王冬雨，让她替我挡了一刀。当时我手里要是有枪！唉……"

随着这一声叹息，常胜如同泄了气的轮胎一般靠着墙边溜下来。

事情的发展往往都有着物极必反的味道，就如辩证法里面的从量变到质变的规律一样，狼窝铺车站在经过了这次事情后变得平静了许多。虽然货场依然车来车往忙忙碌碌，虽然几趟旅客列车在狼窝铺站增加了停点，虽然"狼窝铺驻站点"那面旗子仍旧迎风飘扬，但堆积在常胜心头的阴霾始终没有散去。他的这个顾虑并不是害怕盗窃团伙的余孽要来报复，也不是嫉妒郑义像走马灯似的每天都跑去医院对王冬雨献殷勤，更不是考虑自己是否能立功受奖。而是担心王喜柱，他生怕这位"有影响力的村干部"振臂一呼，带着乡亲们去和后封台的村民们来一场真杀实砍的"友谊赛"。鉴于这个顾虑，他也和乡里派出所的老赵打过招呼，老赵对常胜的看法极端认同，也表示近期要经常来巡视检查，同时告诉常胜加强联系，有事给他打电话一准飞马赶到。

为了防患于未然，常胜还找到了跃进大爷和张校长，让他们把王喜柱叫来耳提面命地嘱咐了好几次，王喜柱也当面表示不会做鲁莽出格的事情，毕竟自己还是村委会书记呢。可是离开跃进大爷的家，王喜柱就一个劲儿地埋怨常胜，说："你拿跃进大爷当紧箍咒使，有事没事就让他念叨几声，我看你是那一顿棍子白挨了？"常胜说："我认了，只要你们别节外生枝就行。"常胜有时候也琢磨，按说维护好车站这一亩三分地的安全就可以了，自己是不是手伸得太长，事管得太宽了呢？

这些天只要车站这边闲下来，常胜就主动跑到跃进大爷家里，陪老人说说话，同时也听他讲讲过去的故事。这一聊的确让常胜了解了很多事，也知道了狼窝铺和后封台对掐的历史。如果要追根溯源得说到清朝去了。两个村落本来关系很好，可是自从知道了山里盛产草药，还有能治百病的清泉水之后，两个村的族长不约而同地脑洞大开，都想据为己有。结果这场官司一直打到民国都没有着落，这期间两个村各自为政，以山里的溪水为界划分地域。但是山没办法分开，两个村的人都上山采药采山货，也都去源头取水，时间长了矛盾就出来了。矛盾解决得好相安无事，解决得不好就付诸武力开打。但村民们有个不成文的规矩那就是一致对外，有了外敌入侵就绝对联合起来打，等把外敌打跑了消停了，又谁看谁都不顺眼了。聊起后封台的盗窃团伙，跃进大爷也是满脸的无奈欲言又止。其实常胜心里很清楚，他到狼窝铺之前，铁路沿线附近周边的几个村子，都有盗窃铁路运输物资的历史，只是后封台更为突出罢了。

常胜和跃进大爷正聊到兴头上的时候，赵广田连滚带爬地跑进来，进门连呼哧带喘地朝常胜说道："常警长，坏了，出事了……"

"你慢点说，出什么事了？"常胜扶住赵广田问道。

"大栓子，带着人去找后封台干仗去了……"

"什么！这是怎么回事啊？"常胜焦急地喊道，"怎么好好的说打就打了啊！"

在赵广田的叙述下常胜才明白了事情发生的经过。原来是两村的村民因为放羊引起的纠纷。以前村民们放羊不是在山坡上，就是在靠近铁路沿线的草地上。自从常胜到狼窝铺驻站以后，他经常开着车走乡串村地进行宣传，让村民们在放牧时远离铁路线。两个村的人们在常胜不遗余力的宣传下，都自觉地远离铁道两旁的草地放牧。可是这样一来放牧的地点都集中在山溪边和坡地上，羊本来就是个散养的动物，吃草的地点又不固定，放羊时难免互相掺杂在一起。这次就是后封台的村民看见狼窝铺村民放的羊跑到自己的羊群里来，用鞭子连抽带打地赶过去了。可狼窝铺放羊的人不愿意了，上去质问对方为什么打不会说话的牲口，对方也不示弱说："牲口不会说话人还不会说话吗，你跑过来吆五喝六的想干嘛？"两边都顶着火气，说着说着就动手了。最终的战况是后封台的村民占了上风，把狼窝铺的人打回老家去了。

狼窝铺的人跑回来就找主心骨王喜柱控诉，说后封台的人太不讲理了，霸占着草地不让放羊不说还行凶打人。王喜柱一听就怒了，原本就憋着对后封台的一肚子火气没地方撒，要不是常胜和跃进大爷天天摆事实讲道理，要不是我还顶着个村两委书记的帽翅，早就带着乡亲们找你算账去了。这下倒好，我不惹你你反过来惹我，这就叫想吃冰老天爷下雹子，你自己把小辫子递过来让我抓，那还客气什么，不找你要个说法不算完。王喜柱知道自己的身份不能挑这个头，就让人找来跃进大爷的孙子大栓子，让他带队去后封台讲理。临出发的时候还特意嘱咐三点："一是不能让常胜和你爷爷知道，消息严格保密；二是不能带像锄头、铁锨、钢叉之类的大规模杀伤性武器，只拿棍子和鞭子；三是要有证据意识，叫上小学校的老师带着录像机，把后封台村人的丑恶嘴脸录下来留着备用。"大栓子问还叫赵家老二吗？王喜柱回答说："叫他干嘛，给我兄弟常胜报信去吗？"

可世上没有不透风的墙，小学校的老师知道要去干仗急忙告诉了张校长。张校长得知这个信息后，慌得连跑带颠地从课堂里出来，奔到办公室就给驻站点打电话找常胜。驻站点里接电话的是赵广田，张校长在电话里命令他飞速找到常胜，向他报告这个消息，还特意嘱咐说只有常胜才能制止住这场斗殴。

常胜听完赵广田的叙述急忙问道："他们走了多久了？走的哪条路？"

赵广田说："走了一阵子了，估计是沿着小路过去的。"

常胜说道："你马上给乡派出所老赵打电话跟他说明情况，让他赶紧去后封台。我现在就开车去路上截住他们。"

说完话他不顾跃进大爷的拦阻匆忙跑出屋子，跳上汽车打着火，一溜烟儿地开出去了。

大栓子带着人趾高气扬地刚走到山溪边上，就听见远处传来"警察来了，警察来了"这个熟悉的警报，抬头一看，那辆蓝白道警车急速地驶过来横在他们眼前。常胜拉开车门跳下来挥动着双手向人们喊道："乡亲们，都停下，别去后封台了。"

大栓子看着常胜说道："常胜哥，你跑来干嘛啊？我们是去找后封台的人要个说法，你是警察你别跟来。"

常胜上前几步说："就因为我是警察，我才得跑过来阻止你们。你们这么多的人拿着家伙去后封台村，这是去要说法吗？这不明摆着是去打群架吗！"

大栓子说："常胜哥，你虽然是吃公家饭的，可也是咱狼窝铺的人。你不能胳膊肘朝外拐，今天这事不用你帮忙，你也不能拦着大家伙。"

大栓子的话在人群里起了反响，人们七嘴八舌赞同着，人群在哄闹中又继续往前走。常胜焦急地伸开双手拦住人群喊着："都别动了，别往前走了！既然你们承认我是狼窝铺的人，就先听我说几句话！先听我说几句！"

人们被常胜的声音震住了，纷纷停住脚步看着他，看他能说出些什么。常胜喘了口粗气看着众人说："我知道大家伙心里都很激动，但我先请乡亲们冷静一下，听我说说心里话。我知道乡亲们对我好拿我当自己人，所以今天这件事你们才瞒着不让我知道，就是为了给我这个吃公家饭的，给我这个警察找个台阶下，可我不能装作看不见啊！你们想过没有，如果今天发生了两村之间的械斗，那就是大规模的治安事件，严重点的就是刑事案件啊！好，我不说这些条款，我就说说实际的，真动手了，你们打伤人怎么办？被人打伤了怎么办？要是触犯了法律怎么办？难道还要抛家舍业地跑到外乡去躲避追捕吗？

更何况天网恢恢，触犯法律的人跑得了吗？被人家打伤的人呢，你就忍心给自己家里的媳妇孩子找麻烦，让人家去伺候你吗？"

常胜的话在人群中默默地炸开了，人们跃跃欲试的劲头收敛了许多，大家都不错眼珠地看着他。"我还知道乡亲们对我是百分之百地支持，就拿前些天的事情来说吧，不是乡亲们赶来帮助我保护了救灾物资，抓获了盗窃犯罪的嫌疑人，凭我自己是无论如何也做不到的。就因为有这份情感，有这份情义，我今天说什么也要挡在这！不为了别的，就为了你们认我是狼窝铺村里的人！"

"大栓子，你喊我哥，我就要当着大家伙跟你再说几句。"常胜朝着大栓子说，"我刚从跃进大爷那里出来，我可以明确地告诉你，你爷爷、王喜柱及所有村委会的干部们是反对你们这么做的。你今天带着大家去打架，就不怕回去跃进大爷揍你屁股。揍你还是小事，你要把老人家气个好歹的，我看你怎么交代！"

大栓子小声地嘟囔着："是三哥让我叫人找他们要说法的……"

常胜伸手扶住大栓子的肩头，一只手从他手里拿过棍子说："栓子，王喜柱他也许是一时没想通，但他如果想明白这件事的后果，我敢肯定他会把你们叫回去的！"

话音未落，远处传来了急促的汽车喇叭声，大家顺着声音望去，看见是王冬雨平时开着的那辆运送学生的小货车。汽车卷着一股扬尘停到警车边上，赵广田先从驾驶室里跑出来，然后打开车门搀扶着跃进大爷和王喜柱、张校长下了车，一前一后地走到人们的面前。

"原来赵广田这小子会开车啊。我以前问他的时候他却矢口否认，他为嘛不跟我说实话呢？"这个念头刚从常胜的脑际中闪现出来还没停留，立即被眼前嘈杂的人声赶跑了。

跃进大爷环顾一下人群，伸出手让大家静下来，然后用眼神示意王喜柱。王喜柱急忙点点头，上前走了两步站到常胜的身边说："常胜常警官拦住你们，不让你们去后封台是对的。去找他们讨个说法，这个主意是我出的。我当时是脑袋瓜子发热才做出的这么莽撞的决定，现在我宣布，大家都回去，咱们村民和后封台村民纠纷的事情，由两个村的村委会协商解决。"

王喜柱的话算是让常胜心里的石头落了地，可还没容他把这口气喘匀实，就听见人群中有人喊道："你们快看啊，后封台的人打过来了！"

第十四章

后封台的村民们在村干部杨德明的率领下举着棍棒拥过来了。

真是按下葫芦起来瓢，这边刚偃旗息鼓要撤退，那边就摇旗呐喊追杀过来，仿佛跟商量好了似的。这个场面的确出乎所有人的意料之外，也让常胜刚刚放下的心又悬了起来。眼前的局面让他敏锐地感觉到不能再迟疑，哪怕有片刻的怠慢，两边的人们如堆积的干柴一样，溅上半点火星就会酿成无法扑救的大火。想到这里，他急速跑到汽车旁，打开车门猛地从里面拽出话筒，随手按下开关，对着人群大声地喊道："两边的群众都听着，现在是平海市铁路公安处民警向你们喊话，请你们站在原地维持好秩序，各自派出一名代表到警车这里来。公安民警会接受你们反映的情况和投诉，并对你们反映的事情做出调解，请你们马上派出代表。我再重复一遍……"

他的喊话像降温的凉水般朝着人群中泼过去，两边的人们都停住脚步不再往前凑合了。经过一阵短暂的商议，狼窝铺这边的阵营里，王喜柱晃晃悠悠地走过来，后封台的队伍中，杨德明也甩搭着袖子来到常胜的面前。两个人一左一右把常胜夹在了中间，真有点楚河汉界两军对垒前先谈判的架势，而把常胜历史性地摆在了仲裁委员会的位置上。

其实在两人朝自己走过来的时候，常胜的脑子里早就转轴似的想了无数个开场白，大义凛然宣讲法律的，动之以情晓之以理的，拍车门子吹胡子瞪眼的，等等，可都觉着不够分量。正踌躇着，王喜柱和杨德明两人已经来到跟前，常胜先看看王喜柱，又看了看杨德明，然后使劲嗑了下牙花子说："二位大哥，你们这是干嘛呀？看美剧看港片看多了，学人家打架争地盘吗？"

杨德明用手一指王喜柱："你问他！他想干嘛？"

王喜柱抖搂一下衣服不服气地说："你想干嘛我就干嘛！"

"你到底想干嘛？"

"你到底想干嘛！"

常胜急忙张开双手做出拦阻状："二位大哥，你们到底这是干嘛呀？有话能不能好好说啊，别一张嘴就顶着火儿。据我所知不就是两村的村民因为放羊引起口角，然后发生纠纷这点事吗，至于折腾这么大动静……"

"常警官，这可不是光放羊纠纷这点事。"杨德明打断常胜的话说，"他们狼窝铺的人跟我们争放羊的地方也不是一天两天了，回回都让着他们，这还让出不是来了，好像天底下的地方都是你们的吗？"

王喜柱一摆手说："放羊可不就是哪里有草往哪里去吗，你管得了人管得住牲口吗？你们上山采药采山货跑到我们狼窝铺来，我说什么了。别跟老娘们似的这么小心眼儿。"

杨德明："我不小心眼儿，你大气，你为嘛护短呢？"

王喜柱："是你的人打了我的人，我不该为村民做主找你要个说法吗？"

杨德明说："是你们村里的人跑到我们这来找事的，干嘛呢？欺负我们老实，欺负我们没人？我告诉你王喜柱，今天这事解决不了，我就不走了！"

"你爱走不走，你死这！"王喜柱不屑地说，"越说你还越长脾气了，杨老疙瘩，你别蹬鼻子上脸！"

"王老三，别人怕你，我可不吃你这套！"杨德明说着话就往前蹿。

"行了！都给我闭嘴！"常胜大声地喊道，"怎么越说越戗呢，我要是不拦着你们俩你们还要动手啊？抛开我喊你们大哥是你们兄弟的分上不说，我好歹还是个警察啊，我还顶着国徽穿着警服呢。难道你们俩真当着我的面干起来，如果真是那样，你们就不是打架，是他妈的在打我的脸呢！"

常胜压抑不住内心的郁闷和火气，跑到警车上拿着警棍冲两人走过来。"你们俩都是各自村里的头羊，都是给大家伙带路的人，全村上下的人没有一个不看着你们的。我今天给你们俩一个福利，你们俩不是要打架吗？行！你们拿着警棍先打我，我保证不还手。把我打趴下了，我就管不了了，你们两人就是人脑子打出狗脑子来我也看不见！拿着，谁先打！"

常胜这招太震撼了，王喜柱和杨德明两人互相看着对方，都尴尬地往后捎，谁也不去碰他手里的警棍。

王喜柱摇着手说："兄弟，兄弟，你看这话怎么说的，我们怎么能打你呢。"

杨德明也不住地点头说："就是嘛，这事跟你也没关系，怎么能打你啊。"

常胜气哼哼地说："怎么没关系啊。我人在这了，还让你们两村的群众打起来，这不是拿我这个警察当稻草人吗。既然这样，还不如你们先把我撂倒，这样等以后领导问起来我就说让人打晕了，打晕以后的事我不知道也不负责任。来吧，二位大哥谁先动手？"

这话等于把王喜柱和杨德明挤对到墙角里了，两个人相互看了几眼都不言声，也都不去触碰那根警棍。常胜看了他们一眼说："都不动手？都不说话了？那我可就说了！德明大哥，你让你的村民们都回去，喜柱大哥，你也把人都解散了。这事不算完，你们俩是代表，跟我去车站驻站点解决问题！"

两个人正在犹豫的当口，远处又传来不间断的警报声，乡派出所的老赵开着警车也到了。老赵可比常胜带的人多，打开车门后从车里跳下来三个年轻的民警。他们站在老赵身后看着就这么提气。老赵看见常胜他们，脸上挂着笑容打着招呼走过来说："几位，这是开会呢？怎么也不找个地方坐下聊呢？"

常胜答应着说："嗯，这不正商量着跟我一块回车站嘛。"

老赵心领神会地点点头："也是的，车站离得近。要是跟我去乡里派出所，来回就得小半天，再絮叨几句估计天就黑了。我下班回家可没人送你们回来。"

常胜心里明白这是老赵给自己搭梯子，连忙顺着话茬说："这得问问他们哥儿俩，是愿意跟你去乡里还是愿意跟我去车站。"

王喜柱和杨德明两人一对眼神，都明白这是怎么回事。既然人家公安都不挑明了说，还给自己留台阶那干脆就顺坡下吧。两人几乎异口同声地说："我们跟常胜兄弟去车站驻站点吧。"老赵朝常胜挤挤眼，又转过身对两人说："二位，让你们的村民们都回家吧，又不是集合起来开选举大会。"

王喜柱和杨德明各自向自己的队伍中走过去，随着他俩朝着众人指手画脚讲了一通之后，人群慢慢地散开往回走了。

常胜看着两边的人马逐渐散去，转身要上车被老赵拉住他小声地说："兄弟，我可得谢谢你，帮我把这块泥崴出去了。"常胜使劲和老赵握握手说："都是自己人还客气什么，谁让我离得近又跑不了呢。"

"这件事就拜托你了，我马上得去龙家营，"老赵举着手机说，"110转来的电话，那边还有一个报警。咱俩谁也闲不住，天天跟上满了弦一样。"

常胜挥手和老赵他们一行人告别，望着警车扬起股烟尘开走后，他转回身朝王喜柱和杨德明做了一个请上车的手势，然后拉开车辆门。王喜柱耸了下肩膀开车门想去副驾驶的位置，被常胜伸手拉住说："大哥，我得一视同仁呀，你们俩受累都坐后面吧。里面有马扎可以坐，要是怕颠荡拽着点边上的铁环。"

汽车歪歪扭扭地开上了村路，常胜坐在驾驶室里手握着方向盘专拣坑坑洼洼的地方开过去，把后面车厢里的王喜柱和杨德明晃得左右摇摆，最关键的是他们坐的是马扎不是座椅，每一次的震动和颠簸他们的身体都会伴随着"咣，咣"的声音起伏跌宕。王喜柱实在忍不住了，用手拍着挡板说："兄弟，你开车注意点道儿，你看看这通颠荡的。"杨德明也跟着说："常胜兄弟，你这哪是开车呀，好家伙，都赶上坐船了。"

常胜回头看了一眼说："你们俩靠近点，挽住手，这样不就行了吗。"

两人琢磨一下，觉得常胜的话有道理，于是不情愿地伸出胳膊相互挽到一起。这下倒好，原本剑拔弩张的对头这会儿肩并肩地坐到一块，看上去跟亲密无间的兄弟似的。还真别说，他们俩手挽手并排一坐，颠簸感的确减轻了。其实是开车的常胜把有坑洼的地方躲开了。

"要说起来也不能怪我开车技术差，你们看看这条路，跟狼咬狗啃似的。"常胜边开车边说，"这条溪水横在中间又没有道儿，我是绕了一大圈才过来的。也就是我吧，换个别人谁愿意这么糟蹋汽车呀。"

常胜的话引起了杨德明的强烈反响，他扒着铁环冲前面说道："谁说不是呢，原本是想在溪水上修座桥的，接连着还能修条路，可人家狼窝铺这边不干呀。"

王喜柱朝杨德明翻了个白眼说："便宜话都让你说了。修桥、铺路谁不知道好啊，钱呢？人呢？总不能让狼窝铺一个村出吧。"

杨德明说："那你也不能一个大子不拿，摊着两手等现成的呀。"

王喜柱说："杨老疙瘩。说大话谁不会啊，可大话压得住寒气吗？咱两个村的家底怎么样各自心里都清楚，打肿脸充胖子，装大尾巴鹰的事我不干。"

杨德明用胳膊拱了一下王喜柱说："王老三，你怎么说话就抬杠呢？抬杠比打幡挣得多是怎么着。我说让你一个村出钱修桥铺路了吗？真是个铁公鸡，你留着钱带棺材里去啊！"

"停，停。二位大哥，你们再聊下去就改出殡了。"常胜闻到后面车厢里的火药味又有点抬头，急忙在路面上找了个坑开过去让车子颠荡一下，等两人不言声了他才说，"其实修桥铺路是件好事，你们两个村各自出钱修各自的路，修桥的钱平均摊。要是不够找乡里，找县里再想想办法不就行了吗。"

"你还别说，常胜兄弟这话真靠谱。"杨德明首先表示赞同。

"嗯，这是个办法。不过我还是有点担心。"王喜柱点着头说，"我担心我们村这边铺的是两车道，到老兄弟那边就变单行道了。"

"三哥，你看你又挤对人。你怎么修我就怎么修。"杨德明瞪起眼睛说。

"老兄弟，那样的话这件事得商量好了，得统筹起来不能胡干。"

"对啊三哥，这得找我们村的风水先生好好看看。"

"你说的是罗先生，他腿脚不利索能行吗？"

"咳，我找人用车带着他看呀，顺便还能帮你看看呢。"

在前面开车的常胜此时已经注意到了，后面车厢里的两个人在悄然地改变着称呼，态度也缓和了很多。虽然说话还是有点顶牛，但话题已经从放羊引起的纠纷跑到了修桥的事上来了。这个结果是他常胜没有想到的，却是他愿意看到的场面。他慢慢地把车速放缓下来，悄悄地躲避着路上的坑洼，心里美滋滋的。

到了驻站点，常胜把两人让进屋子里说："我给你们准备饭去，谁也不许走。"出来后，他打个响指招来赛驴，指着屋子门告诉赛驴不许让他们出来，谁出来就把谁咬回去。赛驴眨着眼睛听懂了他的命令，跑到门口趴下紧盯着里面不动窝了。

车站的职工食堂依旧照常起火，虽然王冬雨负伤住院没有来做饭，可食堂的底子打下来了，贾站长从村里找来一位大婶做饭负责职工的伙食。常胜跑到食堂一通划拉，把大婶刚做好的饭菜盛在饭盒里，刚要出门迎面碰上进来的贾站长。常胜说："你来得正好，借我两瓶酒吧。"贾站长说："新鲜啊，头一次听说常警官主动要酒喝。"常胜唤了一声说："我把狼窝铺和后封台的两个爷请到驻站点了，按山里的规矩，客来得有酒，我往哪里去弄酒呀，只能找你贾站长了。"贾站长满口答应说："没问题，你先把菜端走，我马上叫人给你送酒去。"

常胜端着菜走出去又回过头来问道："这两天怎么没见郑义郑书记呢？"

贾站长脸上挂着意味深长的笑容说："人家老同学在医院躺着，他要去照顾一下咱不能拦着吧。不过话说回来，常警官，你是不是也应该去医院看看，虽说你当时给王冬雨献的血，可人家姑娘毕竟是为你才受的伤呀。"

常胜一时无语了。

驻站点里的工作餐吃得王喜柱和杨德明兴高采烈，两人都把放羊引起纠纷的事抛在脑后，热烈地谈起来修桥工程。常胜则坐在中间时不时地给两人满上酒，听着两人海阔天空地讨价还价。等两人聊得酒酣耳热的时候，他抽冷子插上一句问道："二位大哥，你们俩聊得这么嗨皮，说的是真事吗？"

这句话首先引起了王喜柱的不满，他顿了下酒杯说："兄弟，你哥哥我说话可负责任，不像他杨老疙瘩似的这么多水分。修桥，当然是真的！"

杨德明也拉住常胜的手说："常警官，我不跟他王老三一样，咱不说大话咱办实事。这桥，我修定了！"

常胜笑笑说："二位大哥，你们俩在我这过过嘴瘾就行了。原本叫你们俩来也是想解决纠纷这件事的，修桥铺路的事我就当你们俩吹个牛，关起门来也没别人知道。你们俩放心，我绝对不出去瞎说。再说也没凭没据的，说了谁信呢？"

杨德明一拍桌子站起来说："谁说没凭据，我现在就立字据！王老三，你敢吗？咱就当着常警官的面立个字据。"

王喜柱斜了他一眼说："立字据，写嘛？"

"就写保证一年之内把桥修起来，把路铺好了。"

"行！我给你加一条，到时候没兑现，咱俩都辞职，你敢吗？"

杨德明端起酒杯朝王喜柱举过去："就按你说的办。谁要是毁约……"

王喜柱端起酒杯和对方碰了一下，仰起脖子一饮而尽说："谁毁约谁是河里的王八！"

杨德明也喝下杯里的酒拉过常胜说："兄弟，你现在就给我们俩立字据！"

常胜故作惊讶地看着他们俩问道："真立字据呀？"

"立！立！现在就写！"两个人异口同声地回答。

"立完字据可就具备法律效力了，你们俩可得想好了！"

"你写，写完我们就签字！"

"那行，我给你们俩写个字据。可有件事还得说明白。"常胜拿出复写纸和钢笔铺在桌上说，"两村的村民因为放羊发生纠纷这件事，我的意见，你们协商解决，等回去后各自对当事人提出批评和教育，互相赔个礼道个歉。鉴于当事人双方都没造成任何伤害，所以也就谈不到赔偿的问题了。但是，以后这样的事情应该杜绝再发生。"

王喜柱和杨德明拍着胸脯答应下来，又都在常胜草拟的责任状上签字捺了手印，然后一人一份揣在怀里，互相搂着肩膀走出屋子上了常胜的汽车。

常胜把他们俩依次送回家才返回到驻站点，这个时候他真是感觉到有些疲惫了。他坐在那面旗子底下想抽支烟，可是在口袋里掏了半天，掏出来的却是那支陪伴他时间最久的口琴。"有时间给我吹段口琴吧，你吹的曲子挺好听的。"在他耳畔好像又萦绕起这个熟悉的声音，他不由自主地把口琴凑到嘴唇边，喃喃地说道："你想听什么呢？我还是给你吹一段《鸿雁》吧……"

他吸了口气缓缓地吹奏起来，伴随着口琴里飘出的旋律，那段总会让他心旷神怡勾起无限遐想的歌词，就像鸿雁一样在眼前轻轻飞过。"鸿雁天空上，对对排成行，江水长秋草黄，草原上琴声忧伤。鸿雁向南方，飞过芦苇荡，天苍茫雁何往，心中是北方家乡……"

常胜放下口琴把目光投向远处的山峦，他知道自己想家了。也许就是在此时他更能理解，驻扎在每个驻站点里民警的心情。他们孤身一人就如离群的鸿雁，不仅时时要面对猎物的袭扰，还要奋起双翅去迎击风雪雷电，有伤病自己扛，有恐惧自己担，有困难自己面对。他们心里也许只有一个简单的愿望，那就是成群的队伍别忘了自己，还记着有这么一只孤雁盘桓在此处，他在默默地守护着雁群的领地。还记着他吸舔伤口时的疼痛和坚韧，那双眼睛里闪射出执拗的期盼。还记着在他翅膀能舞动的时候，带他回家。

"不管别人怎么说，我也该去看看王冬雨了。"常胜把满腔的感慨收拾了一下，脑中冒出这个念头。

常胜在去医院之前特意跑到县城最繁华的商业街上，他想给王冬雨买件好看点的衣服。"既然去看伤员就不能空着手，除去衣服还应该再买点什么？"常胜一边在服装店里转悠一边琢磨着，看到了好几件衣服都挺顺眼，可不是价钱太贵就是觉着显得有点暧昧，最后终于下定决心买了件碎花的上衣。医院的门口就有个卖鲜花的门脸，常胜进去扎了一个五彩斑斓的花篮，又让店主加上个"早日康复"的牌子，收拾停当后拎着衣服和食品，举着鲜花走进医院大门。

当他推门走进病房的时候，迎面的一幕让他瞬间愣住了。

周颖坐在床头正给王冬雨削苹果呢，从两人一脸灿烂的笑容上看好像聊得还不错。"周颖怎么来了？她怎么找到医院来看王冬雨的？"脑子里有这个念头，脚底下就拌蒜，刚进门的常胜差点绊了自己一个趔趄。"你怎么这么不小心呀？"周颖说着话迎过来顺手接下常胜手里的花，把它放置在王冬雨的床头，然后指着边上的椅子说，"你先坐，我正好要去给冬雨打壶水。"

"别，别，还是我去打水吧，你们娘俩……姐俩……你们俩聊吧。"常胜一时找不到合适的称谓，嘴里也跟拌了蒜似的连着给俩人排辈儿。

"你说什么呢，我跟冬雨妹妹聊得挺好的。"周颖把削好的苹果切开一块递给王冬雨说，"你这都是什么辈分呀？"

王冬雨接过苹果笑着说："嫂子，你不知道，他跟我爸论哥们儿，不就成我叔叔了吗。可我不愿意他充大辈，所以我们又单论了。"

"原来是这样呀，那还是别让他当大辈了，省得总端着个架子。"

周颖看着常胜不无调侃地说道。

常胜急忙操起桌上的暖壶跑出来打水，不知道出于什么原因，也许是潜意识里告诉他，目前这个场合自己还是别凑热闹，要不然真会面临着夹在两个女人中间的尴尬。虽然一个是自己的妻子周颖，一个是暗地里喜欢自己的王冬雨；虽然一个处于冷战中还没缓解，虽然一个保持着底线不去跨越情感的雷池，但他也怕两个人在说话中，不管是谁夹枪带棒地甩出一句，都会把自己置于难堪的境地上。从饮水间到病房不足百米的距离，常胜磨蹭了得有十分钟，这还不算他躲在饮水间里抽烟的时间。等他再进屋的时候发现屋中又多了一个人，这个人就是郑义。

常胜放下暖壶先和郑义打着招呼，然后赶紧给周颖解说郑义书记是王冬雨的同学。周颖依旧大方地向对方致意说刚才人家已经自我介绍过了，随后走过来拉着常胜的胳膊说"既然有人陪着冬雨，咱们先走吧，我还要回平海市里呢"。常胜忙点点头和王冬雨郑义告别，跟着周颖走出病房。

两人来到外面的汽车前，常胜问周颖道："你怎么会来这里呢？孩子呢，谁看着了？"

周颖打开车门坐上去说："市局组织科级干部晋级培训，把地点定在这里了。县城离狼窝铺不远，想着能看看你，我就过来了。"

常胜也坐到驾驶室里说："你消息够灵通的，能打听到医院这里来。"

周颖说："平海铁路公安处把你和王冬雨的事迹报送市局了，我们政治部准备授予王冬雨见义勇为的称号，再说她也是为了你才受的伤，于公于私我都要来看望的。好了，趁着今天还有时间，你带我去狼窝铺驻站点看看好吗？"

常胜没想到周颖会提出这个要求，这让他有点喜出望外，但还是犹豫了一下说："你真想去我的驻站点看看？"

周颖认真地朝常胜点点头没再说话。"好吧，你坐稳了，山里的路可不好走。"常胜说完发动汽车，挂上挡一溜烟开出医院驶向了回狼窝铺的路上。

从县城到狼窝铺车站的这条路常胜开得既快又稳，周颖坐在旁边也很少和他交流，只是不住地看着车窗外的景色。常胜知道她是被山里的风貌吸引住了，这和自己刚进山的时候是一样的。蓝白道的警车开到驻站点门口，先跑过来迎接他们的就是赛驴。常胜照例和赛驴亲热一下，然后向周颖介绍说："我的战友，跟我一起出生入死。"

"这么夸张啊，它叫什么名字？"周颖问道。

"赛驴，我给起的！"

"哈哈，我听这个名字就知道准是你起的。"周颖忍不住笑出声来，"别人起不了这么损的名字。你是不是有气没地方撒，才给狗狗起这样的名字。"

"它原来叫赛豹，我觉得矫情。都跑到深山里窝着来了，叫哪门子赛豹啊。还是驴经济适用。"周颖一抬头又看到了飘扬在院子里的旗子，没等她再问，常胜主动介绍说："这是我私人配置的，挂上去有一阵子了。当时是想弄出点气势来，谁承想现在成景观了。我就是想摘下来好多人还不愿意呢。"

周颖跟常胜进了屋里，她仔细地看着屋中的陈设，边看边不住地点头。要放在平时，周颖这个略带领导的做派常胜会很反感，到哪都跟检查工作似的，但今天他没挤对周颖，而是很自觉地当起驻站点的导游，掰开揉碎地向周颖介绍着屋里屋外的环境。周颖边听他介绍边翻弄着屋子里的东西，当看见墙角里摆着的木桶时，她转过身对常胜说道："你让我猜猜这里面是什么？以你的习惯，衣服换下来不会当时洗，肯定是凑一堆之后来个一锅烩。这里面是你的脏衣服吧？"

常胜有点不好意思地点点头。心想还是周颖了解自己，毕竟是共同生活了这么多年的夫妻，谁的习惯谁不清楚呢。周颖没有再说什么话，而是手脚麻利地把木桶里的衣服拣出来，挽起袖子就要洗衣服。常胜忙拦住她说："不用你手洗，我这有洗衣机，派出所前段时间刚给配的。"

周颖推开他的手说："袖口、领口这些地方洗衣机洗不干净。尤其是你的衣服汗渍太多，在家时每次我都先用手搓一遍。"

常胜看着周颖埋头洗衣服的姿势，心里生出股温暖，这才是自己媳妇的样子。没有平时埋头在文案时的焦虑，也没有和他说话时略带官腔的一本正经，而是回归到以前的模样。她额头上渗出的点点汗珠，还有随着双手的揉动在两鬓间跳跃的长发，最要紧的是眼神里流露出来的丝丝暖意，这本应该是在家居时才能出现的画面，却出现在狼窝铺火车站这个简陋的警务驻站点里。周颖丝毫没有理会常胜观望的眼神，洗完衣服后又收拾起床上的床单，撤下被罩投进洗衣机里，看着衣服在滚筒里不停地搅动，周颖悄然地问了一句："胜子，你怎么不问问我那天的事情呢？"

常胜知道周颖想说那天在学校门口，那家咖啡馆里发生的事情。但他还是忍住没有发问，而是慢慢地说了句："你能来狼窝铺看我，我就知道那天兴许是我误会了吧。"

"没有，你没误会。他是对我有好感也想表达出来，可是我没答应，我也不会答应的。胜子，因为我有你！"周颖转过脸来看着常胜。

周颖的这句话让常胜有种满血复活的感觉，浑身上下立时升腾起一股热浪，他忍不住凑过来拉住周颖的手说："颖颖，我想抱抱你。"周颖脸上挂起一抹红晕，羞涩地低下头顺从地靠在常胜的怀里。两人相拥着抱在一起仿佛又回到了恋爱时的季节，而常胜说的这句话正是当时的情景重现。

"胜子，你给我吹一段口琴吧。"周颖伏在常胜的肩头轻声说道。

常胜从口袋里掏出随身的口琴，拉着周颖坐在床边吹起了那首熟悉的《鸿雁》。吹奏的时候，他略微把旋律调整得轻松一些，不再那么伤感和悠长，使整支曲子荡漾着欢快的味道……

周颖没有让常胜开车送她回平海，她选择了坐火车回去。常胜把周颖送到站台的一路上不时地和车站职工、来往的村民们打着招呼，还不时地向人家介绍着周颖的身份："我媳妇，漂亮吧？你得喊婶。""大栓子，这是你嫂子！""贾站长，她是我对象，你弟妹。"周颖也随着常胜的介绍不停地变换着身份，一会儿是嫂子一会儿是弟妹，一会儿又是人家的婶子。

两人来到站台上的时候，周颖看着满脸自豪的常胜说："胜子，你知道我现在心里想的是什么吗？"

常胜摇摇头说："你告诉我吧，我不猜和我最亲近的人心里想什么，省得总犯职业病让自己睡不好觉。"

周颖用手指着周围画了一圈，然后又指向远方说："你真有点像《与狼共舞》里面的邓巴，自己一个人驻守着边界。他有一匹马与一个叫两只白袜的狼，你有一辆改装的汽车和你的警犬赛驴。"

"你是说咱俩以前看的那个电影吧？"

"是啊，你们俩都独自坚守，都愿意与周围的人们沟通和睦相处，都愿意自己能融入到自然、融入到人群中。只是邓巴最后选择了和握拳挺立两个人远走，可你却还需要留下来守着这个车站。你知道为什么吗？"

常胜依旧摇摇头，其实他已经知道了答案，只是不想打断周颖的话，不想打断她叙述出来的那份美好感觉。

"因为邓巴和印第安人交好，和他们共同生活帮他们保卫自己的家园，尝试着理解他们融入他们，所以他才不被他的同类接受。而你则是他们当中的一员，就应该和他们水乳交融，建立起更深的感情纽带。所以，你和你的同事才能在这里扎根。"

"颖颖，我要是不拦着你，你是不是又该写公文了。"常胜不无调侃地说。

周颖没有理会常胜的话只是笑了笑说："我来学习之前，你们所长大刘特意给我打个电话，让我坐火车去县城，他在车站送我。是他跟我说了你很多事情，包括你在狼窝铺驻站点的各种辛苦和收获，还有你做出的这些成绩。他让我感觉到，狼窝铺是因你而悄然改变。也许你开始根本没想到这么多、这么深、这么远，但实际上你的确做到了。"

"我做到什么了？"

"你让山乡巨变！"

"我，我哪有这么大的本事啊……都是碰巧赶上了。"常胜有点不好意思了，这是几年以来从周颖嘴里说出的最让他舒心的话，况且这话里边还包含着佩服的含义，能让一个女人佩服自己，这是多么开心的事情啊！

周颖坐上火车走了。常胜望着远去的列车，心里有点微微的酸楚，他本来还想问问周颖和王冬雨在医院的病房里都说了些什么，谈话的内容是否涉及自己、涉及敏感的话题。但现在看来这一切都没必要了，更多的猜忌和不信任在真挚的情感面前，显得那么无聊和苍白。周颖人随着火车走了，却把两人淡薄很久的情感找回来了，也把她的心留下了。

其实周颖并没有向常胜全盘托出她和大刘的对话，如果常胜知道在平海北站派出所里，大刘和李教导员冲冠一怒为了他，俩人同时向平海市局，向自己的顶头上司铁路公安处的领导急赤白脸地隔空喊话时，他即使不去助阵，也会因为遭受质疑而让他深感委屈。

在顶撞领导的这件事情上，大刘和李教导员不约而同地站到了一起，替常胜挡住了背后飞来的冷箭。

第十五章

事情的起因是一封匿名信和一个电子邮件。匿名信的办法很老套，电子邮件却很时髦，这两个形式结合在一块给人造成种新老交织的感觉，说明了此事的影响力已经辐射到多个层面。匿名信和电子邮件的传送地点是平海市公安局，平海铁路公安处。匿名信和电子邮件反映的人是常胜，反映的问题还带有敏感的颜色，一个是黑一个是黄。黑的是常胜在狼窝铺呼啸山林独霸一方，与村里的村霸沆瀣一气结成有黑社会性质的团伙，欺压百姓打击有良知的群众，村民们敢怒不敢言生活在水深火热之中。黄的是欺男霸女，天天和狼窝铺小学校里的美女教师混在一起，长期保持不正当的男女关系。这两个反映都抓住了"要害"，一个是常胜涉黑，一个是他下三路的问题。单从反映的问题上看，哪个都够常胜喝一壶的。幸亏常胜本人没看见这封匿名信，假如看见了，肯定又会像看李教导员给他写的那篇《钢铁是这样炼成的！》先进事迹一样蹦起来，然后指着匿名信说，这里面说的不是我常胜，是恶霸地主黄世仁！

大刘和李教导员也考虑到会发生这种情况，才把公安处纪委转来的举报先压下，并且极力向纪委的人员解释，说这件事有可能是搞错了，或者是有人别有用心地恶意诽谤。常胜这段时间在狼窝铺驻站，成绩是有目共睹的，维护了车站沿线及周边的治安，融洽了警民关系，还为周围的几个山村带来了福利，怎么会成了匿名信里举报的这个样子呢？纪委的同志很不客气地打断了大刘的话，严肃地告诉他："此事平海市局领导、咱们铁路公安处领导都很重视，马上就会组成纪委、督察两个部门的联合调查组，首先要查的就是你们派出所。你们做好准备吧。"这一轮的冲击波还没过去，大刘和李教导员的手机又迎来了新一轮的通话高峰。两个人在办公室里分别接到自己主管上司的质询，措辞严厉语调生冷，都是让他们高度重视严查此事。两人又分别向上司陈述自己的观点，认为常胜是个好同志，结果却换来一通训斥。两人都像咬败的蛐蛐一样，耷拉着脑袋，垂头丧气地凑到大刘的办公室里。

"你说说这叫嘛事，这不是飞来的恶心吗！"大刘朝李教导员说，"总是干活儿的人毛病多，不干活儿的人保准没事，还横挑鼻子竖挑眼。"

"正确对待吧，老刘。"李教导员的语气里透出些许无奈，"我们都知道常胜不是那样的人，虽然工作上有时候鲁莽总别出心裁，但人还是靠得住的。不会发生举报信里说的这种事。"

"老李，我不是担心这个。我是担心大张旗鼓地调查一个民警，有事怎么都好说，该处理就处理决不含糊！可没事怎么办呢？一句对不起再饶上一句'这是组织上对你的考验，事实证明你是个好同志'就完了吗？考虑过对当事人上进心、自尊心还有荣誉感的打击吗？考虑过对当事人以后会造成什么影响吗？"李教导员刚要说话即刻被大刘用手势制止住，"我说的不单指一个人的成长进步，还有他的心理承受能力，还有对他家庭、生活所带来的影响。也许我们这一棒子就打沉了一个人啊！老李，人心要是寒了，是你给多少温暖也焐不回来的。"

李教导员深深地吸了一口气，看得出来，他被大刘的话感染了。他掏出烟卷给大刘递过去点上火说道："老刘，我何尝不知道你说的有道理呀，但是本着对民警负责的态度，我们还是不要有抵触情绪，尽力配合有关部门把事情调查清楚。同时我有个建议也想和你先沟通一下。"

"你说吧。"大刘的语气里明显地透露出不耐烦的情绪。

"我是想向上级领导提个建议，对此事不要习惯性地按照老模式进行调查，出于保护民警的目的，是否能像之前调查常胜先进事迹那样，来个暗中走访调查取证。找有关的人了解举报内容的时候影响面不要扩大，做到尽量不要干扰常胜的正常工作，也不要像以往那样，先把他置于一个涉黑涉黄人的角度上去调查。不妨采用无罪推论，我们现在所做的是要证明一个好同志的清白！而不是戴着有色眼镜，非要把自己的弟兄往泥里踩！"

李教导员的话让大刘抬起脑袋仔细端详着对方，他感觉李教导员的想法开始与自己合拍了。李教导员刚要继续表达自己的观点，手机的铃声不识趣地响了起来。看着大刘脸上露出的疑惑的表情，他索性将免提打开，冲着话筒说道："喂，您好呀，是王处吗？"

来电话的这个人是王昌平，也就是在咖啡馆里引起常胜和周颖两人矛盾的那个人。王昌平这个电话打得纯属是有点心理阴暗的无事生非，说来也巧，好事不出门，恶事行千里，匿名信和电子邮件举报常胜的事情他也知道了，这好比是想啃骨头的狗碰见了肉，正愁着怎么报这一记"绝情脚"的仇呢，他自己把鞋带递过来让我紧扣。王昌平为咖啡馆里的事郁闷了好久，翻来覆去地在脑中回放当时的情景，这个铁路公安的小警察怎么连我这个处长都敢踢呢？最让人懊恼的是，我还是夹着尾巴落荒而逃的。有心返回去找他算账！可自己明显不是人家的对手，回去干嘛呢？没皮没脸地让人家再打一顿？然后还得背上个想和人家老婆暧昧的骂名，太得不偿失了。关键是这一脚踢得自己岔了气，回去暗憋暗气地缓了好几天才缓过来，西服外套上的脚印跟北京奥运会时升腾在天空上的脚印一样，个大不说还不好洗干净。幸亏当时周颖拦着，要不然自己的履历写到"我的前半生"就戛然而止了。得找铁路公安的领导修理一下这个常胜，可他已经都发配到边远地区了，再也没有修理的空间了。

恰巧举报常胜的匿名信来了，这个发现让王昌平喜出望外。他先是找公安处的一个副处长通个气，说常胜这个问题市局领导很重视，必须严肃处理，然后才给李教导员打的电话。通话的内容很明确，首先是虚虚呼呼地问候了两句，转过来就颐指气使地发布命令，让李教导员一定配合上级领导部门的调查，对常胜严格纪律决不姑息。这一连串带有倾向性的所谓指示，让李教导员有点犯晕，他急忙对着话筒问道："王处，您怎么会知道这个常胜啊……"

"你别问我怎么知道的，总之像这样的害群之马必须严肃处理！纯洁我们的公安警察队伍。"王昌平电话里的语气比主管领导还冷。

手机是开着免提的，话筒里传出来的声音大刘也听得见，王昌平的话让他也有点犯嘀咕。他知道常胜的媳妇周颖在市局工作，按说知道常胜这个状况后周颖应该是找人询问情况求情的，可市局领导来的电话却南辕北辙，还有点要再打常胜一记番天印的意思。难道是常胜得罪他了吗？

"行，我们一定配合上级主管部门认真调查，如果发现常胜有违法违纪的证据，我们会按照组织纪律和法律法规办的。"李教导员这番话不偏不倚还略带官腔，放之四海而皆准没有半点毛病。可他没有想到，就是这句话反而把王昌平的怒气勾起来了。

"你们铁路公安办事就是滞后，拖泥带水稀稀拉拉，像如此明了的事情还推三阻四的。我已经跟你们许副处长通完气了，稍后督察和纪检的同志就会到你们派出所，先把这个常胜停止工作隔离审查，等调查清楚以后再做处理。"

"这恐怕有点操之过急吧，我们主管领导还没有下这个命令……"

"你们在工作中没有一点预见性和前瞻性，这还用下命令吗？再说平海铁路公安处坐落在平海市，你们小小的处级单位只是平海市局的一个外围部门，我跟你打个招呼通个气儿，是提醒你关心你。"

"是，谢谢王处的关心，但隔离审查常胜这件事，我还要向我的上级领导请示，至少也要等命令。"李教导员耐心地回答着。

"你怎么这么不知好歹呢，真是个榆木疙瘩。是不是天天围着铁轨和枕木转悠把脑袋都弄僵化了啊！"王昌平的声音变得既刺耳又嘲讽。

李教导员的脸涨得通红，他深吸了口气对着话筒说道："我不知道怎么回复王处你的话，但有一点我请你弄清楚，平海铁路公安处直接隶属的上级是铁路公安局，平海市局对我们只是业务指导，目前没有越级直接下命令的先例。所以，从业务归口上我们尊重市局老大哥，从行政隶属关系上我们没有义务听你调遣！"

"你，你是不是翅膀硬了？你是怎么对我说话呢！"

"我只是实话实说，如果因此得罪王处请你见谅，如果王处因此不再与我联系，或者从今以后把我踢出你的朋友圈的话，我深感荣幸。请你挂电话吧，这也许是我给你最后的尊重。"

李教导员的这番通话惊得大刘瞪大眼睛直看着对方。等他生气地挂断免提，大刘赶忙从办公桌后面绕出来，高举着他的茶杯递给李教导员说："哎呀，老李啊，你可是让我刮目相看呀！太爷们儿了！赶紧喝口水润润嗓子，佩服，佩服！"

李教导员接过茶杯喝了口水翻个白眼说："你看我得罪人你就偷着乐吧，什么心态啊。"

大刘急忙摆摆手说："我向天发誓绝没有这个心。听你顶这个二货真痛快，我差点把小时候听革命样板戏的那句经典台词想起来，'老胡，英雄啊'！"

李教导员扑哧咧嘴笑起来说："老掉牙的《智取威虎山》，老掉牙的座山雕，你真当我只知道搞政工写材料，搞联谊求共建，跑家访串门子卖狗皮膏药，其他的什么都不懂啊。"

"你看，你看，我以前说的不都是开玩笑的话吗。"

还没等两个人再进一步地交流感想，大刘的手机又响起来了。大刘有样学样也打开免提，里面传来主管领导许副处长的声音，让他把常胜看管住接受纪检督察的联合调查。大刘把李教导员的建议向许副处长说明，没想到却换来许副处长的连声训斥，数落得大刘脸一阵红一阵白，他没容对方说完话就对着手机喊道："许建军！你给我闭嘴！别给你个梯子就上房揭瓦，数落起来人没结没完的。别的我不说，大小辈你分得出来吗？好歹我还是你师傅，你就这么尊师重道给底下人做榜样吗？我顶撞你怎么了？今天这场官司我跟你打定了，咱们董处长那见！实在不行咱们公安局李局长那见！"

大刘说的董处长和李局长都是一把手领导，官司真要打到这里就是刺刀见红，不掰扯出来个真章不算完。李教导员知道这个事情的严重性急忙想拦住大刘，可大刘早就挂断免提，顺手把手机朝沙发上扔出去了。"哎呀，你瞧瞧你，干嘛这么冲动呢？就算许处以前是你徒弟，也别这么说话嘛。你这回算是把人得罪到家了！"

大刘气哼哼地说："得罪就得罪，我还真就不信了，想当年我当警长的时候他像个跟屁虫似的，屁颠屁颠地跟着我溜达，我说一，他连两个零点五都不敢说。哦，当了副处长没长本事光长脾气了，都他妈跟谁学的！"

"那你也不能直给呀，怎么硬生生地顶回去，让人家怎么下台嘛。"

"他爱下不下，反正我这个所长也干到头了，趁这个机会我宣布革命成功找地方养老去，省得受这份闲气。"

李教导员又递过去一支烟，两个人都点上火抽了几口说："既然这样，那我就和你同进退吧，也省得让人家说咱所领导班子不团结。"

"你真的这么想？"

"真的，其实我们现在需要的，是太多的像常胜这样的民警了。我不知道你想过没有，他就像一粒种子，我们把他撒出去的时候没想过他会生根发芽，能不死在那块地里就行。可现在他经风雨、历寒暑已经长成了参天大树，我们只能更好地去呵护，而没有理由拿起刀斧去砍伐他。"

"老李，你说得太好了！"大刘忍不住朝李教导员伸出双手，两双手紧紧地握在了一起，"这是自你来到所里以后，我听到的最好的狗皮膏药！"

"你啊，唉……你是怎么当上的所长呢。"

"谁知道当时上级领导搭错哪根筋，非让我当平海北站的土地爷。想当初咱是刑警出身，我这小暴脾气要是犯了……"

"看见了，你把手机扔沙发了。你怎么不朝地上摔呢？"

"那是我自己花钱买的！"

两个人四目相视哈哈大笑起来。

这件事的发展没有大刘和李教导员想象得那么沉重。董处长在听完各方的汇报后，派出了个将近二十人的调查小组，这些从纪检、督察部门里抽调的人员一律着便服，通过各种方式悄悄进入到狼窝铺，几乎在同一时间找到车站、狼窝铺村、后封台村的人们开展调查。这么做的原因很简单，不给你任何串供的机会和时间。但是从被调查人员的反映上来看，几乎是一边倒地夸奖常胜。就拿狼窝铺车站的两位领导来说，贾站长把脑袋摇晃得像拨浪鼓似的，对纪检人员提出的问题统称为造谣诬陷，认为这是有坏人吃饱了没事干闲得难受。郑义书记比较理性，逐一反驳举报的内容，为了证明自己的话，他还带着督查的人员参观了职工食堂，除了介绍这是在常胜的倡议下才建立起来的设施外，还盛情邀请他们在食堂吃了一顿工作餐。

狼窝铺村两委书记王喜柱的表现着实把调查人员吓了一跳，听到来人是调查常胜涉黑涉黄问题的，王喜柱立刻变脸破口大骂把调查人员听得直嘬牙花子，等他骂完了才问道："您这是骂谁呢？"王喜柱说："骂写举报信的人！也骂你们这些听风就是雨，给个玉米棒子不分生熟就往嘴里塞的主。"弄得调查人员说了半天好话才灰溜溜地离开了。到后封台村，杨德明倒是没骂街，但言语里分明表达出对调查人员的不满，对驻站民警常胜的感谢之情。

调查的结果波澜不惊，除证明举报信上所有的问题都属于不实之词外，还从另一个侧面印证了常胜在狼窝铺驻站点的成绩。甚至有些参与调查的人员都怀疑，这个举报人不是脑子有问题，就是故意借题发挥反炒常胜，哪有这么无中生有兴风作浪的，这不是出力不讨好反而推出一个先进典型吗？

不管怎么说，这个插曲是暂时告一段落了，整个过程中唯一被瞒着的人就是常胜。他照例每天带着赛驴巡视检查货场，或是开着警车巡逻巡线，仍旧抽空去走访一下村里的乡亲，去关注小学校上下学的孩子们，仿佛周围人们悄然的变化与他无关似的。其实，敏感的常胜早就从人们的眼神里读出了故事，并且感觉这个故事似乎与自己有联系。直到有一天晚上王喜柱和杨德明拿着酒，叫来车站值班的郑义一起来点驻站点看望常胜。几个人聚在屋子里谈论起这个事件时，常胜不仅没有着急反而嘿嘿笑着说："我就说嘛，前几天你们神神秘秘地叨咕嘛呢？敢情是有人告我黑状啊。"

王喜柱端着酒杯说："兄弟，你真的一点也不生气？"

常胜摆摆手说："我生什么气啊，你们也不想想，我都从平海市里跑到狼窝铺山里来了，还有比我更倒霉的吗？再说替人背黑锅挨板砖我也不是头一回，我早就习惯了。"

郑义朝他挑起大拇指说："常警官，你真是有胸怀还很乐观，我佩服你。"

常胜端起酒杯一饮而尽，缓缓地说道："我就是个普通的公安民警，没什么大情怀，我高兴的时候也撒欢儿，郁闷的时候也骂娘。这件事对我来说真不知是好是坏，说实话，当初我不愿意来狼窝铺。你们知道我第一天来这里的心情吗？跟《水浒传》里林冲发配沧州时的感觉一样，那个时候我坐在屋子里就是'往事萦怀难排遣'，要不是还想着能回去，我早就天天'荒村沽酒慰愁烦'了。你们别笑话我，我真是差点把李少春先生的这段《大雪飘》当座右铭抄在墙上呢。可现在不一样了，现在我真有点喜欢这里的山、这里的水，还有这里的人了。我很矛盾，不知道领导让我走还是留，也不知道我该走还是该留……"

"你当然得留下了！"王喜柱和杨德明几乎同时说道，"你还得看着我们把桥修好呢。"

"你得留下，马上列车就要提速了。"郑义也附和着说道。

常胜听完他们的话嘿嘿地笑了……

冬天过去了，春天又来了。就像每逢春天的到来都能给人们带来温暖一样，伴随着杨柳风和满地的绿色，狼窝铺火车站迎来了旅客列车的又一次提速，也又迎来了几趟旅客列车的停靠。

王冬雨也伤势痊愈出院了，在她出院的同时还带来了葫芦娃郑念祖公司的人，他们是来山里考察中药种植基地这个项目的，这也是当时郑念祖偶然发现的资源，狼窝铺的山里遍布了野生的中草药。与其让它自生自灭，不如建立起一个天然的中草药基地，为制药厂家提供货源。王冬雨之前告诉常胜的那句话应验了——你给山里带来了财神爷。王喜柱和杨德明都有点鸟枪换炮的感觉，这个项目虽说落脚在狼窝铺，但却是惠及周边的工程，两个人紧锣密鼓地商量着抓紧时间修桥铺路的事宜。常胜变得更忙碌了，他除去正常的公安业务以外，还要有更多的时间在车站里巡视检查，因为来往上下车的旅客增多了，保护站区治安稳定查危防爆也得需要他这个驻站民警。

站台上的旅客三三两两地聚集在一起，再过一会儿就有一趟开往平海市里的列车进站了。常胜牵着赛驴在站台上巡视着，偶尔也会和相熟的人们点点头，开上两句玩笑。进站信号灯变了，接车的铃声响起来了，广播喇叭里传出来车站职工不太流利的普通话，提醒上车的旅客不要着急，等列车停稳后排队上车。常胜早就熟悉了每天周而复始的流程，他走到接车民警的位置上，目迎旅客列车进站停靠。

"这是今天最后一趟有停点的列车了，送完车再带着赛驴去货场转转。"常胜边在心里念叨着边和下车的乘警握手寒暄。列车的停点很短，没有两三分钟开车铃声就响了。常胜和乘警互道珍重习惯性地往后退了两步，就在这个时候从他身边急速地跑过去一位中年妇女，她像踩着风火轮一样地跳上还未关闭的车厢门，差点把乘警撞了个趔趄。"这个大姐也太着急了。"常胜心里想着不由抬头看了一眼，与此同时，对方也下意识地回头看了常胜一眼。

就是这短暂的对视猛然间让常胜的眉头锁了起来。"我在哪里见过她？"他怔怔地呆立在站台上，连火车开远了都没有移动脚步。"她不是狼窝铺村里的人，也不是常来这里的游客，她几乎没有任何行李更不像是走亲戚的，她也不是来车站办事的人，因为她是从车站外面跑进来的，她是谁？怎么看着如此地似曾相识？"常胜使劲地拍了一下脑袋，他调动起所有的神经末梢不停地在脑海里搜寻，翻腾着所有的记忆点，仍是对不上号。"是我脑子生锈了还是这段生活太安逸了，我怎么就想不起来她是谁了呢？"常胜喃喃地自责着，职业素养让他无法轻易丢下这个疑惑，"是不是协查通报里嫌疑人的照片？"想到这里，他急忙朝着驻站点走去。也就在此时，车站的拐角处，有一双眼睛在紧张地注视着他的一举一动，看着他朝驻站点的方向走去时，这双眼睛里折射出颤抖的寒光。

常胜回到屋里直接操起传真机旁的一摞协查通报，他挨个地仔细翻看着上面的照片和案情，竟然没有一个能和这个模样对应上的。"我神经过敏了？"他有点泄气地坐在椅子上，拿起遥控器打开电视，感慨着自己是否真有点神经质。电视里播放着滚动的实时新闻，都是反映祖国各地旧貌变新颜的消息，突然一条公安部实施打拐战役，打掉多个拐卖人口的团伙，解救多名被拐妇女儿童的消息映入他的眼眶。画面中亲人重聚的拥抱和泪水没有引起他的注意，而是打着马赛克的犯罪嫌疑人的简单供述让他心里一紧。嫌疑人叙述拐走孩子的方式不难，只是谎称家长在前面等着，让他来抱孩子过去。如果孩子哭闹就狠狠打几下，厉声斥责孩子不听话，然后有同伙作掩护借助最近的交通工具逃走。"这个手法怎么似曾相识呢？"常胜刚要停摆的脑子又旋转起来。"我在哪见过？我在哪见过……哎呀！"如电光石火般的灵光乍现猛冲击着他的大脑。脑中如碎片般的记忆一帧一帧地串成了影像，在他眼前不住地跳跃着。韩婶去买冰激凌的时候小孙子被人拐走，民警围绕着车站满处的寻找，他接班后扩大的搜索范围，长途汽车站监控中发现的嫌疑人，嫌疑人抱着孩子的样子，是个女人，还有被孩子遮挡住的半张脸……那半张脸虽然在镜头中只是一瞬，但他当时牢牢地把她锁定在自己的记忆里。他用力眨了眨眼晃动一下脑袋，仿佛这样就能将过去时和现在时对接上一样，两个影像在他的凝视中重叠，还原成本真的模样。

"是这个女人！是她，没错！"

常胜的手有点颤抖，他使劲地攥了攥拳头强迫自己冷静下来，这些目前都是自己的推测，他需要有证据来证实自己的判断。他操起桌上的台式电话，拨通了个熟悉的号码，这个号码是平海北站民警值班室的值班电话。

"喂，您好，平海北站派出所民警值班室，我是当班警长于涛。"电话听筒里传来的是小于的声音。

"哦，我是常胜。"常胜怔了一下，但还是压抑住自己的情绪低沉地报上姓名。

"师傅，师傅！是您吗？您给我打电话了！我，我，您有事就说，我，我肯定给您办好！"小于的声音明显地夹杂着激动和兴奋。

"真没长进，怎么还一兴奋就我、我的呢，跟他妈赶大车似的。"常胜挺直腰板举着电话缓缓说道，"我口述你记录，手头有纸和笔吗？好的，我现在开始说，嫌疑人性别，女，年龄约四十岁左右，留中长发，体态稍胖，身高一米六〇至一米六二，上身穿粉红色上衣八成新，下身穿一条砖红的裤子全新，脸上没明显特征，无随身携带物品，怀疑是拐卖人口的犯罪嫌疑人。乘坐4482次经由平海北站，乘坐车厢是7号，但有可能更换车厢。记下来了吗？我继续说，如该人在平海北站下车请值班民警务必拦截进行盘查，如该人未下车，也请派出警力上车对其进行询问……"

常胜举着电话的手在微微地抖动着，他平缓了一下呼吸继续说道："小于，你还记着韩婶丢的小孙子吗？"

"师傅，我记着呢，这个案子压在咱们头上好多年了。"

"也许就是她……"

"啊！师傅您别说了，交给我了，您就瞧好吧！"

"我等你消息。"

常胜放下电话刚要坐下喘口气，忽然看见赵广田站在门口，正瞪大眼睛看着自己。"广田，你站门口干嘛，进来啊。"他朝对方招手示意。"常警长，我，我是想问问你今天晚上还出去巡线吗？我妈有点不舒服，我想回去陪陪她。"赵广田吞吞吐吐的语气里明显有些紧张。

"是吗，你妈不舒服啊，你赶紧回去陪着她人家。"常胜说着话站起来，从桌上拿起两罐奶粉，这是周颖托乘警给他车递过来的，"把这个给你妈拿去，让她加强点营养。"

"不，不，我不要。"赵广田急忙举起双手推拒着。

"拿着吧，跟我还客气什么。"常胜把奶粉罐塞到赵广田手里，忽然间又像想起什么似的走到桌前说，"你这个月的工资来了，我得先做账才能给你，你稍等会儿一块拿回去。"

"不，不，常警长，我不着急用钱，天要黑了，我赶紧回家，明天再拿吧。"赵广田说完话，拿着奶粉急匆匆地走了。常胜看着他的背影有点疑惑，心想今天他是怎么了，有点神不守舍的。也许是担心老娘身体不舒服吧，这小子也算是个有孝心的人。

等待的时间一分一秒都是种煎熬。常胜在屋里不停地抽着烟，眼睛一刻也不敢离开桌上的电话，只留下耳朵听着窗外的声音。他太盼望着顷刻之间铃声爆响，话筒里传来小于向他报喜的声音。驻站点的门被推开了，王冬雨手里端着晚饭不声不响地走了进来，把饭菜放在桌上说："你该吃饭了，错过点还得给你加热。"常胜"嗯嗯"地点点头没有理会她的盛情。

"我最近忙着种植基地的事情，也没顾得上照顾你吃饭，这是我在食堂做的饭菜，你尝尝吧。"王冬雨把碗筷朝常胜眼前推过去。

"嗯，我一会儿再吃。我在等个重要的电话。"

"是……周颖姐的吗？"

"不是，我是等所里的电话。她一般都打我手机。"

自己何必要解释这个呢？常胜抬头看了看眼前的王冬雨，从对方的眼神里，他读出了一丝温馨的酸楚，也许该问问那天在医院里周颖跟她聊的是什么，为什么这段时间她很少来车站了。也许不该问两个女人之间的谈话，无论这里是否涉及自己，总之都是很敏感的。就在他犯愁怎么接续话题的时候，电话铃声猛然间响了起来。

常胜一把抓起电话说道："我是常胜，说话！"

"常胜，你小子眼光够贼的！好样的！"话筒里传来所长大刘的声音，"你这个炮儿点得漂亮！锉点子刚落地就让小于带着人掐了，急风暴雨地一通招呼立马全撂了。"

"刘所，您别跟我说黑话呀，我都快急死了！"常胜抑制不住内心的喜悦对着话筒喊着。其实他比谁都了解大刘，知道这个老所长的脾气，也知道他刑警出身，兴奋起来就会摆出以前的做派。这段话如果翻译过来就是：嫌疑人一下车就被小于带着人截住了，经过一番突击审查，嫌疑人全招供了。

"你小子别跟我装，我夸奖你不是让你跟我臭贫。再告诉你个喜讯，韩婶的孙子也有下落了，就是被这个女人拐卖到甘肃去了。"

"太好了，太好了，我这口气总算是喘匀了。"常胜紧握着电话眉开眼笑地看着王冬雨。

"你现在说话清净吗？还有一个重要的事我得告诉你。"大刘的语气忽然变得冷峻许多。

常胜看了一眼身边的王冬雨说："没问题，您说吧。"

"立即控制住你的保安赵广田，他是拐卖儿童团伙的犯罪嫌疑人。"

"啊！我没听错吗？"常胜虽然有思想准备但还是叫出声来。

"据拐卖儿童犯罪嫌疑人罗美娟的交代，赵广田参与了至少三起拐卖案件，他利用长途小巴车给这个团伙提供交通工具。这次罗美娟去狼窝铺找他就是有个地方避风头逃避打击，虽然三年前赵广田就脱离开这个团伙，但是所犯的罪错是抵消不了的！"

"有……有证据吗？"常胜喃喃地问了一句，声音小得连身边的王冬雨都听不见。

"有！公安处刑警队已经联系了平海、山东、甘肃的同行，他们会陆续把相关证据传递过来的。我已经派小于带着人去狼窝铺接应你了，常胜，别婆婆妈妈的。给我控制住赵广田，不能让他跑了！"

"是。"常胜放下电话转过脸看着同样满脸惊愕的王冬雨，"你都听见了？"

王冬雨不住地点着头一句话也说不出来。此时她心里各种复杂的情感纠缠到一起，让她欲诉无语。

常胜操起警棍和帽子走到门口又回转过来，他打开桌上的抽屉，从里面掏出一沓钱揣在口袋里冲王冬雨说："冬雨，拜托你帮我看一下家，派出所小于他们要是来了……让他们在这等着。我把赛驴留下来陪着你。"

"常胜，广田他已经改好了，他不是坏人呀，他还帮过咱们啊！你……"

已经走到门口的常胜停住脚步，他没有回头而是深沉地说道："我保证劝他自首，也保证他会享有嫌疑人的一切权利。但我不会放他逃走的！"

蓝白道的警车第一次悄无声息地开进村里，没有响警报，连车顶上的射灯都没有打开。常胜甚至没有将车开到赵广田家的门外，而是选择停在了附近的路口。他这么做的确是用心良苦，一是抓捕赵广田尽量不要给附近邻居留下印象，二是如果赵广田逃跑，警车可以起到阻挡的作用，并且还有随时的机动性。他下车后走到赵家门外，看见屋内亮着灯光才上前去敲门。听见从院子里走过来的脚步声，他全神贯注地盯住大门。门打开了，开门的却是赵广田的母亲。

"是常警官啊，你怎么来了呀，广田不是找你去了吗？"老人看着常胜疑惑地问道。这句话让常胜浑身一紧，他的第一反应是赵广田跑了。这个结果恰恰证实了他之前闪烁其词的言语、飘忽不定的眼神，还有离开驻站点时的匆忙，他甚至连给他的钱都不拿。"也许是我们走岔了，您看见他奔哪个方向去的吗？"

"好像是奔村西头去了，那边不是离着铁路近嘛。"老人指着西边的坡道说道。

"噢，那我赶紧去西边找他，天马上就黑下来了。"常胜压抑着内心的焦急转身要走。就在转过身去的那一刻，他敏锐地感觉到老人在他背后投过来问询的目光。他把手伸进怀里掏出兜里所有的钱，转身递给老人说："伯母，这是广田这个月的工资和奖金，本来想给他的，既然到家了就交给您吧，省得他乱花钱。"

"常警官，真是谢谢你啊。"老人接过钱说道，"你看看你，又送钱又送东西的，广田都告诉我了，奶粉还给我摆桌上了呢。"

常胜没有时间再和老人客套了，他急忙告别老人三步并作两步地跑到车前，钻进车里发动着火打开大灯，奔着村西头的土路扎了下去。对狼窝铺周边所有道路都烂熟于心的他知道，村西边离铁路线近但离公路也近，假如赵广田翻过山梁跑到公路上，可以随时拦下或者扒上长途汽车，最不济也能靠近铁路扒火车，只要他跑出了山就泥牛入海再也不好寻踪了。

汽车在乡间的土路上蹒跚着向前开进。黑夜的笼罩、山路的颠簸，加上漫无目的的寻找，把常胜急得连额头上渗出的颗颗汗珠都顺着脸颊吃到嘴里了。突然，在汽车灯光的照射下，他看见前方山路上，闪现出一个弓着身子拼命蹬踩着自行车的人影。"是赵广田！"常胜使劲地按响喇叭同时把车灯开到最强挡，他打开扩音器操起话筒喊道："赵广田！我是常胜，你给我停下！"

喊声好像发令枪一样，不仅没有让赵广田停下，他反而骑得更快了。"赵广田，你给我停下！你的破自行车跑得过我四个轮子吗？停下！"常胜手握话筒大声地喊着，"我警告你，你再不停下我就……我就撞过去了！"

或许是这个警告震撼住了赵广田，也或许是赵广田实在没有力气蹬车了，就见他一个跟头连人带车摔倒在地上。此时常胜的车速太快了，而赵广田就横躺在道路中间。情急中，他迅速扭转方向盘，脚底下猛力地踩住刹车，汽车发出刺耳的尖叫声，这是轮胎紧急制动时与地面摩擦发出的声音，车子裹挟着卷起的尘土和沙砾一头朝山边撞了过去。

第十六章

　　这种撞击对于改装过的车辆几乎是致命的，常胜感觉自己像是被人在胸前、背后狠狠地用铁锤敲击着一样，因为没系安全带，他的头在撞破风挡玻璃后弹了回来，又撞到了方向盘上，他感觉自己的大腿有些发麻，胳膊也有点不听使唤。他使劲咬了一下舌头，有痛感但不明显，证明自己还没有昏迷。他伸出手漫无目的地在车里摸索着，摸到的是扩音器上的话筒，他把话筒凑到嘴边先是长长地呼出一口气，然后费力地喊道："赵广田，你还在吗，在就答应我一声。"

　　赵广田早就被刚才的一幕吓呆了。他摔倒在地的时候，常胜驾驶着的汽车直奔他呼啸而来，他恐惧地伸手挡住照向自己的车灯，他几乎能感觉到汽车轮子扑向自己时喷出的热浪，他心里想这回完蛋了。可谁知道常胜硬生生地踩住了刹车，为了不撞上自己，而选择在狭窄的公路上撞向山体。他连滚带爬地跑过来说："我在呀……"

　　常胜拿起话筒对着赵广田说："赵广田，我命令你，向警察投降……投降。"

　　赵广田哭丧着脸说："常警长，您都这样了，您就放我一马吧。"

　　常胜看着赵广田说："我放了你你又能跑到哪去？你就不为你那白发苍苍的老娘想想吗？她本来是想让你给她养老送终的，你这一跑她的愿望就落空了。"

"我不跑？让警察抓去也得关起来啊。"

"关起来是接受法律的制裁，改造好了还可以重新再来呀。可你今天要是跑了，就算你能侥幸地暂时逃避抓捕，你还能回得来狼窝铺吗？你心里……心里很清楚，在你侥幸逃跑的日子里是不可能再回来了，遥遥无期的逃亡、等待抓捕的恐惧、思念亲人的感受，这些你都想过吗？"

"常警长，你别说了，我害怕啊！"赵广田扑通一声跪坐在了地上。

"广田啊，跑不是办法，天网恢恢疏而不漏，你跑到这么偏远的山村里，我们都能找到你，难道你还能跑到火星上去吗？按咱狼窝铺的辈分，你得喊我叔，按工作上的关系，你是我的保安员。我不对你宣讲政策，就劝你一句，自首吧。如果你不听，我现在是没有能力抓住你，但我要告诉你，有朝一日你在接受法律制裁时，想想现在，你会后悔的……"

看着倚靠在驾驶室里面色苍白的常胜，赵广田百感交集，昔日里和常胜一起巡逻一起走乡串户，一起吃饭一起聊着狼窝铺以后会变成什么样，还有常胜对他亲如家人般的关心和对老母亲的照顾，还有那天晚上自己挣脱开捆绑的绳索，跑去叫人来支援常胜时的情景如开闸放水一样，瞬间填满了他记忆里的每一条渠道。他愣在那里挪不动步了。

"你知道我为什么，为什么让派出所来的人在驻站点等着吗？"常胜盯着眼前如在悬崖边缘上徘徊的赵广田，"我其实可以叫他们在前面的路上，堵着你。因为我想，应该是我把你带回去，这样你还能有自首的机会……"

"常警长，你别说了！我向你自首！我向你自首！"

赵广田跑到汽车边使劲拉动变形的车门，因为撞击的力量太大，车门变形被卡住了。赵广田跑到后面车厢里拿出撬棍，拼命地撬动车门直到把门撬开，才搀扶着常胜一点点地挪出车外。两人筋疲力尽地靠在路边的山坡上，赵广田顺手抹了一把汗，却发现自己满手是血，他不禁惊叫起来："血，血啊！"

靠在坡边上的常胜轻声地哼了一下说："是我腿上的血，可能是被车里折断的铁管划破的，你帮我看看伤得重吗？"

赵广田借着车灯光看过去，发现常胜的大腿外侧，撕裂开了足有两寸多长的口子，鲜血还在缓缓地往外流淌着。"常警长，叔，您这腿上的口子太大了，得赶紧去医院啊。"说罢他拿起手机拨打电话可就是拨不出去，他又掏出常胜的手机拨打，结果还是一样无法拨出。

常胜见此情景苦笑一下说："黄鼠狼专咬病鸭子，非赶上这个时候手机没有信号。广田，我教你怎么给我包扎。你去车里门边上找找，那有一盒曲别针，是我平时去学校别宣传画用的。找到之后再把车座套拆了，撕成一条一条布拿过来，包伤口用得着。"

赵广田手忙脚乱地找到曲别针，又按照常胜说的办法把布撕成条后拿过来。常胜让赵广田先撕开自己的警裤，然后指着伤口说："你用手捏住伤口，捏住一块别一个曲别针，以此类推，然后再用布包上，来吧。"

"不，不，不，我干不了。"赵广田恐惧地摇晃着双手。

"这是简单的现场救护，你别害怕。我要不是肋骨折了自己就能动手，现在只能依靠你了。"常胜倚在那里说，"来吧，这比挑根手里的刺容易得多。"

"叔，我下不去手啊！"

常胜使劲想移动一下身子，但即使稍微地晃动，伤口里就会往外冒出血浆："你看见了吧，我不能使劲也不能让血总流着，时间长了失血过多会更麻烦。你别犹豫了。快点！"

赵广田在常胜的鼓励下哆哆嗦嗦地拿起曲别针，捏住一块伤口别上一个曲别针。每一次曲别针与伤口接触时，都会发出吱吱的声响，常胜咬紧牙关一声不吭，任凭汗水顺着自己的脸流淌到身上。直到赵广田帮他全部包扎好伤口，他才忍不住"哎哟"了一声。

"叔，您可真是山神爷啊！我长这么大就听跃进大爷说过，他以前用手给别人抠过子弹。像您这样没有麻药真杀实砍地往肉里缝针，我是第一次见。我打心眼里服您了！"赵广田佩服地感慨着。

常胜喘了口粗气说："别捧臭脚，不爱听。给我弄根烟抽。"

赵广田急忙在口袋里掏出香烟递过去，又打火给常胜点着。常胜狠狠地吸了几口，吐出长长的一串烟雾说："广田，你小子够精的，一直跟我打马虎眼。现在想起来我才明白，你为嘛不愿意跟我去平海北站了……你是看见韩婶，心里搁不下呀，我说得对吗？"

赵广田愧疚地点点头："叔，我都后悔死了。当初要不是那俩钱闹的谁愿意给他们帮忙呀，谁愿意干这个伤天害理的事啊。都是这个罗娘们儿把我拉下水的，我干了几次实在害怕，就躲开他们回老家，可她还是阴魂不散。这回她想来山里长住我没答应，她威胁我说不给她钱跑路就把我也点了，我只好给她钱让她走，谁想到她偏偏去坐火车。当时我在远处看着呢，您跟她一对眼神儿，我就知道完蛋了，唉……"

常胜艰难地摇摇头说："她不坐火车也跑不了，落网只是时间早晚的问题。就像人们常说的那句俗话，不是不报时候未到，现在是时候到了。"

赵广田羞愧地低下了头。

远处黑漆漆的山路上突然传来几声狗叫，这叫声划破了寂静的夜空，像是在呼唤着自己的主人。常胜听出来了，这是警犬赛驴的叫声。他按捺不住内心的喜悦示意赵广田赶快去按响汽车喇叭。随着赵广田不停地按响着喇叭，赛驴果然从黑夜中钻了出来，它汪汪地叫着径直扑进常胜的怀里，不住地嗅着主人身上的味道，然后转过头去朝着漆黑的山路使劲地叫着。"赛驴，我知道，是你搬救兵来了。"常胜爱怜地抚摸着赛驴的头部，眼里忽然有些湿润。

两辆汽车闪着强烈的灯光，一前一后地出现在山路上，前面的是王冬雨的车，后面紧跟着的是派出所的警车，他们在赛驴的引导下终于找到了常胜。

常胜瘫坐在地上，他想朝跑过来的王冬雨和小于招手却抬不起胳膊，他想朝他们说两句话喉咙里却干涩得发不出声音，他想用眼神表示一下亲热，却发现所有人的影像是这么模糊，直到在他眼前漆黑一片。

常胜再也坚持不住了。他晕倒在王冬雨和小于的怀里，一点知觉都没有了。

常胜的身体素质真叫一个结实，外伤流血内伤骨折再加上猛烈撞击，虽然没伤及内脏可也够平常人喝一壶的。但常胜几天就缓过来了，还能和陪着他的周颖开玩笑，说医院里的饭菜像喂猪，让周颖给他做饭吃。和来探视他的王喜柱、杨德明偷偷地要烟抽，弄得病房里烟雾缭绕，招来大夫护士一通斥责。和来看望他的大刘、李教导员等人要贫嘴。他见了大刘就要好吃的，埋怨当所长的光拿个信封装点钱，也不说给自己买点包子、炸糕之类的饭食。见了李教导员就抱怨："我这回怎么着也得来个一级英模吧？你光拿束花来就把我打发了？"弄得大刘和李教导员气不得笑不得，只得嘱咐他说："注意自己的言行，有些话跟我们说说就算了，等上级领导来看望的时候你可千万别胡说。"桥归桥路归路，大刘和李教导员从病房出来后，两人不约而同地意识到了一个问题。常胜没有老生常谈，他不再提那个一年的期限，他也不再问自己何时能回平海了。

常胜从医院伤愈回来的时候，赵广田的案子已经审结进入检察阶段。他特意跑到看守所去看了一趟赵广田，因为都是熟人，看守所的民警对他没有严格的时间限制。两人隔着桌子聊了好久，常胜告诉赵广田让他好好改造自己，出来以后还回到狼窝铺，他跟王喜柱说好了，在中药种植基地给他留了一份差事。赵广田感动得泪流满面，连声地表示自己一定好好改造争取早点出去，回家安守本分伺候自己的老娘。

从接见室出来，常胜想起要去一趟刑警队。因为有个事情始终没有回音，让他心里感觉没着没落的。好在刑警队的预审大队离看守所不远，他溜达着不出五分钟就能走到。刑警队的预审大队副队长是常胜的同期，两人见面寒暄几句常胜就直奔主题，他问对方自己拜托的事情怎么样了。副队长挠挠头说："你恐怕是搞错了，现在这个案子已经进入尾声，嫌疑人土里鳖还是没有供认呀。"常胜说："是不是你们给的力度不够呢？"副队长说："力度不小了，我们总不能去刑讯逼供吧。按说像盗窃、袭警、伤人那条罪都比毒死两只猪在处罚上要厉害吧？可他就是不认账，所以我才说有可能是你搞错了。"常胜也被副队长说得有点犯晕，连忙问对方："笔迹你们得鉴定吧？毕竟这也属于证据范围内的。"副队长摇摇头说："土里鳖认识的字，满打满算加一块没超过十个，我让他写自己的名字他还少写了一笔呢。再说也做过文字鉴定，对不上牙口。"

从预审队出来的时候常胜还一直在想，是不是自己真的搞错了呢？可按照常理上来讲，每个案件的发生都是有因有果的，何况这个案子价值不算大，只是毒死了家禽家畜，如果是土里鳖作的案，他怎么会只认大不认小呢？

驻站点的屋子收拾得很干净。常胜住院这些天，派出所展开了个短期轮值活动，让没有来过狼窝铺的民警轮换着到驻站点来住几天。用大刘的话说，都去享受一下天然氧吧的滋润，也都去感受一下边远地区的辛苦。派出所还请示公安处给狼窝铺驻站点更换了一辆新警车，高标配的警用桑塔纳。他抚摸着屋子里自己熟悉的物件，心里油然生出股亲切感。他在心里默算了一下，虽然离开的时间并不算长，可想起来总觉得像分开好久一样。

也许是要欢迎常胜重归故里似的，狼窝铺这些天很平静，就连以往热闹的货场也少了往来穿梭的货物列车。夜晚的山里还是那么寂静，驻站点里仍然只有赛驴忠实地陪着他。常胜边抚摸着赛驴的毛发，边与周颖用手机微信聊着天。他们聊天的内容也在悄然地发生变化，变得更温馨，变得有更多的温情在来往的文字中荡漾着。

时间已经接近深夜了，常胜让赛驴回到外屋棉垫上卧下，自己则把脱下的警服、帽子、警棍、强光手电等依次放好。这也是他的习惯，如果发生突然情况也能做到忙而不乱，不会丢盔卸甲地跑出去。收拾完毕他刚要躺下，桌上的座机电话猛然响了起来。"你好，狼窝铺车站驻站民警常胜！"他本能地操起电话对着话筒自报家门。

"常警官，是你啊。太好了，我是老贾呀。"贾站长的语气亲切很多。

"得，你这么晚给我打电话肯定没好事，我就当是你补办欢迎仪式吧。说，怎么了？"常胜说话间已经抓起了警服。

"有一起路外。刚才客K136次司机报告，在狼窝铺正线144.3公里处碾轧一人，据司机说是该人抢行通过线路，因为车速太快又是夜间，虽然鸣笛示警可还是撞上了。"

贾站长向常胜报告的是一起路外伤亡案件。以前铁路沿线没有架设护网时，来往的行人或者机动车横穿铁路时常会与通过的火车遭遇，其结果往往惨不忍睹。高速行进中的列车会使被撞物体像高空抛物一般扔向最高点，然后似点燃的烟花在空中四分五裂，散落得随处都是。侥幸能有个完整尸首的人，也是头开肉裂骨断筋折。出现场的铁路公安民警，基本上都会有这个经历，那就是沿着铁道线去寻找亡者尸体的碎片，找到后将他们一一拼凑起来，为亡者还一个整尸首，给那些死去或是自杀的人最后的尊严。

常胜麻利地穿好衣服戴上帽子，当他伸手去抓汽车钥匙的时候，赛驴已经用嘴把门打开，瞪着眼睛盯着自己的主人了。常胜挥手朝赛驴做出个出发的手势，一起冲出屋子。

警车刚开到车站门口，常胜就看见贾站长和一名职工在等着他。他停下车让两人钻进车里，使劲踩了脚油门打起警灯上的爆闪，奔着出事现场开去。一路上他又详细地询问了事发经过，贾站长只是按照火车司机的说法叙述，断断续续的也不完全。他边选择着去事发地点的线路，边在脑子里回忆事发区段的环境。"正线144.3公里在后封台村附近，两边道路平坦而且是高路基，好像已经加固护网了。人是怎么钻上来的呢？"

经过一段摸黑行驶，常胜把车停在路边，他估摸着已经到出事地点了。

钢轨在漆黑的夜晚里闪着丝丝亮光，那是因为天长日久与火车轮子反复磨蹭碾轧造成的，如果有个月朗星稀的夜晚，钢轨折射出来的亮光从很远处就能望到。他让职工在道边看着汽车，贾站长举着手电，借着钢轨上发出的幽光爬上了线路。像常胜和贾站长这样经常在铁路沿线上行走的人，一般都对里程碑很敏感，每隔一段线路的路基上都会有或大或小写着数字的石牌，他们就通过这些石牌给自己要找的区段定位。贾站长走了几步叫过来常胜，用手电照射着石牌上的数字说："就是这里了，144。"

常胜站在道心里用手电照明环顾着两侧的护网，他发现靠近坡道的护网被撕开一个洞，而对面的护网也像孪生兄弟似的豁开一个口子。"这是经常有人从豁开的地方钻过去，看来死鬼是熟悉这个地方呀。"他边想边和贾站长顺着线路朝两边走去，他们俩是在寻找被撞者的遗体。常胜走出去几十步看见在铁道边上趴着黑乎乎的一团东西，直觉告诉他这可能就是死者的遗体了。他叫过来贾站长给他打手电照明，自己端起相机走过去。勘查现场是铁路公安必备的一门手艺，每个沿线驻站的民警都会，而且都能根据现场的痕迹做出初步判断，基本确定死者的死因是否自杀，是否抢行线路，是否涉及其他的刑事案件。

这是常胜自到狼窝铺以来的第一起路外伤亡案件。他很认真地察看着死者的伤情，边看边用相机换着角度拍照，嘴里还默默地念叨着一些零碎的话。贾站长凑近了才听清楚，他是在叙述勘查的结果。"死者头南脚北呈俯卧状，头部有明显开放伤，判断是抢行通过铁道时被火车车头撞击，然后翻滚在路基上死亡。右臂……右臂疑似骨折。老贾你给我照着点，我把尸体翻过来看看……"

贾站长把手里的强光手电举得很高，常胜在灯光下慢慢地将尸体翻转过来，当他的目光看到尸体胸前的时候不由吸了一口凉气。贾站长也感觉到了常胜身体轻微的颤动，连忙问道："常警官，怎么了？"

常胜指着死者前胸上的一片血迹说："从火车司机的速报和现场

来看，死者致命伤应该是头部，被撞到时他先翻滚以后才落到路基上，而且在被火车撞到时他手臂有一个下意识的遮挡动作，综合这几点来看，如果死者手臂、头部有血很正常，可是他前胸上怎么会有血迹呢？"

"也许是人死后流到胸口上的呢。"

常胜摇摇头说："不像是，你看这是路基上坡，他头朝下俯卧着，要是流血的话应该是流到路基上边。再说路基上也有血迹，还是仔细检查一下吧。"他打开携带的勘查包，从里面拿出来剪子和镊子准备剪开死者的衣服，贾站长似乎有点紧张，持着的手电光晃动了一下。

常胜回头说道："老贾，你照稳点，灯光别晃，我看不清楚。"

"常警官，我想跟你说……"贾站长语气里带着些踌躇说，"这人，这人是被火车撞死的，论起来是横死。在狼窝铺山里有这么个忌讳，横死的人最好别动，动了就怕有冤魂野鬼找上你……"

常胜点点头说："我知道这个说法，可发现疑点不去勘查我心里别扭。老贾，不管死者是谁，我总觉得应该给他个交代。你要害怕就给我打着手电照亮，我这个职业就是辟邪的，就算是有孤魂野鬼见了我也得给点面子。到时候我跟他们说说，这事是我逼着你干的，让他们找我来。"

贾站长被常胜的话逗得无可奈何地笑了笑，继续举着手电为常胜照明。常胜借着手电筒的光亮，轻轻地剪开死者的衣服。他首先看到的是胸前两沓厚厚的人民币，在成沓的钱上有个刀锋捅过的痕迹。他拿开这些钱，死者胸前赫然显示出一个血洞。"看来是这沓钱挡住了刀锋，但刀子还是刺破了他的前胸，他忍着伤痛跑到这里来。想穿越线路继续逃跑，不巧这个时候列车通过直接撞上了他。"常胜在心里默默地想着，"这已经不是简单的路外伤亡事件了，这是谋杀未成，死者拼命逃逸才造成的被撞现场。"他继续翻动着死者的口袋，想从里面找到能证明身份的东西，但是除了掏出两个塑料袋包裹的结晶体外，再没有任何东西。常胜冲亮光举起手中的塑料袋，眯起眼睛辨认里面类似冰糖的晶体。这是什么玩意儿呢？他看着看着脑中的神经忽然绷紧了，这种晶体太像冰毒了！

常胜想到这里朝远处打了一个呼哨，赛驴穿过幽黑的铁道线冲着他跑过来。他指了指死者和周围的地方，赛驴凑过去低头嗅了一下，然后转身朝护网那边跑去。在赛驴的带领下，他们穿过护网在路基边停下，手电光照到了溅落在石渣上的点点血迹，他们顺着血迹来到公路上，看见赛驴正围绕着一块地方转悠。常胜走过去蹲下身子仔细地察看着，地上残留的汽车轮胎印显示，这个地方曾经停过一辆小型汽车。他又举起手电向身后照去，在不远处的路基上护网清晰可见，钢轨还幽幽地闪着亮光。

"常警官，你找到什么了？"跟随过来的贾站长不解地问道。

常胜没有直接回答贾站长的话，而是站起来在原地转了一圈，然后目测一下从这里到铁道上的距离才说道："老贾，都说我嘴黑，其实你比我嘴还黑。这回还真让你说对了，他兴许就是孤魂野鬼。"

"哎哟，常警官，你可别吓唬我啊！"

"你别怕，我是想印证一下自己的判断。"常胜摆摆手说，"你在这站着，看着我朝铁路线上跑，等我钻过护网爬上铁道时你用手电给我打一下强光。"

"你到底想干嘛呀？这黑灯瞎火的多瘆人啊。"

"你别担心，帮忙看着点，现在我开始了。"常胜说完话走到赛驴打转的地方。他先席地而坐，少顷抬腿空蹬了一下，然后作势手捂着胸口脚步有些跟跄地朝铁道上跑去，他是在设身处地地还原整个现场。其实在勘查完整个现场后，常胜已经把模模糊糊的几个场景串联了起来，他尝试假装自己就是这个死者，先是在车里被熟悉的人突袭，锋利的匕首刺中自己的前胸。但凶手没有想到，揣在他胸口袋里的钱挡住了一半的刀刃，刀虽利快，刀虽刺中了他，但没有致命。

他挣扎着推开凶手踢开车门，手捂着胸口拼命朝铁道线上奔跑，他了解这段线路，他知道这里护网的缺口，他从这里能钻过铁路跑到对面的草丛里。此时，凶手也跳下车在后面追赶，两人的距离不会太远。他跟跟跄跄地爬上路基，钻过护网跑到铁道上，由于奔跑的速度太快，他身体前倾快要跌倒了。这个时候一列火车呼啸而至，车头上的大灯投射出来的光束已经能照到他的脸上，汽笛的爆鸣没有能阻止他的脚步，反而让他惊恐地举起手臂想挡住扑面而来的庞然大物。可是随着列车的飞驰而过，这一切都结束了……

贾站长在他身后用手电打来了强光，常胜靠灯光的提示在铁道线上停住脚步。"这个地方应该是事发位置。"他脑中浮现出这个念头，又举起手电看了看远处趴在地上的死者，心里清晰了许多。

"常警官，常警官，你赶紧回来吧。"贾站长在路基下面朝着他喊着。

常胜没有理会贾站长的呼喊，他掏出手机拨通派出所的值班电话，开口就说："狼窝铺驻站点常胜，有一起路外伤亡，请报刑警队出现场。"

刑警队赶到现场的时候，常胜已经用车里的装备拉好了警戒线。

大案队的张队长认识常胜，两个人在现场互相递烟点火聊了几句，看着刑警队员们熟练地进行着现场侦查，常胜禁不住感慨几句说："当初去刑警队就好了，一水的新设备怎么看都像国军，我们充其量也就是个土八路的装备。"张队长抽着烟笑着说:"装备好没有用,关键是脑子好使才行,像这个现场你要不认真也许就滑过去了,所以说咱们这行还是那句老话,结束战斗得靠步兵。"常胜感慨地说:"您这话没错,我给您的塑料袋里的东西,还有死者身上的钱,这些证物但愿以后能起作用。"张队长拍拍常胜的肩膀说:"这事交给我你就别管了,需要你配合的时候会告诉你的。另外嘴严点注意保密。"张队长说这话的时候用眼瞟了瞟贾站长他们俩。常胜点点头说:"我懂得,我想多问您一句,那个袋子里装的到底是啥?"张队长瞥了一眼常胜说:"亏你还是个老铁警,车站执勤打现行这么多年,大小的案子也见过不少吧,冰毒看不出来吗?"

张队长的话让常胜陷入了沉思,也让他察觉到自己这一亩三分地里不是想象中的风平浪静,而是平静水面下的波涛漩涡暗流涌动。

常胜不是个能闲得住的人,144.3公里的这个案子过了几天没有结果,也没人告诉他应该怎么办。这要是放在别人身上兴许就坐等通知了,可他不这么想。狼窝铺这块地方纵横交错的铁路线都归公安管,连沿线铁路附近的村庄也在范围内,既然上级领导没有明确的指示,我走乡串户宣传爱路防伤总行了吧?于是他带着赛驴,装上水桶直奔后封台去了。

其实他有自己的小心思,既然这起案件发生的地点靠近后封台,那就说明死者与后封台村多少有点联系,他可以借助沿线宣传的机会,去后封台村搞一次暗中调查。

杨德明看见常胜到来立马兴高采烈地迎过来,拉着他的手就要往村委会里去。常胜急忙拦住说自己就是转转,例行地搞一次爱路宣传。杨德明则解释说:"让你去村委会歇会儿,别总是到村里来就走访宣传的没个完,你也得注意自己的身体,要是累坏了,王喜柱准得往我身上推。"常胜笑着说:"没这么夸张,我身体素质还行,又不是纸糊的蜡扦。"两人聊着,常胜很自然地把话头引向前几天的事情,问杨德明村里有何反应。杨德明摇着头说:"这个死者不是咱村里的人,如果是我还能不认识吗?不瞒你说,我连村里的租咱地方的那个公司的人都问了,他们也说没有这个人。"杨德明的这句话把常胜的心思勾起来了,对呀,后封台还有个平海市开发水资源的公司在这呢。

"大哥,带我去打几桶山泉水吧,好些天没喝到您后封台的水了。"常胜想到这里笑嘻嘻地对杨德明说。

"这还不好办吗?我也是最近准备修桥铺路忙乎得头昏脑涨,要不然早就该让人给你送去。"杨德明拉着常胜的手说,"你开车,咱现在就去打水。"

常胜这回选择的打水地点就在水资源公司的门口。他打完水带着赛驴溜达到这个公司的院子里,没走上几步就被个文质彬彬的年轻人拦住了,杨德明赶忙向对方介绍常胜的身份。对方听说是驻站的铁路公安,神情中稍许有些如释重负的感觉,他掏出烟来递给常胜和杨德明,简单地说了几句公司的业务和常驻在这里的人员,最后客气地对常胜说:"还希望您能多关照。"常胜大大咧咧地点点头,满口答应着和杨德明走了出来,但是对方神色上的微妙变化,赛驴竖起耳朵如找到嗅源般的样子,还有随着山风刮到他鼻子里的那股隐隐的味道,让他在心里暗地里打了一个结。

他刚回到驻站点就接到大刘的电话,电话里,大刘语气严峻地告诉他,最近这些天铁路沿线宣传以狼窝铺村为主,不要跑得太远了。一个是刚回到岗位上要注意身体,另外不要影响别人的工作。常胜听完这话有点不高兴在电话里说道:"我能影响谁工作呀,我是去自己的管区巡视检查,碍着别人什么事啊。"大刘说:"你别跟我顶嘴,让你盯着狼窝铺车站你就盯着，余下的事，刑警队张队长以后会告诉你的。"

大刘是所长，他说的话等于是下达了命令，常胜心里虽然不愿意可也得执行。不让去远处就在近处转悠吧，两天下来，常胜把狼窝铺车站的每个地方，每间屋子的门槛都踩遍了，好在大家伙跟他都熟悉，到哪里都能沏上好茶摆好座位聊几句。常胜也把王喜柱给他的好烟叶捧在手里，到一间屋里就和几杆烟枪们抽一通，弄得到处烟雾缭绕，进了车站办公小楼就能闻到呛人的烟叶味。这天，常胜又带着赛驴从货场转悠到车站，刚走到办公小楼下面，就看见从二楼的窗户里扔出来个烟盒。

"咳！这谁呀，满处地乱扔垃圾，把脑袋露出来让我看看。"常胜仰着脖子朝楼上喊道。

随着喊声，二楼窗户里探出个人脑袋来，是车站的吕调度。他看见常胜在底下急忙伸出手去说："常警官，是我扔的，这不是没烟抽了吗，一生气把烟盒扔了。一会儿我下去捡起来。"

常胜朝着吕调度笑着说："至于这么大脾气吗，没烟抽买去呀，找谁要一支谁还不给你啊。真是的。"边说边顺手把烟盒捡了起来。

吕调度看见常胜捡烟盒有点不好意思，急忙说道："我这是调度室，一个萝卜一个坑，今天他们都吃饭去了就我自己顶岗，我可不敢离开。"

常胜朝他扬扬手说："得了，你等着吧，我给你送粮食去！"

车站无论大小都会有一个与行车相关的调度室。这个屋子属于闲人免进的地方，也是车站的要害部门。因为事关行车安全，所以必须是车站各个部门中的重中之重，调度员24小时轮班从不会缺岗断人。平时就连常胜也很少能来到这个部位，今天吕调度这个烟盒扔得真巧，正赶上他巡视货场回来还带着烟叶，他想起来也该去这个屋子里转转，于是带着赛驴上二楼，推开门走进了调度室。

　　吕调度正愁着没烟抽呢，常胜雪中送炭来了。两人也没客气，摊开烟丝，用手撒在撕好的纸条上，顺势卷起一个喇叭筒，用舌尖上唾沫封好边口，点上火开始喷云吐雾。常胜很少进车站调度室，看到里面的线路图显示器都觉得很新鲜，尤其是那个车站平面的电子显示器，上面红红绿绿的灯光更引起了他的兴趣，就在他要凑到跟前去观看时，旁边墙上挂着的一块小黑板引起了他的注意。

第十七章

黑板本身没有什么奇怪的地方，但黑板上的粉笔字让常胜瞪起了眼睛。

调度室里的黑板是用来记录车次时间、序号，还有重点列车、警卫列车的级别和通过线路提示用的。出于保密的缘故，在黑板上记录的文字和阿拉伯数字都只是自己人才能看懂的，因为一天通过、停靠、保留的车次很频繁，所以黑板上的粉笔字会随写随擦。让常胜瞪起眼睛的不是黑板上的数字和外文，而是黑板上的粉笔字。

"我怎么把调度室也有粉笔这个事给忽略了？"常胜禁不住在心里暗自责备自己一句。当初赵广田家养的猪被毒死，投毒人在猪圈墙角上写的那几个粉笔字他还记着，当时虽然没有大张旗鼓地找这个线索，但也把小学校、村委会这两个能接触到粉笔的地方列入怀疑范围。为此还让王冬雨悄悄地把能接触到学校的人员列了份名单，随着他的调查，发现都与赵广田家没有利害关系而被排除。因为赛驴追踪到后封台附近，他当时很自然地就把怀疑对象列在了盗窃团伙中。可是抓到了团伙的主犯土里鳖后，这家伙矢口否认做过此事，让这个小小的案子变成了悬案。可现在阴错阳差地在调度室看见粉笔，不由得把常胜在心里放下的事又勾起来。

正当常胜仔细端详墙上的黑板时，调度室的门被推开了，郑义从门外走了进来。他看见常胜坐在屋里先是怔了一下，随后立即绽开脸上的笑容问："你怎么跑调度室里来了？是有警卫任务还是来查重点列车的？"常胜摊开两手回答说："什么也不是，我是来检查车站的重点部位，看看调度室里的防火设施齐全吗？"郑义听罢忙让吕调度给常胜展示消防用具，就在此时，蹲在门外的赛驴悄无声息地进到屋子里，紧跟在郑义的脚后嗅着。赛驴的这个举动让郑义吓了一跳，从他脸上的恐惧表情上来看，他是很害怕狗的。常胜急忙喝住赛驴，可是赛驴好像没有听见常胜的指令一下，仍旧固执地跟随着郑义的脚步。

"你看你还挺招赛驴喜欢的。"常胜边说着笑话边再次喝止住跟着郑义的赛驴，"这说明你和它有缘分。"

郑义也苦笑一下说："我从小就怕狗，见了狗无论大小都躲着走。"

常胜说："我还是把赛驴牵走吧，别影响你们正常工作。"

常胜给自己找了个台阶，牵着赛驴从调度室里出来，但他没有马上离开车站办公小楼，而是牵着赛驴又挨屋转悠了一圈，还特意跑到贾站长的办公室里喝了杯茶。从车站返回驻站点的路上，他心里的疑团不仅没有解开，反倒是越来越重了。赛驴是条警犬，它不会无缘无故地纠缠一个人，除非此人与它嗅到的味道有关联。为了证明这点，常胜装作漫无目的地在车站里闲逛，有意识地观察赛驴对每个人的反应，从职工到贾站长，赛驴都没有表现出类似对郑义的敏感。

这说明什么问题呢？常胜陷入了深深的思考之中。他回到屋里坐下，拿出纸笔在上面潦草地画着各种图案，又用直线和曲线相互串联，但画到最后总是接续不上。他心里明白，如果自己画的各种线条能顺畅连接，则需要有证据的支持。停留在推测和直觉上的东西，只能是海边的沙砾，被冲上岸的海浪轻轻一推就荡然无存了。

他将画上的几个点标注上人名，又看了看他们之间的相互关系，在屋子里转悠了几圈才下定决心，他先给第一个标注点上的人拨出了电话，这个人是王冬雨。电话接通后，王冬雨告诉他，自己正在平海市里跟医药公司商量签订合同呢。他先表示一下祝贺，然后问了几句王冬雨上大学时学习情况和学习的专业。王冬雨虽然很奇怪，但还是简单地跟他说了几句。

他撂下王冬雨的电话，又给后封台村的杨德明打了过去，两人寒暄了几句，常胜忽然向对方问起一个事情。杨德明一时语塞，但他仔细想了一阵原原本本地将事情的经过告诉了常胜。

这些事情办完了，他才开车来到那对聋哑夫妇的家中。自从他答应嫌疑人周桦鹏继续资助这个孩子，就每月都悄悄地从口袋里拿出一百块钱给孩子。有时候为了不让孩子和这对夫妇起疑心，他还专程跑到县城用汇款的方式寄到他们家中。这对夫妇看到常胜来了很高兴，常胜也和他们开心地用手语交流了一阵。女孩放学回家，常胜和孩子闲聊起来问了几个问题后，挥挥手与这一家人道别。

常胜再次回到驻站点时天已经擦黑了。他看着桌上自己画的图像和线条，又拿起笔重新做了标注，把笔尖戳到写有贾站长的名字上。就在他拿起电话想要拨号的时候，屋门突然被从外面推开，刑警队大案队的张队长和训犬队的赵军走了进来。常胜见到这俩人的到来一时间愣住了，没等他开口说话，张队长先示意赵军关好门，然后才坐在他面前说："你别惊讶，我们来就是找你的，大刘已经提前告诉过你吧？"常胜点点头算是回答了张队长的话。

张队长看了看他桌上的笔纸说："看起来你们所长大刘是非常了解你呀，他跟我说过，你小子认定的事肯定没完没了，不弄出来个子丑寅卯来不踏实。现在也该是你了解整个案情的时候了。"

随着张队长对案情的叙述，在常胜眼前逐渐展示出隐匿在后封台村的一个制毒团伙。这伙人打着平海市水资源公司的旗号，利用当地丰富的药材资源进行化学合成，生产出成批量的冰毒制品。这是一伙高智商的犯罪人员，为了不给公安侦查人员留下线索，他们升级了制毒工艺，利用安装多重吸收废气的装置，使得制毒废气得到了收集，排向空气中的废气微乎其微。这就是常胜在山泉边闻到的那一丝丝腐败的气味。他们还将制毒过程中产生出的气体进行冷却过滤，大幅度地减少了废气、废水对周边环境的污染。这也是为什么这个制毒团伙能长期盘踞在村民中，而不被发现的原因。

平海市局在打掉几个贩毒网络时，意识到在平海市周边存在着这么一个制毒窝点，经过调查把目标锁定在狼窝铺地区。恰恰在此时团伙之间发生内讧，一名嫌疑人在被同伙杀伤后逃向铁道被火车撞死，而常胜及时赶到现场，没有按照常规做出路外伤亡的处理，而是从中抽丝剥茧地发现他携带的毒品，为整个案件的侦查定位，乃至最终端掉这个制毒窝点打下了基础。

至于为何当时没有让常胜参与进来，是考虑到他本身就是驻站民警，在铁路沿线周边活动范围广、目标大，经常身着警服出现在公众视野里，过于频繁地出现在制毒窝点周围，很可能会打草惊蛇引起犯罪嫌疑人的注意，使他们消灭证据甚至逃之夭夭。张队长在给常胜详细介绍完整个案情后，又开玩笑地说："你小子去了一趟那个水资源公司，这帮人紧张了好半天。要不是我赶紧让大刘给你打电话，命令你不许再去后封台，这帮人真的就蹽了。"

常胜有点不好意思地说："你们要早告诉我，我就不去了。当时是觉得可疑，再加上赛驴也有点敏感，所以才想去碰碰他。"

在一旁的赵军插话说："幸亏赛驴不是很敏感，要换我带来的拉布拉多，估计当时就得嗅出问题来。"

张队长摆摆手说:"这次是平海市局和我们联合行动,明天统一行动分三个战场。第一是后封台水资源公司,第二是平海市里的贩毒网络,第三……"说到这,他看了看全神贯注的常胜:"第三是狼窝铺火车站!制毒团伙的另一个关键人物就在这里。"

常胜听到这些,脸上不由得露出一丝微笑说:"我大概想到了。"

张队长露出点不相信的神情说:"你能猜到?"

常胜点点头指着桌上平铺的纸张上面的一个名字说:"是他吗?"

张队长看了眼纸上的名字佩服地点点头:"是他!"

常胜站起来面向张队长说:"张队,明天的行动我要求参加,如果允许的话,请让我把他揪下来。"

张队长想了想说:"好吧,你们也算是老熟人,由你来处理会更好点,到时候我让赵军配合你。"

常胜猛然间像想起什么似的跑到里屋,转身端出一坛子像酒样的东西。他在桌上摆出三个大碗,拎起坛子分别朝碗里倒出股乳白色的液体,屋子里立时弥漫着一股淡淡的香气。他举起碗来冲着张队长和赵军说:"这是狼窝铺老乡们自酿的核桃水果汁,咱们先干一碗,预祝明天的行动成功!干!"

"干!"

三人各自举起大碗一饮而尽。

今天狼窝铺的天气很好,蓝天上点缀着白云,伴随着轻微的风。如果从远处望去,坐落在群山里的车站,就像整幅画里的那一点灵动的神奇,带动着周围的村落生机盎然。

郑义收拾好东西提着自己的公文包走出房间,他要离开这个车站了。调令是前两天就已经下达的,在边远的山区里工作这么久也该换换环境了，更何况他还动用了准岳父，那个铁路上的副局长的关系。他最后回头看看自己工作过的环境，眼神里露出一丝说不清的东西。"走了……"他嘴里轻轻念叨出一句，又重重地关上门，仿佛要切断所有的离愁别绪。

他走出车站办公小楼的门口，正在琢磨为何没有人们来送行呢？猛然间看见常胜牵着他那条叫赛驴的警犬站在门口，正朝着他笑呢。

"常警官，你怎么在这呀？不是专程来送我的吧？"郑义笑着说。

"我是来送你的，同时还想问你有什么要交代的吗？"常胜也笑着回答他。

郑义想了想说："工作都交接完了，上面也会派新的书记来狼窝铺。这段时间能和你认识相处并在一起工作，我很高兴呀。"

常胜摇摇头说："不是交代这个，是你对自己所犯下的罪错有交代吗！"

"你说什么？"郑义似乎有些不相信自己的耳朵，他看着眼前的常胜说，"你不是跟我开玩笑吧，我有什么罪错？"

"你是制毒团伙的主要成员，用现在新潮点的话说，你为制毒团伙提供技术支持，而且还利用职务之便为他们打掩护，携带毒品。"

"胡说八道！常胜，我告诉你，我可不跟你开玩笑！"郑义厉声说道。

"郑义，我也不跟你开玩笑！身为一名代表国家执行法律的警察，我说话是负责任的。"常胜的眼神里透出一股冷峻的气息，"如果你有兴趣，听完我这段分析叙述，你也许就没这么大的脾气了。"

郑义摆摆手说："我没时间跟你纠缠，我还要坐火车回平海呢。"

他的话刚一说完，忽然看见赛驴已经瞪着眼睛站到他脚边，像个警卫一样堵住了他要离开的通道。

常胜抬手看看腕子上的手表说:"时间来得及,旅客列车还没到呢。我继续刚才的话题吧,这个制毒团伙的主犯是你的老乡兼同学。你别看他在上大学的时候学习成绩不怎么样,可搞化学研究却是一门灵,他研制出化学配方生产冰毒,可解决不了废气、废水污染的问题,于是他就找到你。哦,你在大学的时候学的恰恰是环保工程专业,你懂得怎么处理这些污染源,而且能把对环境的伤害降低到最小。这点我说得没错吧?"

"你一派胡言……信口雌黄!"郑义咬牙切齿地骂道。

"你急眼了,这就说明我捅到你的痛处了。"常胜依旧不紧不慢地说,"我来到狼窝铺驻站点之前,你们研发工程进行得很顺利,也有了合理的职业掩护,但自从我来到狼窝铺以后,你忽然觉得危险临近了。这也许是出于你恐惧的本能吧,也可能是我触动了你那根敏感的神经了吧。说实话,刚开始我没有想到会有这么个制毒窝点,我的精力都集中在打击防范货盗上面了。说起来这个货盗团伙和你们还有着千丝万缕的联系,他们盗窃来的物品,绝大部分是你们这个团伙包销的。其实你们这么做并不是贪图这点小钱,而是养着这帮歹徒,让他们能牵制警方的视线,不会把目光投到你们所在的地方。这点我说得对吧?"

郑义阴沉着脸盯着常胜,紧咬着自己的嘴唇一句话也说不出来。

"其实你让人毒死赵广田家里的猪,然后留下字迹嫁祸盗窃团伙,这一招挺聪明的。可是你忽略了一点,投毒的人没有听你的话,他本来应该跑向别的地方,哪怕他跑回平海市里都行。可他偏偏自作聪明地跑回你们的制毒窝点,因为担心我的赛驴跟踪到,他还故意在山溪边上扰乱了嗅源,可就是这样我也跟到了后封台。你知道这个情况后更慌了,所以想尽一切办法给我出难题,有时候恨不得把我置于死地。我再顺便说一句，那个投毒的人就是被火车撞死的吧，他应该是你们的合伙人，因为分赃不均内讧了，然后想杀人灭口，结果他带着刀伤却被火车撞死了。这一段你没什么异议吧?"

郑义的脸色变得煞白，手脚有些不自觉地颤抖着。

"我就很奇怪，每当有事情发生的时候总会一波三折。我抓携带炸药的犯罪嫌疑人周桦鹏时，已经把候车室里的人全疏散了，就在快要得手的时候，那对聋哑夫妇和孩子突然跑进来，差点酿成了大祸。我问过他们，当时是你守在外面，也是你放他们进来的! 你真够狠的，为了把我除掉，不惜搭上另外几条无辜的性命。救灾物资的货车排列，是你在一天前做表安排的，将药品和医疗器械安排在外道也是你干的，然后你请假回平海把责任推给贾站长，以至于我好长时间都怀疑是他和盗窃团伙内外勾结。"

常胜越说越气，语速明显地加快了:"狼窝铺和后封台之间村民的纠纷，本来我已经说服王喜柱带人回去，可就在这个时候杨德明却带人冲过来了，如果不是当时处理及时，两村村民形成械斗，局面就不可收拾。给杨德明报信的是水资源公司的人，也是你递的招吧? 郑义，你太损了! 这是要出人命的你知道吗!"

郑义长长地呼出口气说:"常胜，你说了半天有证据吗? 如果没有请你躲开，不要耽误我的时间。"

常胜从口袋里掏出手机说:"你要证据吗? 好! 我现在就可以告诉你，就在我和你说话的同时，平海市局和平海铁路公安处联合行动已经开始，不出意料的话他们现在已经抓获了制毒和贩毒的犯罪嫌疑人，而且马上会用微信把照片发过来。同时还会配有指证你的视频。假如这些还不够，那请你把总是随身携带的公文包打开，里面的冰毒成品还不够治你的罪吗?!"

郑义彻底崩溃了。他拿着公文包的手不住地颤抖着，终于一松手，公文包掉在了地上。

常胜看了看手表，上去抓住郑义的衣袖说："列车快进站了，我送你回平海。"

郑义狼狈地跟着常胜来到站台上，他看看变换着颜色的信号灯，眼里露出绝望的神情，又转眼看了看常胜，嘴里轻声地嘟囔道："这不可能，你怎么会有这么缜密的心思，这么出奇的判断。"

常胜摇摇头说："看来你真不了解我们这个行当，铁路公安有句老话，叫学时一大片，用时一条线。意思我不说你也能明白个大概，多学多积累到用的时候就能手到擒来。虽然你一直在我面前扮演着支持我工作，还煞有介事地在各种场合同意我观点的角色，但掩盖不了你露出来的痕迹。我再加上一句，你偷偷地给我写匿名信，发电子邮件举报这件事办得挺不成功的！虽然你刻意用新老两种形式来代表和区分举报人群，但现在的高科技还是能还原你的本来面目。"

郑义听完这番话身子晃动了一下说："我真没想到啊……"

常胜紧紧抓住他的手问了一句："你这么做，到底为了什么？"

郑义低下头喃喃地说道："钱，我这么做还不是为了钱吗。有了钱，我能过上好日子，有了钱，我不会让别人看不起，有了钱，我能给上面的人行贿送礼，我才能离开这个鬼地方！我才能有更大的空间！"

常胜鄙夷地看着郑义摇摇头说："看来王冬雨真是把你看透了。"

郑义忽然抬起头说道："你别跟我提她，别提她。这个傻女人她懂什么？她宁可喜欢你也不喜欢我这个同窗同学。我哪点不比你优秀？我哪点比不上你？你就是最低级别的警察，我哪点比不上你……让你抓住我，真是耻辱。你敢放开我吗？你放开我就去卧轨！"

常胜看了看接近站台的列车，忽然松开了紧抓住郑义的手，指着缓缓开来的列车说道："我给你这个雪耻的机会。既然你想用自己的血来洗刷罪恶，我不阻拦你。但是我必须提醒你一下，列车进站前缓速行驶，你在跳下去的时候机车前挡会把你卷在车轮里，你会被机车拖拽出很远还不能断气。运气好的话，你会在极度痛苦中死去，这也是对你这种人的报应！车来了，你跳吧！"

随着常胜的喊声，列车慢慢开进站了，郑义则像泥一样瘫软在站台上。

常胜看着畏缩在地上的郑义从鼻子里哼出一声："郑义，可惜了你爹妈给你起的这个名字了！"

狼窝铺驻站点成了铁路公安局、公安处的先进典型，铁路公安局还在这里召开了声势浩大的现场会。把常胜披红挂彩地捯饬一通推到了前台演讲，常胜虽然不擅长当众做报告，好在有李教导员的文字担当，他照本宣科也算勉强过关了。所长大刘借着这个东风，在派出所里宣布，所有人员都要去狼窝铺轮值，少则一周多则十天半个月。在掌握沿线驻站的本领的同时积极向常胜同志学习，学习他这样那样，总之是好多样的各种精神。

常胜的驻站点也热闹了起来，每隔一段时间的迎来送往，让他充分体会到了当老师的感觉。这天小于带着铺盖卷和洗漱用具来到车站，常胜依旧热情地迎接着他，为他安排好睡觉的地方，带着他熟悉车站的各个部位。晚上巡视回来，两人围坐在一起畅聊着以前的事情，常胜尤其对小于抓获拐卖人口的女嫌疑人赞叹不已，说到兴头上他还拍着小于的肩膀说："不愧是我徒弟，反应就是快！"弄得小于兴奋得不行，一个劲地点头说："师傅，我就是您徒弟呀，现在是以后也是。"

临回平海前一天的晚上，小于独自辗转反侧很久，终于下定决心羞愧地向常胜道出了一个秘密。

原来，致使常胜发配到狼窝铺的那个事件，关键的两点他都清楚。一个是值班记录的丢失，一个是常胜比画着长刀被发在网上的照片，这些都是张彦斌干的。因为张彦斌当时早就知道竞聘副所长的消息，他认为自己最大的竞争对手就是常胜。于是趁着这个机会，撕掉了当天的值班记录，并且把偷拍到的照片传到了网上。小于当时是知道这件事情的，可张彦斌却对他说："常胜是老警长，出点事不会影响太大，而你是年轻民警还要为自己的前途着想。"于是在利弊权衡下，小于选择了沉默，并且在得到张彦斌的帮助当上警长之后，又在台湾同胞的事情上为张彦斌打了马虎眼。

常胜听完这件事情的原委后并没有发怒，也没有像以前似的骂张彦斌不是个东西，指责小于没有立场像个墙头草随风倒，而是沉默了一会儿对小于说："事情都过去了，以后你也不要再和别人提这个事。"

看着小于不解的神情他又说道："以前我是和彦斌有过争执，也总看不起他的做派。但到狼窝铺这一年多让我想明白了很多事情，最要紧的是让我懂得了咱们的价值。咱们铁路公安其实就像铁道上的道钉，迎着风霜顶着雨雪千磨万轧地钉在路基上，看着不起眼，可少了它就不行。别人不给咱给养护，不给咱添油咱不怕，咱自己别松了扣就成。"

时间总是在悄无声息中慢慢流逝，转眼又是秋天了。秋天在很多人眼里是充斥着凉意且寒风肃杀的季节，但在常胜的眼里倒是满地金黄喜悦收获的时候。因为狼窝铺要通高铁了。

今天常胜刚与贾站长接洽完，正要准备去沿线宣传的时候，派出所来了通知，让他做好交接准备，明天返程回所里报到。常胜被这个消息搞得有点摸不着头脑，急忙追问调自己回去的原因，大刘在电话里透露给他一个消息："平海市要再建设一个高铁站，急需要抽调骨干去参加前期准备工作，公安处点名让你去负责。同时，从中央到地方的反腐倡廉工作已经深入到了基层，你也要在上任前做一次组织教育，了解和掌握一下现在的形势，坚定宗旨意识。"常胜又问是谁来接替他，大刘含糊其辞地告诉他说："等人来了你就知道了。"

转天，常胜早早地在站台上等待着来人，当列车停稳，他看见从车厢里走出来背着背包的张彦斌时也不禁愣了一下，但他很快就迎上去热情地帮着张彦斌拿行李。"彦斌啊，来接班的怎么是你呀？"

张彦斌略显尴尬地说："我怎么就不能来了，跟你以前一样，发配沧州呗。"

常胜没有被张彦斌失落的情绪感染，而是呵呵地笑着说："我以前来是发配，现在来狼窝铺可是好地方，没听说马上要通高铁了吗？"

说完话，他拉着张彦斌的手来到了驻站点，先帮着张彦斌收拾好行李，然后没等对方开口就说："正好赶上饭口，你等着我去车站食堂端饭去，咱俩就在驻站点里吃吧。"看着常胜走远的身影，张彦斌悄悄地叹出口气，他实在无法面对常胜，也无法向常胜言明自己因为违纪被撤职，受到处分来狼窝铺驻站点的。他担心常胜会耻笑他，也担心常胜不给他好脸色看。

常胜端着一盘子饭菜回来了。他在桌上摆好碗筷，又捧出了一坛子果汁说："彦斌，你来了我得有个欢迎仪式，这坛子里虽说不是酒，但也够咱两人喝的了。来，我给你倒上。"

张彦斌急忙伸手去接，但常胜还是满满地给他倒了一碗。两个人边喝常胜边向他介绍着车站的环境，说个大概后话题又转到驻站点的屋子里。常胜指着屋里的东西说："我置的家当都给你留下，台账也是齐全的，警械装备都是最好的，汽车也给你加满油了，等你以后有时间开出去转转……"

常胜的话让张彦斌心里生出一份愧疚。其实在他的心思里，常胜看见自己来接班，肯定会出一些难题，甚至不会把驻站点的资料和物品完整地交给他。谁知道常胜不仅没有这么做，还详细地给他介绍了驻站点的全部情况，连汽车里的油都给他加好了。他再抬眼看着常胜憨厚的笑容，听着他诚恳的话语时，他的心颤动了，他猛然间萌生出一种冲动，他举起大碗冲着常胜说："常胜，我想跟你说……"

"你别说了，你肯定是担心管界内的村庄情况吧？这个你放心。我已经和村两委的王喜柱说完了，他们保证对待来驻站的民警和我一样，绝对不会出现盗窃铁路物资的情况。"常胜端起大碗说。

"不是，我想告诉你……"张彦斌打断了常胜的话。

"我知道，你是想了解车站环境。"常胜继续说道，"车站的贾站长我也提前说过了，他知道所里会派人来接班，也表示了一定大力支持咱们的工作。还有，村里小学的张校长是个有大学问的人，在村里威望挺高的，你没事多找他聊聊，在生活上多关心他一下。"

"我是想说……"

"彦斌，我走了以后驻站点就是你一个人了。山里的风高，晚上出去巡线的时候记得多穿点，还有尽量少吃凉东西，刚来山里肠胃不适应。"

"常胜。我是想说，我对不起你啊！"张彦斌把手中的大碗蹾在桌上，他终于把淤积在心里的话说了出来。此时他面对着宽厚的常胜，无法再保持自己那点难堪的矜持。他心里在想，哪怕我说出这番话的结果是让常胜打我一拳，或是让他骂我一通，也总比现在感受着对方真诚的恩惠好受。

常胜默默地看着张彦斌，慢慢地把手中碗放下，他站起身来戴好帽子，把桌边的帽子递给张彦斌。看着对方和自己一样，都是干净整齐一身警服的时候，他朝门外指了一下："我们出去说。"

张彦斌和常胜走出屋子来到院子里，正当他疑惑对方要作何举动时，常胜突然转回身朝他大声地说道："你脚下的地方是狼窝铺火车站公安民警驻站点。狼窝铺站，是平海铁路公安处管辖四等站，站中心点139.6公里，站长915米，站宽78米。管辖沿线31.28公里。站舍，办公楼两层，客运候车室一间，站台两个，货场两处。沿线管辖五个自然村状况良好，无废旧物品收购网点和冶炼小红炉。现在，我把它一寸不少地交给你，希望你接班以后守住这块阵地！"

这番话如重锤一样打在张彦斌的身上，他再也抑制不住自己的眼泪，任由它流出眼眶。这是常胜在以铁路公安最隆重的仪式和自己办交接啊！他是以最高规格的礼仪来体现对自己的尊重。这个礼仪传达着最深的情意，在告诉对方，你是我最亲密的战友和兄弟，现在所有的话语都显得多余了。他稳定了一下情绪，两脚并拢成立正姿势，端正身形举起右手向常胜敬礼道："张彦斌接班！"

常胜也以同样的姿势还礼道："常胜交班！"

常胜带着赛驴来到狼窝铺小学门口。他想在行前和王冬雨告个别，虽然有一段时间没有见到她，但不管别人怎么看，他自己还是要对这个红颜知己，这个在狼窝铺给了他支持和帮助的人道一声珍重的。

学校的张校长看见常胜急忙拿出一个信封，告诉他这是王冬雨留给他的信。常胜急忙问老师王冬雨去哪了，什么时候走的，张校长面露惋惜地说，冬雨走了好几天，她回平海参加支教会议去了，也许就不回来了。常胜跟张校长道别以后独自郁闷地走在路上，身后只有赛驴在默默地跟随着。他走到乡间土路旁的那棵树下，想起就是在这和王冬雨第一次说起狼窝铺的。他坐在树下从口袋里掏出那封信，缓缓地打开信纸，王冬雨那娟秀的字体跳入他的眼中。

常胜，你看到这封信的时候我也许已经到北京了。

我参加的是平海市青联组织的支教宣讲团，一行几十人浩浩荡荡的，所以你不用为我的安全担心。和你在狼窝铺相处的这段时间是我最开心的时候，虽然总和你抬杠拌嘴，但也总愿意听你带着调侃的话语。回想起来在家乡支教的这段日子里，能让我值得回忆的，正是狼窝铺山乡改变的时光，而你这个铁路公安的小警察，恰是这里面的主角，这也是我想象不到的事情。

本来想给你发段微信，或是视频留言，但想想还是算了吧。毕竟我是个看似很潮很酷，其实内心里还是很怀旧的人。我是个教师，如果从我这里再不使用传统的书信工具，怎么还能去现身说法呢？我想你肯定很想知道，在我受伤以后你去看望我时，碰见周颖姐姐的情况吧，也想问我们聊得什么吧？我不告诉你，这是我们女人之间的秘密。但有一点我可以坦率地和你讲，周颖姐姐是个好人，至少她赢得了我的尊重。

我们在狼窝铺一起合作过的事情，我已经全部交给了乡政府，从红郎牌的山货品牌，到现在搞的旅游农家院，从待建的中草药种植基地，到调解两个村的矛盾，撮合他们修成了桥梁铺好了公路。这些都是能给山里带来改变的项目，其中也有你的一份心血。

我知道你一直暗地里叫我"钱串子""财迷丫头"，我也以各种名目横征暴敛了你不少的钱财。其实不仅是你，就连我老爸也是如此。说出来你也许会释然，原因是我想给村里的小学校增添一些电脑，再架设一条宽带，让山里的孩子也能足不出户去看看外面的世界。这些钱作为基金给小学校留下了。

好了，我不多说了，让我们情谊常在，彼此都把狼窝铺这段记忆留在心里吧。

对了，吹一段《鸿雁》吧。

等你把鸿雁召唤回来的时候，狼窝铺就会真的山乡巨变了。

常胜看完信，把信纸折叠好慢慢地揣进上衣口袋里。少顷，从口袋里摸出哪支口琴，轻轻地吹了吹上面的浮土，慢慢放到嘴边，缓缓地吹起了那首他吹奏过无数遍的《鸿雁》。这次与以往吹奏的感觉都不同，曲调里夹杂了很多的思念。

吹完这首曲子，常胜拍了拍跟随在身边的赛驴说："走吧，你是城市里的狗，还是跟我回平海吧……"

尾 声

又过了不到一年，新建的高铁线路从狼窝铺通过，使这片沉寂的群山更加热闹起来。虽然常胜始终和山里的人们保持着联系，但因为工作调动一直也没有再回去过。这次他和周颖乘坐高铁从外地返回，特意挑选了经由狼窝铺的这条线路，就是为了在飞驰而过的列车上，透过车窗再看一眼如今的狼窝铺车站。

火车越过山峦穿过隧道，行驶在一条笔直的线路上时，常胜急忙推推身边的周颖说："快点看，前面就是狼窝铺车站！"但是高铁的速度太快了，没等常胜和周颖仔细看一眼车站的全貌，列车早已呼啸着疾驶而过。

就在常胜有点郁闷的时候，周颖忽然拍着他的肩膀说："你快看，快看啊，山上……"

常胜顺着周颖的手指望去，在远处的山上并排呈现出几个大字，通红色的字体在晴空下异常显眼："常胜！常回家看看！"这字是矗立在山顶上的，它像一句广告语又像是一句充满温馨的话，它向每一趟经过这里的列车召唤，召唤一个叫常胜的人，让他常回家来看看。

常胜的眼泪夺眶而出，他嘴里喃喃地念叨着："我的驻站点，我的乡亲们……"

2015 年 12 月 30 日 初稿

2016 年 1 月 26 日 再稿

图书在版编目（CIP）数据

驻站 / 晓重著． -- 北京：作家出版社，2016. 8
（2025.1重印）
　　ISBN 978-7-5063-8887-0

　　Ⅰ . ①驻… Ⅱ . ①晓… Ⅲ . ①长篇小说 – 中国 – 当代
Ⅳ . ①I247.5

　　中国版本图书馆CIP数据核字（2016）第077782号

驻　站

作　　者：晓　重
责任编辑：宋辰辰
装帧设计：意匠文化·丁奔亮
出版发行：作家出版社有限公司
社　　址：北京农展馆南里10号　　邮　　编：100125
电话传真：86-10-65067186（发行中心）
　　　　　86-10-65004079（总编室）
E-mail:zuojia@zuojia.net.cn
http://www.zuojiachubanshe.com
印　　刷：唐山嘉德印刷有限公司
成品尺寸：152×230
字　　数：213千
印　　张：17.75
版　　次：2016年8月第1版
印　　次：2025年1月第3次印刷
ISBN　978-7-5063-8887-0
定　　价：49.00元